U0585915

鲁迅著作分类全编

甲编四卷

无声的中国

关于传统文化

鲁 迅 著

陈漱渝 王锡荣 肖振鸣 编

SPM 南方出版传媒 广东人民出版社

·广州·

图书在版编目（CIP）数据

无声的中国 / 鲁迅著；陈漱渝，王锡荣，肖振鸣编 . — 广州：
广东人民出版社，2019.7
（鲁迅著作分类全编）
ISBN 978-7-218-13443-7

Ⅰ . ①无… Ⅱ . ①鲁… ②陈… ③王… ④肖… Ⅲ . ①鲁迅
散文－散文集 Ⅳ . ① I210.4

中国版本图书馆 CIP 数据核字（2019）第 056075 号

WUSHENG DE ZHONGGUO
无声的中国

鲁迅 著　陈漱渝 王锡荣 肖振鸣 编

版权所有　翻印必究

出 版 人：肖风华

特邀策划：房向东
责任编辑：严耀峰　马妮璐
责任技编：周 杰　易志华
装帧设计：周伟伟

出版发行：广东人民出版社
地　　址：广东省广州市海珠区新港西路 204 号 2 号楼（邮政编码：510300）
电　　话：（020）85716809（总编室）
传　　真：（020）85716872
网　　址：http://www.gdpph.com
印　　刷：山东临沂新华印刷物流集团有限责任公司
开　　本：787mm×1092mm　1/16
印　　张：17.5　字　　数：210 千
版　　次：2019 年 7 月第 1 版　2019 年 7 月第 1 次印刷
定　　价：42.00 元

如发现印装质量问题，影响阅读，请与出版社（020－85716808）联系调换。
售书热线：（020）85716826

目　录

重订《徐霞客游记》目录及跋

一　独

二　鹤

三　与

四 飞

滇十之十三

书牍 墓志 传 考异 辩伪 补编

戊戌正月二十九日晨购于武林申昌书画室。原八册，重订为四。庚子冬杪重阅一过，拟以"独鹤与飞"四字为次。 稽山戛剑生挑灯志

题注：

本篇据手稿编入，写于 1901 年 2 月。初未收集。原题《〈徐霞客游记〉四册》。徐霞客，明代地理学家、散文家。鲁迅于 1898 年 2 月 19 日在杭州购得清图书集成局铜活字本 8 册，后整理装订为 4 册，写此目录及跋语夹于书中。文中"独鹤与飞"为一成语，此处用来标明卷册的顺序。

随感录四十七

　　有人做了一块象牙片，半寸方，看去也没有什么；用显微镜一照，却看见刻着一篇行书的《兰亭序》。我想：显微镜的所以制造，本为看那些极细微的自然物的；现在既用人工，何妨便刻在一块半尺方的象牙板上，一目了然，省却用显微镜的工夫呢？

　　张三李四是同时人。张三记了古典来做古文；李四又记了古典，去读张三做的古文。我想：古典是古人的时事，要晓得那时的事，所以免不了翻着古典；现在两位既然同时，何妨老实说出，一目了然，省却你也记古典，我也记古典的工夫呢？

　　内行的人说：什么话！这是本领，是学问！

　　我想，幸而中国人中，有这一类本领学问的人还不多。倘若谁也弄这玄虚：农夫送来了一粒粉，用显微镜照了，却是一碗饭；水夫挑来用水湿过的土，想喝茶的又须挤出湿土里的水：那可真要支撑不住了。

题注：

　　本篇最初发表于 1919 年 2 月 15 日《新青年》第六卷第二号，署名唐俟，正文末署俟。收入《热风》。本文从象牙微雕《兰亭序》说起，对各种以故弄玄虚、卖弄古典为"本领"和"学问"的"国粹家"进行了辛辣的讽刺，指出"有这类本领学问的人"只能贻害社会。《兰亭序》，即《兰亭集序》，晋代王羲之作，全文320多字。

随感录三则

敬告遗老

自称清室举人的林纾，近来大发议论，要维持中华民国的名教纲常。这本可由他"自语"，于我无涉。但看他气闹哄哄，很是可怜。所以有一句话奉劝："你老既不是敝国的人，何苦来多管闲事，多淘闲气。近来公理战胜，小国都主张民族自决，就是东邻的强国，也屡次宣言不干涉中国的内政。你老人家可以省事一点，安安静静的做个寓公，不要再干涉敝国的事情罢。"

孔教与皇帝

报上载清廷赏衍圣公孔令贻"骑朝马"，孔令贻上折谢恩。原来他也是个遗老！我从前听人说，孔教与帝制及复辟，都极有关系，这事虽然有筹安君子和南海圣人的著作作证，但终觉得还未十分确实。现在有这位至圣先师的嫡孙证明，当然毫无可疑了。

旧戏的威力

前次北京大学的谣言，可算是近来一大事件了。我当初也以为是迷顽可怜的老辈所为，岂知事实竟大谬不然，全是因为骂了旧戏惹出来的。主动的人，只是荆生小说里的一个李四，听说还是什么剧评家哩。我想不到旧戏竟有这样威力，是这样可怕。以前许多报章做了评论，多以为是新旧思想的冲突，真教鬼蜮暗中笑人！

题注：

本篇最初发表于 1919 年 3 月 30 日《每周评论》第十五号"随感录"栏，署名庚言。初未收集。本文对林纾等守旧派所发的言论予以抨击。

随感录六十四　有无相通

南北的官僚虽然打仗，南北的人民却很要好，一心一意的在那里"有无相通"。

北方人可怜南方人太文弱，便教给他们许多拳脚：什么"八卦拳""太极拳"，什么"洪家""侠家"，什么"阴截腿""抱桩腿""谭腿""戳脚"，什么"新武术""旧武术"，什么"实为尽美尽善之体育"，"强国保种尽在于斯"。

南方人也可怜北方人太简单了，便送上许多文章：什么"……梦""……魂""……痕""……影""……泪"，什么"外史""趣史""秽史""秘史"，什么"黑幕""现形"，什么"淌牌""吊膀""拆白"，什么"嘻嘻卿卿我我""呜呼燕燕莺莺""吁嗟风风雨雨"，"耐阿是勒浪勿要面孔哉！"

直隶山东的侠客们，勇士们呵！诸公有这许多筋力，大可以做一点神圣的劳作；江苏浙江湖南的才子们，名士们呵！诸公有这许多文才，大可以译几叶有用的新书。我们改良点自己，保全些别人；想些互助的方法，收了互害的局面罢！

题注：

本篇最初发表于 1919 年 11 月 1 日《新青年》第六卷第六号，署名唐俟。收入《热风》。南北军阀混战，而南北的人民却做着一些无聊事。在这篇随感录中，鲁迅讽刺了这种现象，希望中国人能"做一点神圣的劳作"，"译几页有用的新书"。

"以震其艰深"

上海租界上的"国学家"，以为做白话文的大抵是青年，总该没有看过古董书的，于是乎用了所谓"国学"来吓呼他们。

《时报》上载着一篇署名"涵秋"的《文字感想》，其中有一段说：

> "新学家薄国学为不足道故为钩輈格磔之文以震其艰深也一读之欲呕再读之昏昏睡去矣"

领教。我先前只以为"钩輈格磔"是古人用他来形容鹧鸪的啼声，并无别的深意思；亏得这《文字感想》，才明白这是怪鹧鸪啼得"艰深"了，以此责备他的。但无论如何，"艰深"却不能令人"欲呕"，闻鹧鸪啼而呕者，世固无之，即以文章论，"粤若稽古"，注释纷纭，"绛即东雍"，圈点不断，这总该可以算是艰深的了，可是也从未听说，有人因此反胃。呕吐的原因决不在乎别人文章的"艰深"，是在乎自己的身体里的，大约因为"国学"积蓄得太多，笔不及写，所以涌出来了罢。

"以震其艰深也"的"震"字，从国学的门外汉看来也不通，但也许是为手民所误的，因为排字印报也是新学，或者也不免要"以震其艰深"。

否则，如此"国学"，虽不艰深，却是恶作，真是"一读之欲呕"，再读之必呕矣。

国学国学，新学家既"薄为不足道"，国学家又道而不能亨，你真要道尽途穷了！

九月二十日。

题注：

本篇最初发表于 1922 年 9 月 20 日北京《晨报副刊》，署名某生者。收入《热风》。李涵秋（1874—1923），江苏江都人，鸳鸯蝴蝶派的主要作家之一，主要作品有《广陵潮》等。1922 年 9 月 14 日，他在上海《时报》发表《文字感想》一文，抨击新文学家。鲁迅列举其中"故为钩辀格磔之文以震其艰深"一段，对那些不通的"国学家"予以辛辣的嘲讽。署名"某生者"，也含有讽刺当时鸳鸯蝴蝶派作家的意思，因为这一派作家多喜欢用"××生"一类的笔名，其小说多用"某生者，某地人……"开头。

儿歌的"反动"

一　儿歌

"月亮！月亮！

还有半个那里去了？"

"被人家偷去了。"

"偷去做甚么？"

"当镜子照。"

二　反动歌

小孩子

天上半个月亮，

我道是"破镜飞上天"，

原来却是被人偷下地了。

有趣呀，有趣呀，成了镜子了！

可是我见过圆的方的长方的八角六角

　　的菱花式的宝相花式的镜子矣，

　　没有见过半月形的镜子也。

　我于是乎很不有趣也！

　　谨案小孩子略受新潮，辄敢妄行诘难，人心不古，良足慨然！然拜读原诗，亦存小失，倘能改第二句为"两半个都那里去了"，即成全璧矣。胡先生夙擅改削，当不以鄙言为河汉也。夏历中秋前五日，某生者谨注。

十月九日。

题注：

　　本篇最初发表于1922年10月9日北京《晨报副刊》，署名某生者。收入《热风》。文中引用的《儿歌》的作者胡怀琛，安徽泾县人，也是所谓的国学家和鸳鸯蝴蝶派作家之一。他在1922年9月致郑振铎的一封信中说："提倡新文学的人，意思是要改造中国的文学；但是这几年来，不但没有收效，而且有些反动。"他还曾改编胡适《尝试集》中的诗，当成自己的作品重新发表。故鲁迅作本文予以讽刺。

所谓"国学"

现在暴发的"国学家"之所谓"国学"是什么？

一是商人遗老们翻印了几十部旧书赚钱，二是洋场上的文豪又做了几篇鸳鸯蝴蝶体小说出版。

商人遗老们的印书是书籍的古董化，其置重不在书籍而在古董。遗老有钱，或者也不过聊以自娱罢了，而商人便大吹大擂的借此获利。还有茶商盐贩，本来是不齿于"士类"的，现在也趁着新旧纷扰的时候，借刻书为名，想挨进遗老遗少的"士林"里去。他们所刻的书都无民国年月，辨不出是元版是清版，都是古董性质，至少每本两三元，绵连，锦帙，古色古香，学生们是买不起的。这就是他们之所谓"国学"。

然而巧妙的商人可也决不肯放过学生们的钱的，便用坏纸恶墨别印出什么"菁华"什么"大全"之类来搜括。定价并不大，但和纸墨一比较却是大价了。至于这些"国学"书的校勘，新学家不行，当然是出于上海的所谓"国学家"的了，然而错字叠出，破句连篇（用的并不是新式圈点），简直是拿少年来开玩笑。这是他们之所谓"国学"。

洋场上的往古所谓文豪，"卿卿我我""蝴蝶鸳鸯"诚然做过一小堆，可是自有洋场以来，从没有人称这些文章（？）为国学，他们自己也并不以"国学家"自命的。现在不知何以，忽而奇想天开，也学了盐贩茶商，要凭空挨进"国学家"队里去了。然而事实很可惨，他们之所谓国学，是"拆白之事各处皆有而以上海一隅为最甚（中略）余于课余之暇不惜浪费笔墨编纂事实作一篇小说以饷阅者想亦阅者所乐闻也"。（原本每句都密圈，今从略，以省排工，阅者谅之。）

"国学"乃如此而已乎？

试去翻一翻历史里的儒林和文苑传罢，可有一个将旧书当古董的鸿儒，可有一个以拆白饷阅者的文士？

倘说，从今年起，这些就是"国学"，那又是"新"例了。你们不是讲"国学"的么？

题注：

本篇最初发表于 1922 年 10 月 4 日北京《晨报副刊》"杂感"栏，署名某生者。收入《热风》。本文对上海洋场上活跃的两类"国学家"的真面目进行揭露。

"一是之学说"

我从《学灯》上看见驳吴宓君《新文化运动之反应》这一篇文章之后，才去寻《中华新报》来看他的原文。

那是一篇浩浩洋洋的长文，该有一万多字罢，——而且还有作者吴宓君的照相。记者又在论前介绍说，"泾阳吴宓君美国哈佛大学硕士现为国立东南大学西洋文学教授君既精通西方文学得其神髓而国学复涵养甚深近主撰学衡杂志以提倡实学为任时论崇之"。

但这篇大文的内容是很简单的。说大意，就是新文化本也可以提倡的，但提倡者"当思以博大之眼光。宽宏之态度。肆力学术。深窥精研。观其全体。而贯通澈悟。然后平情衡理。执中驭物。造成一是之学说。融合中西之精华。以为一国一时之用。"而可恨"近年有所谓新文化运动者。本其偏激之主张。佐以宣传之良法。……加之喜新盲从者之多。"便忽而声势浩大起来。殊不知"物极必反。理有固然。"于是"近顷于新文化运动怀疑而批评之书报渐多"了。这就谓之"新文化运动之反应"。然而"又所谓反应者非反抗之谓……读者幸勿因吾论列于此。而遂疑其为不赞成新文化者"云。

反应的书报一共举了七种，大体上都是"执中驭物"，宣传"正轨"的新文化的。现在我也来介绍一回：一《民心周报》，二《经世报》，三《亚洲学术杂志》，四《史地学报》，五《文哲学报》，六《学衡》，七《湘君》。

此外便是吴君对于这七种书报的"平情衡理"的批评（？）了。例如《民心周报》，"自发刊以至停版。除小说及一二来稿外。全用文言。不用所谓新式标点。即此一端。在新潮方盛之时。亦可谓砥柱中流矣。"至于《湘君》之用白话及标点，却又别有道理，那是"《学衡》本事理之真。故拒斥粗劣白话及英文标点。《湘君》求文艺之美。故兼用通妥白话及新式标点"的。总而言之，主张偏激，连标点也就偏激，那白话自然更不"通妥"了。即如我的白话，离通妥就很远；而我的标点则是"英文标点"。

但最"贯通澈悟"的是拉《经世报》来做"反应"，当《经世报》出版的时候，还没有"万恶孝为先"的谣言，而他们却早已发过许多崇圣的高论，可惜现在从日报变了月刊，实在有些萎缩现象了。至于"其于君臣之伦。另下新解"，"《亚洲学术杂志》议其牵强附会。必以君为帝王"，实在并不错，这才可以算得"新文化之反应"，而吴君又以为"则过矣"，那可是自己"则过矣"了。因为时代的关系，那时的君，当然是帝王而不是大总统。又如民国以前的议论，也因为时代的关系，自然多含革命的精神，《国粹学报》便是其一，而吴君却怪他谈学术而兼涉革命，也就是过于"融合"了时间的先后的原因。

此外还有一个太没见识处，就是遗漏了《长青》,《红》,《快活》,《礼拜六》等近顷风起云涌的书报，这些实在都是"新文化运动的反应"，而且说"通妥白话"的。

十一月三日。

题注:

　　本篇最初发表于 1922 年 11 月 3 日北京《晨报副刊》，署名风声。收入《热风》。吴宓（1894—1978），陕西泾阳人，曾留学欧美，先后任清华大学国学研究院主任、东南大学教授等，《学衡》主编。他在 1922 年 10 月 10 日《中华新报》增刊发表《新文化运动之反应》一文，貌似公允，实则攻击新文化运动"偏激"，列举了《学衡》《民心周报》等 7 种"反应的书报"，即对新文化运动持怀疑、批评态度的刊物。同年 10 月 20 日，上海《时事新报》副刊《学灯》发表甫生的《驳〈新文化运动之反应〉》一文。鲁迅此文批评吴宓所谓的"平情衡理"的学说，目的仍在于声援新文化运动。

对于"笑话"的笑话

范仲沄先生的《整理国故》是在南开大学的讲演，但我只看见过报章上所转载的一部分，其第三节说：

"……近来有人一味狐疑，说禹不是人名，是虫名，我不知道他有什么确实证据？说句笑话罢，一个人谁是眼睁睁看明自己从母腹出来，难道也能怀疑父母么？"

第四节就有这几句：

"古人著书，多用两种方式发表：（一）假托古圣贤，（二）本人死后才付梓。第一种人，好像吕不韦将孕妇送人，实际上抢得王位……"

我也说句笑话罢，吕不韦的行为，就是使一个人"也能怀疑父母"的证据。

题注：

　　本篇最初发表于 1924 年 1 月 17 日《晨报副刊》，署名风声。初未收集。范仲沄，即历史学家范文澜，鲁迅用吕不韦的故事论证了范文的自相矛盾。

奇怪的日历

我在去年买到一个日历，大洋二角五分，上印"上海魁华书局印行"，内容看不清楚，因为用薄纸包着的，我便将他挂在柱子上。

从今年一月一日起，我一天撕一张，撕到今天，可突然发见他的奇怪了，现在就抄七天在下面：

一月二十三日　土曜日　星期三　宜祭祀会亲友结婚姻

又　二十四日　金曜日　星期四　宜沐浴扫舍宇

又　二十五日　金曜日　星期五　宜祭祀

又　二十六日　火曜日　星期六

又　二十七日　火曜日　星期日　宜祭祀……

又　二十八日　水曜日　星期一　宜沐浴剃头捕捉

又　二十九日　水曜日　星期二

我又一直看到十二月三十一日，终于没有发见一个日曜日和月曜日。

虽然并不真奉行，中华民国之用阳历，总算已经十三年了，但如此奇怪的日历，先前却似乎未曾出现过，岂但"宜剃头捕捉"，表现其一年一年的加增昏谬而已哉！

一三,一,二三，北京。

题注：

　　本篇最初发表于1924年1月27日《晨报副刊》，署名教者。初未收集。文中嘲笑了民国初年改用阳历时的混乱现象。

《俟堂专文杂集》题记

曩尝欲著《越中专录》，颇锐意蒐集乡邦专甓及拓本，而资力薄劣，俱不易致。以十余年之勤，所得仅古专二十余及杓本少许而已。迁徙以后，忽遭寇劫，孑身逭逋，止携大同十一年者一枚出，余悉委盗窟中。日月除矣，意兴亦尽，纂述之事，渺焉何期？聊集燹余，以为永念哉！甲子八月廿三日，宴之敖者手记。

题注：

本篇据手稿编入，写于 1924 年 9 月 21 日。初未收集。《俟堂专文杂集》，鲁迅收藏古砖拓版的合集，鲁迅编定，但生前未出版。俟堂，鲁迅的别号。

论雷峰塔的倒掉

听说，杭州西湖上的雷峰塔倒掉了，听说而已，我没有亲见。但我却见过未倒的雷峰塔，破破烂烂的映掩于湖光山色之间，落山的太阳照着这些四近的地方，就是"雷峰夕照"，西湖十景之一。"雷峰夕照"的真景我也见过，并不见佳，我以为。

然而一切西湖胜迹的名目之中，我知道得最早的却是这雷峰塔。我的祖母曾经常常对我说，白蛇娘娘就被压在这塔底下。有一个叫作许仙的人救了两条蛇，一青一白，后来白蛇便化作女人来报恩，嫁给许仙了；青蛇化作丫鬟，也跟着。一个和尚，法海禅师，得道的禅师，看见许仙脸上有妖气，——凡讨妖怪做老婆的人，脸上就有妖气的，但只有非凡的人才看得出，——便将他藏在金山寺的法座后，白蛇娘娘来寻夫，于是就"水满金山"。我的祖母讲起来还要有趣得多，大约是出于一部弹词叫作《义妖传》里的，但我没有看过这部书，所以也不知道"许仙""法海"究竟是否这样写。总而言之，白蛇娘娘终于中了法海的计策，被装在一个小小的钵盂里了。钵盂埋在地里，上面还造起一座镇压的塔来，这就是雷峰塔。此后似乎事情还很多，如"白状元祭塔"之类，但我现在都忘记了。

那时我惟一的希望，就在这雷峰塔的倒掉。后来我长大了，到杭州，看见这破破烂烂的塔，心里就不舒服。后来我看看书，说杭州人又叫这塔作保叔塔，其实应该写作"保俶塔"，是钱王的儿子造的。那么，里面当然没有白蛇娘娘了，然而我心里仍然不舒服，仍然希望他倒掉。

现在，他居然倒掉了，则普天之下的人民，其欣喜为何如？

这是有事实可证的。试到吴越的山间海滨，探听民意去。凡有田夫野老，蚕妇村氓，除了几个脑髓里有点贵恙的之外，可有谁不为白娘娘抱不平，不怪法海太多事的？

和尚本应该只管自己念经。白蛇自迷许仙，许仙自娶妖怪，和别人有什么相干呢？他偏要放下经卷，横来招是搬非，大约是怀着嫉妒罢，——那简直是一定的。

听说，后来玉皇大帝也就怪法海多事，以至荼毒生灵，想要拿办他了。他逃来逃去，终于逃在蟹壳里避祸，不敢再出来，到现在还如此。我对于玉皇大帝所做的事，腹诽的非常多，独于这一件却很满意，因为"水满金山"一案，的确应该由法海负责；他实在办得很不错。只可惜我那时没有打听这话的出处，或者不在《义妖传》中，却是民间的传说罢。

秋高稻熟时节，吴越间所多的是螃蟹，煮到通红之后，无论取那一只，揭开背壳来，里面就有黄，有膏；倘是雌的，就有石榴子一般鲜红的子。先将这些吃完，即一定露出一个圆锥形的薄膜，再用小刀小心地沿着锥底切下，取出，翻转，使里面向外，只要不破，便变成一个罗汉模样的东西，有头脸，身子，是坐着的，我们那里的小孩子都称他"蟹和尚"，就是躲在里面避难的法海。

当初，白蛇娘娘压在塔底下，法海禅师躲在蟹壳里。现在却只有这位老禅师独自静坐了，非到螃蟹断种的那一天为止出不来。莫非他造塔的时候，竟没有想到塔是终究要倒的么？

　　活该。

一九二四年十月二十八日。

题注：

　　本篇最初发表于 1924 年 11 月 17 日《语丝》周刊第一期。收入《坟》。雷峰塔是杭州西湖的一处名胜古迹，原在净慈寺前面，宋开宝八年（975）吴越王钱俶所建，后定名王妃塔；因建在名为雷峰的小山上，通称雷峰塔。民间传说白蛇娘娘被法海和尚镇在雷峰塔下。1924 年 9 月 25 日雷峰塔被挖空而倒塌，鲁迅在北京听说后写下这篇文章。最初发表时，篇末有作者附记："这篇东西，是一九二四年十月二十八日做的。今天孙伏园来，我便将草稿给他看。他说，雷峰塔并非就是保俶塔。那么大约是我记错的了，然而我都确乎早知道雷峰塔下并无白娘娘。现在既经前记者先生指点，知道这一节并非得于所看之书，则当时何以知之，也就莫名其妙矣。特此声明，并且更正。十一月三日。"1924 年 12 月 24 日，《京报副刊》登出郑孝观《雷峰塔与保俶塔》，引《涌幢小品》等典籍证明雷峰塔即保俶塔。

通讯（致郑孝观）

孝观先生：

我的无聊的小文，竟引出一篇大作，至于将记者先生打退，使其先"敬案"而后"道歉"，感甚，佩甚。

我幼时并没有见过《涌幢小品》；回想起来，所见的似乎是《西湖游览志》及《志馀》，明嘉靖中田汝成作。可惜这书我现在没有了，所以无从覆案。我想，在那里面，或者还可以得到一点关于雷峰塔的材料罢。

鲁迅。二十四日。

案：我在《论雷峰塔的倒掉》中，说这就是保俶塔，而伏园以为不然。郑孝观先生遂作《雷峰塔与保俶塔》一文，据《涌幢小品》等书，证明以这为保俶塔者盖近是。文载二十四日副刊中，甚长，不能具引。

一九三五年二月十三日，补记。

题注:

本篇最初发表于 1924 年 12 月 27 日《京报副刊》。初未收集。郑孝观，北京大学研究所国学门毕业，曾任北京中俄大学讲师。

再论雷峰塔的倒掉

从崇轩先生的通信（二月份《京报副刊》）里，知道他在轮船上听到两个旅客谈话，说是杭州雷峰塔之所以倒掉，是因为乡下人迷信那塔砖放在自己的家中，凡事都必平安，如意，逢凶化吉，于是这个也挖，那个也挖，挖之久久，便倒了。一个旅客并且再三叹息道：西湖十景这可缺了呵！

这消息，可又使我有点畅快了，虽然明知道幸灾乐祸，不像一个绅士，但本来不是绅士的，也没有法子来装潢。

我们中国的许多人，——我在此特别郑重声明：并不包括四万万同胞全部！——大抵患有一种"十景病"，至少是"八景病"，沉重起来的时候大概在清朝。凡看一部县志，这一县往往有十景或八景，如"远村明月""萧寺清钟""古池好水"之类。而且，"十"字形的病菌，似乎已经侵入血管，流布全身，其势力早不在"！"形惊叹亡国病菌之下了。点心有十样锦，菜有十碗，音乐有十番，阎罗有十殿，药有十全大补，猜拳有全福手福手全，连人的劣迹或罪状，宣布起来也大抵是十条，仿佛犯了九条的时候总不肯歇手。现在西湖十景可缺了呵！"凡为天下国家有九经"，九经固古已有之，而九景却颇不习见，所以正是对于十景病的一个针砭，至少也可以使患者感到一种不平常，知道自己的可爱的老病，忽而跑掉了十分之一了。

但仍有悲哀在里面。

其实，这一种势所必至的破坏，也还是徒然的。畅快不过是无聊的自欺。雅人和信士和传统大家，定要苦心孤诣巧语花言地再来补足了十景而后已。

无破坏即无新建设，大致是的；但有破坏却未必即有新建设。卢梭，斯谛纳尔，尼采，托尔斯泰，伊孛生等辈，若用勃兰兑斯的话来说，乃是"轨道破坏者"。其实他们不单是破坏，而且是扫除，是大呼猛进，将碍脚的旧轨道不论整条或碎片，一扫而空，并非想挖一块废铁古砖挟回家去，预备卖给旧货店。中国很少这一类人，即使有之，也会被大众的唾沫淹死。孔丘先生确是伟大，生在巫鬼势力如此旺盛的时代，偏不肯随俗谈鬼神；但可惜太聪明了，"祭如在祭神如神在"，只用他修《春秋》的照例手段以两个"如"字略寓"俏皮刻薄"之意，使人一时莫明其妙，看不出他肚皮里的反对来。他肯对子路赌咒，却不肯对鬼神宣战，因为一宣战就不和平，易犯骂人——虽然不过骂鬼——之罪，即不免有《衡论》（见一月份《晨报副镌》）作家TY先生似的好人，会替鬼神来奚落他道：为名乎？骂人不能得名。为利乎？骂人不能得利。想引诱女人乎？又不能将蚩尤的脸子印在文章上。何乐而为之也欤？

孔丘先生是深通世故的老先生，大约除脸子付印问题以外，还有深心，犯不上来做明目张胆的破坏者，所以只是不谈，而决不骂，于是乎俨然成为中国的圣人，道大，无所不包故也。否则，现在供在圣庙里的，也许不姓孔。

不过在戏台上罢了，悲剧将人生的有价值的东西毁灭给人看，喜剧将那无价值的撕破给人看。讥讽又不过是喜剧的变简的一支流。但悲壮滑稽，却都是十景病的仇敌，因为都有破坏性，虽然所破坏的方面各不同。中国如十景病尚存，则不但卢梭他们似的疯子决不产生，并且也决不产生一个悲剧作家或喜剧作家或讽刺诗人。所有的，只是喜剧底人物或非喜剧非悲剧底人物，在互相模造的十景中生存，一面各各带了十景病。

然而十全停滞的生活，世界上是很不多见的事，于是破坏者到了，但并非自己的先觉的破坏者，却是狂暴的强盗，或外来的蛮夷。獯狁早到过中原，五胡来过了，蒙古也来过了；同胞张献忠杀人如草，而满洲兵的一箭，就钻进树丛中死掉了。有人论中国说，倘使没有带着新鲜的血液的野蛮的侵入，真不知自身会腐败到如何！这当然是极刻毒的恶谑，但我们一翻历史，怕不免要有汗流浃背的时候罢。外寇来了，暂一震动，终于请他作主子，在他的刀斧下修补老例；内寇来了，也暂一震动，终于请他做主子，或者别拜一个主子，在自己的瓦砾中修补老例。再来翻县志，就看见每一次兵燹之后，所添上的是许多烈妇烈女的氏名。看近来的兵祸，怕又要大举表扬节烈了罢。许多男人们都那里去了？

凡这一种寇盗式的破坏，结果只能留下一片瓦砾，与建设无关。

但当太平时候，就是正在修补老例，并无寇盗时候，即国中暂时没有破坏么？也不然的，其时有奴才式的破坏作用常活动着。

雷峰塔砖的挖去，不过是极近的一条小小的例。龙门的石佛，大半肢体不全，图书馆中的书籍，插图须谨防撕去，凡公物或无主的东西，倘难于移动，能够完全的即很不多。但其毁坏的原因，则非如革除者的志在扫除，也非如寇盗的志在掠夺或单是破坏，仅因目前极小的自利，也肯对于完整的大物暗暗的加一个创伤。人数既多，创伤自然极大，而倒败之后，却难于知道加害的究竟是谁。正如雷峰塔倒掉以后，我们单知道由于乡下人的迷信。共有的塔失去了，乡下人的所得，却不过一块砖，这砖，将来又将为别一自利者所藏，终究至于灭尽。倘在民康物阜时候，因为十景病的发作，新的雷峰塔也会再造的罢。但将来的运命，不也就可以推想而知么？如果乡下人还是这样的乡下人，老例还是这样的老例。

这一种奴才式的破坏，结果也只能留下一片瓦砾，与建设无关。

岂但乡下人之于雷峰塔，日日偷挖中华民国的柱石的奴才们，现在正不知有多少！

瓦砾场上还不足悲，在瓦砾场上修补老例是可悲的。我们要革新的破坏者，因为他内心有理想的光。我们应该知道他和寇盗奴才的分别；应该留心自己堕入后两种。这区别并不烦难，只要观人，省己，凡言动中，思想中，含有借此据为己有的朕兆者是寇盗，含有借此占些目前的小便宜的朕兆者是奴才，无论在前面打着的是怎样鲜明好看的旗子。

一九二五年二月六日。

题注：

本篇最初发表于1925年2月23日《语丝》周刊第十五期。收入《坟》。1925年2月2日，《京报副刊》第四十九期上刊登胡崇轩（即胡也频）给编者孙伏园的信《雷峰塔倒掉的原因》。信中说："那雷峰塔不知在何时已倒掉了一半，只剩着下半截，很破烂的，可是我们那里的乡下人差不多都有这样的迷信，说是能够把雷峰塔的砖拿一块放在家里必定平安，如意，无论什么凶事都能够化吉，所以一到雷峰塔去观瞻的乡下人，都要偷偷的把塔砖挖一块带家去，——我的表兄曾这样做过的，——你想，一人一块，久而久之，那雷峰塔里的砖都给人家挖空了，塔岂有不倒掉的道理？现在雷峰塔是已经倒掉了，唉，西湖十景这可缺了啊！"鲁迅看到这封信后十分感慨，写下此文。

春末闲谈

　　北京正是春末，也许我过于性急之故罢，觉着夏意了，于是突然记起故乡的细腰蜂。那时候大约是盛夏，青蝇密集在凉棚索子上，铁黑色的细腰蜂就在桑树间或墙角的蛛网左近往来飞行，有时衔一支小青虫去了，有时拉一个蜘蛛。青虫或蜘蛛先是抵抗着不肯去，但终于乏力，被衔着腾空而去了，坐了飞机似的。

　　老前辈们开导我，那细腰蜂就是书上所说的果蠃，纯雌无雄，必须捉螟蛉去做继子的。她将小青虫封在窠里，自己在外面日日夜夜敲打着，祝道"像我像我"，经过若干日，——我记不清了，大约七七四十九日罢，——那青虫也就成了细腰蜂了，所以《诗经》里说："螟蛉有子，果蠃负之。"螟蛉就是桑上小青虫。蜘蛛呢？他们没有提。我记得有几个考据家曾经立过异说，以为她其实自能生卵；其捉青虫，乃是填在窠里，给孵化出来的幼蜂做食料的。但我所遇见的前辈们都不采用此说，还道是拉去做女儿。我们为存留天地间的美谈起见，倒不如这样好。当长夏无事，遣暑林阴，瞥见二虫一拉一拒的时候，便如睹慈母教女，满怀好意，而青虫的宛转抗拒，则活像一个不识好歹的毛鸦头。

但究竟是夷人可恶，偏要讲什么科学。科学虽然给我们许多惊奇，但也搅坏了我们许多好梦。自从法国的昆虫学大家发勃耳（Fabre）仔细观察之后，给幼蜂做食料的事可就证实了。而且，这细腰蜂不但是普通的凶手，还是一种很残忍的凶手，又是一个学识技术都极高明的解剖学家。她知道青虫的神经构造和作用，用了神奇的毒针，向那运动神经球上只一螫，它便麻痹为不死不活状态，这才在它身上生下蜂卵，封入窠中。青虫因为不死不活，所以不动，但也因为不活不死，所以不烂，直到她的子女孵化出来的时候，这食料还和被捕当日一样的新鲜。

　　三年前，我遇见神经过敏的俄国的Ｅ君，有一天他忽然发愁道，不知道将来的科学家，是否不至于发明一种奇妙的药品，将这注射在谁的身上，则这人即甘心永远去做服役和战争的机器了？那时我也就皱眉叹息，装作一齐发愁的模样，以示"所见略同"之至意，殊不知我国的圣君，贤臣，圣贤，圣贤之徒，却早已有过这一种黄金世界的理想了。不是"唯辟作福，唯辟作威，唯辟玉食"么？不是"君子劳心，小人劳力"么？不是"治于人者食（去声）人，治人者食于人"么？可惜理论虽已卓然，而终于没有发明十全的好方法。要服从作威就须不活，要贡献玉食就须不死；要被治就须不活，要供养治人者又须不死。人类升为万物之灵，自然是可贺的，但没有了细腰蜂的毒针，却很使圣君，贤臣，圣贤，圣贤之徒，以至现在的阔人，学者，教育家觉得棘手。将来未可知，若已往，则治人者虽然尽力施行过各种麻痹术，也还不能十分奏效，与果赢并驱争先。即以皇帝一伦而言，便难免时常改姓易代，终没有"万年有道之长"；"二十四史"而多至二十四，就是可悲的铁证。现在又似乎有些别开生面了，世上挺生了一种所谓"特殊智识阶级"的留学生，在研究室中研究之结果，说医学不发达是有益于人种改良的，中国妇女的境遇是极其平等的，一切道理都已不错，一切状态都已够好。E君的发愁，或者也不为无因罢，然而俄国是不要紧的，因为他们不像我们中国，有所谓"特别国情"，还有所谓"特殊智识阶级"。

但这种工作，也怕终于像古人那样，不能十分奏效的罢，因为这实在比细腰蜂所做的要难得多。她于青虫，只须不动，所以仅在运动神经球上一螫，即告成功。而我们的工作，却求其能运动，无知觉，该在知觉神经中枢，加以完全的麻醉的。但知觉一失，运动也就随之失却主宰，不能贡献玉食，恭请上自"极峰"下至"特殊智识阶级"的赏收享用了。就现在而言，窃以为除了遗老的圣经贤传法，学者的进研究室主义，文学家和茶摊老板的莫谈国事律，教育家的勿视勿听勿言勿动论之外，委实还没有更好，更完全，更无流弊的方法。便是留学生的特别发见，其实也并未轶出了前贤的范围。

那么，又要"礼失而求诸野"了。夷人，现在因为想去取法，姑且称之为外国，他那里，可有较好的法子么？可惜，也没有。所有者，仍不外乎不准集会，不许开口之类，和我们中华并没有什么很不同。然亦可见至道嘉猷，人同此心，心同此理，固无华夷之限也。猛兽是单独的，牛羊则结队；野牛的大队，就会排角成城以御强敌了，但拉开一匹，定只能牟牟地叫。人民与牛马同流，——此就中国而言，夷人别有分类法云，——治之之道，自然应该禁止集合：这方法是对的。其次要防说话。人能说话，已经是祸胎了，而况有时还要做文章。所以苍颉造字，夜有鬼哭。鬼且反对，而况于官？猴子不会说话，猴界即向无风潮，——可是猴界中也没有官，但这又作别论，——确应该虚心取法，反朴归真，则口且不开，文章自灭：这方法也是对的。然而上文也不过就理论而言，至于实效，却依然是难说。最显著的例，是连那么专制的俄国，而尼古拉二世"龙御上宾"之后，罗马诺夫氏竟已"覆宗绝祀"了。要而言之，那大缺点就在虽有二大良法，而还缺其一，便是：无法禁止人们的思想。

于是我们的造物主——假如天空中真有这样的一位"主子"——就可恨了：一恨其没有永远分清"治者"与"被治者"；二恨其不给治者生一枝细腰蜂那样的毒针；三恨其不将被治者造得即使砍去了藏着思想中枢的脑袋而还能动作——服役。三者得一，阔人的地位即永久稳固，统御也永久省了气力，而天下于是乎太平。今也不然，所以即使单想高高在上，暂时维持阔气，也还得日施手段，夜费心机，实在不胜其委屈劳神之至……。

假使没有了头颅，却还能做服役和战争的机械，世上的情形就何等地醒目呵！这时再不必用什么制帽勋章来表明阔人和窄人了，只要一看头之有无，便知道主奴，官民，上下，贵贱的区别。并且也不至于再闹什么革命，共和，会议等等的乱子了，单是电报，就要省下许多许多来。古人毕竟聪明，仿佛早想到过这样的东西，《山海经》上就记载着一种名叫"刑天"的怪物。他没有了能想的头，却还活着，"以乳为目，以脐为口"，——这一点想得很周到，否则他怎么看，怎么吃呢，——实在是很值得奉为师法的。假使我们的国民都能这样，阔人又何等安全快乐？但他又"执干戚而舞"，则似乎还是死也不肯安分，和我那专为阔人图便利而设的理想底好国民又不同。陶潜先生又有诗道："刑天舞干戚，猛志固常在。"连这位貌似旷达的老隐士也这么说，可见无头也会仍有猛志，阔人的天下一时总怕难得太平的了。但有了太多的"特殊知识阶级"的国民，也许有特在例外的希望；况且精神文明太高了之后，精神的头就会提前飞去，区区物质的头的有无也算不得什么难问题。

一九二五年四月二十二日。

题注：

本篇最初发表于1925年4月24日北京《莽原》周刊第一期，署名冥昭。收入《坟》。1925年2月，段祺瑞为了抵制孙中山提出的召开国民会议的主张，宣布召开"善后会议"，企图从中产生所谓的国民会议。当时一批曾在外国留学的人员在北京组织"国外大学毕业参加国民会议同志会"，向"善后会议"提请愿书，要求在未来的国民会议中给他们保留名额，其中说："留学者为一特殊知识阶级，无庸讳言，其应参加此项会议，多多益善。"鲁迅这篇文章从"细腰蜂"用毒针使青虫麻痹却不死的状态，引出古往今来统治者对百姓的各种精神麻痹术，指出时下除遗老的圣贤书外，又产生一批"特殊知识阶级"，他们为维护北洋政府的专制统治而费尽心机。但终究还有些人"猛志固常在"。

坚壁清野主义

新近，我在中国社会上发现了几样主义。其一，是坚壁清野主义。

"坚壁清野"是兵家言，兵家并非我的素业，所以这话不是从兵家得来，乃是从别的书上看来，或社会上听来的。听说这回的欧洲战争时最要紧的是壕堑战，那么，虽现在也还使用着这战法——坚壁。至于清野，世界史上就有着有趣的事例：相传十九世纪初拿破仑进攻俄国，到了墨斯科时，俄人便大发挥其清野手段，同时在这地方纵火，将生活所需的东西烧个干净，请拿破仑和他的雄兵猛将在空城里吸西北风。吸不到一个月，他们便退走了。

中国虽说是儒教国，年年祭孔；"俎豆之事，则尝闻之矣，军旅之事，丘未之学也。"但上上下下却都使用着这兵法；引导我看出来的是本月的报纸上的一条新闻。据说，教育当局因为公共娱乐场中常常发生有伤风化情事，所以令行各校，禁止女学生往游艺场和公园；并通知女生家属，协同禁止。自然，我并不深知这事是否确实；更未见明令的原文；也不明白教育当局之意，是因为娱乐场中的"有伤风化"情事，即从女生发生，所以不许其去，还是只要女生不去，别人也不发生，抑或即使发生，也就管他妈的了。

或者后一种的推测庶几近之。我们的古哲和今贤，虽然满口“正本清源”，“澄清天下”，但大概是有口无心的，“未有己不正，而能正人者”，所以结果是：收起来。第一，是“以己之心，度人之心”，想专以“不见可欲，使民心不乱”。第二，是器宇只有这么大，实在并没有“澄清天下”之才，正如富翁唯一的经济法，只有将钱埋在自己的地下一样。古圣人所教的“慢藏诲盗，冶容诲淫”，就是说子女玉帛的处理方法，是应该坚壁清野的。

　　其实这种方法，中国早就奉行的了，我所到过的地方，除北京外，一路大抵只看见男人和卖力气的女人，很少见所谓上流妇女。但我先在此声明，我之不满于这种现象者，并非因为预备遍历中国，去窃窥一切太太小姐们；我并没有积下一文川资，就是最确的证据。今年是“流言”鼎盛时代，稍一不慎，《现代评论》上就会弯弯曲曲地登出来的，所以特地先行预告。至于一到名儒，则家里的男女也不给容易见面，霍渭厓的《家训》里，就有那非常麻烦的分隔男女的房子构造图。似乎有志于圣贤者，便是自己的家里也应该看作游艺场和公园；现在究竟是二十世纪，而且有“少负不羁之名，长习自由之说”的教育总长，实在宽大得远了。

　　北京倒是不大禁锢妇女，走在外面，也不很加侮蔑的地方，但这和我们的古哲和今贤之意相左，或者这种风气，倒是满洲人输入的罢。满洲人曾经做过我们的“圣上”，那习俗也应该遵从的。然而我想，现在却也并非排满，如民元之剪辫子，乃是老脾气复发了，只要看旧历过年的放鞭爆，就日见其多。可惜不再出一个魏忠贤来试验试验我们，看可有人去作干儿，并将他配享孔庙。

　　要风化好，是在解放人性，普及教育，尤其是性教育，这正是教育者所当为之事，“收起来”却是管牢监的禁卒哥哥的专门。况且社会上的事不比牢监那样简单，修了长城，胡人仍然源源而至，深沟高垒，都没有用处的。未有游艺场和公园以前，闺秀不出门，小家女也逛庙会，看祭赛，谁能说"有伤风化"情事，比高门大族为多呢？

总之，社会不改良，"收起来"便无用，以"收起来"为改良社会的手段，是坐了津浦车往奉天。这道理很浅显：壁虽坚固，也会冲倒的。兵匪的"绑急票"，抢妇女，于风化何如？没有知道呢，还是知而不能言，不敢言呢？倒是歌功颂德的！

其实，"坚壁清野"虽然是兵家的一法，但这究竟是退守，不是进攻。或者就因为这一点，适与一般人的退婴主义相称，于是见得志同道合的罢。但在兵事上，是别有所待的，待援军的到来，或敌军的引退；倘单是困守孤城，那结果就只有灭亡，教育上的"坚壁清野"法，所待的是什么呢？照历来的女教来推测，所待的只有一件事：死。

天下太平或还能苟安时候，所谓男子者俨然地教贞顺，说幽娴，"内言不出于阃"，"男女授受不亲"。好！都听你，外事就拜托足下罢。但是天下弄得鼎沸，暴力袭来了，足下将何以见教呢？曰：做烈妇呀！

宋以来，对付妇女的方法，只有这一个，直到现在，还是这一个。

如果这女教当真大行，则我们中国历来多少内乱，多少外患，兵燹频仍，妇女不是死尽了么？不，也有幸免的，也有不死的，易代之际，就和男人一同降伏，做奴才。于是生育子孙，祖宗的香火幸而不断，但到现在还很有带着奴气的人物，大概也就是这个流弊罢。"有利必有弊"，是十口相传，大家都知道的。

但似乎除此之外，儒者，名臣，富翁，武人，阔人以至小百姓，都想不出什么善法来，因此还只得奉这为至宝。更昏庸的，便以为只要意见和这些歧异者，就是土匪了。和官相反的是匪，也正是当然的事。但最近，孙美瑶据守抱犊崮，其实倒是"坚壁"，至于"清野"的通品，则我要推举张献忠。

张献忠在明末的屠戮百姓，是谁也知道，谁也觉得可骇的，譬如他使ＡＢＣ三枝兵杀完百姓之后，便令ＡＢ杀Ｃ，又令Ａ杀Ｂ，又令Ａ自相杀。为什么呢？是李自成已经入北京，做皇帝了。做皇帝是要百姓的，他就要杀完他的百姓，使他无皇帝可做。正如伤风化是要女生的，现在关起一切女生，也就无风化可伤一般。

连土匪也有坚壁清野主义，中国的妇女实在已没有解放的路；听说现在的乡民，于兵匪也已经辨别不清了。

一九二五年十一月二十二日。

题注：

本篇最初发表于1926年1月上海《新女性》月刊创刊号。收入《坟》。《新女性》是编辑家、出版家章锡琛从商务印书馆离职后，于1926年在上海创办的以提倡"妇女解放"为宗旨的月刊。1925年11月14日，北京《京报》上刊登一则禁令："教部昨饬京师学务局，谓据各处报告，正阳门外香厂路城南游艺园，及城内东安市场中央公园北海公园等处，迭次发生有伤风化情事。各女学校学生游逛，亟应取缔。特由该局通知各级女学校，禁止游行各娱乐场，并由校通知各女生家长知照云。"1925年11月24日鲁迅日记记载，"下午寄新女性社文一篇"，即指此文。

寡妇主义

范源廉先生是现在许多青年所钦仰的；各人有各人的意思，我当然无从推度那些缘由。但我个人所叹服的，是在他当前清光绪末年，首先发明了"速成师范"。一门学术而可以速成，迂执的先生们也许要觉得离奇罢；殊不知那时中国正闹着"教育荒"，所以这正是一宗急赈的款子。半年以后，从日本留学回来的师资就不在少数了，还带着教育上的各种主义，如军国民主义，尊王攘夷主义之类。在女子教育，则那时候最时行，常常听到嚷着的，是贤母良妻主义。

我倒并不一定以为这主义错，愚母恶妻是谁也不希望的。然而现在有几个急进的人们，却以为女子也不专是家庭中物，因而很攻击中国至今还钞了日本旧刊文来教育自己的女子的谬误。人们真容易被听惯的讹传所迷，例如近来有人说：谁是卖国的，谁是只为子孙计的。于是许多人也都这样说。其实如果真能卖国，还该得点更大的利，如果真为子孙计，也还算较有良心；现在的所谓谁者，大抵不过是送国，也何尝想到子孙。这贤母良妻主义也不在例外，急进者虽然引以为病，而事实上又何尝有这么一回事；所有的，不过是"寡妇主义"罢了。

这"寡妇"二字，应该用纯粹的中国思想来解释，不能比附欧，美，印度或亚剌伯的；倘要翻成洋文，也决不宜意译或神译，只能译音：Kuofuism。

我生以前不知道怎样，我生以后，儒教却已经颇"杂"了："奉母命权作道场"者有之，"神道设教"者有之，佩服《文昌帝君功过格》者又有之，我还记得那《功过格》，是给"谈人闺阃"者以很大的罚。我未出户庭，中国也未有女学校以前不知道怎样，自从我涉足社会，中国也有了女校，却常听到读书人谈论女学生的事，并且照例是坏事。有时实在太谬妄了，但倘若指出它的矛盾，则说的听的都大不悦，仇恨简直是"若杀其父兄"。这种言动，自然也许是合于"儒行"的罢，因为圣道广博，无所不包；或者不过是小节，不要紧的。

我曾经也略略猜想过这些谣诼的由来：反改革的老先生，色情狂气味的幻想家，制造流言的名人，连常识也没有或别有作用的新闻访事和记者，被学生赶走的校长和教员，谋做校长的教育家，跟着一犬而群吠的邑犬……。但近来却又发见了一种另外的，是："寡妇"或"拟寡妇"的校长及舍监。

这里所谓"寡妇"，是指和丈夫死别的；所谓"拟寡妇"，是指和丈夫生离以及不得已而抱独身主义的。

中国的女性出而在社会上服务，是最近才有的，但家族制度未曾改革，家务依然纷繁，一经结婚，即难于兼做别的事。于是社会上的事业，在中国，则大抵还只有教育，尤其是女子教育，便多半落在上文所说似的独身者的掌中。这在先前，是道学先生所占据的，继而以顽固无识等恶名失败，她们即以曾受新教育，曾往国外留学，同是女性等好招牌，起而代之。社会上也因为她们并不与任何男性相关，又无儿女系累，可以专心于神圣的事业，便漫然加以信托。但从此而青年女子之遭灾，就远在于往日在道学先生治下之上了。

即使是贤母良妻，即使是东方式，对于夫和子女，也不能说可以没有爱情。爱情虽说是天赋的东西，但倘没有相当的刺戟和运用，就不发达。譬如同是手脚，坐着不动的人将自己的和铁匠挑夫的一比较，就非常明白。在女子，是从有了丈夫，有了情人，有了儿女，而后真的爱情才觉醒的；否则，便潜藏着，或者竟会萎落，甚且至于变态。所以托独身者来造贤母良妻，简直是请盲人骑瞎马上道，更何论于能否适合现代的新潮流。自然，特殊的独身的女性，世上也并非没有，如那过去的有名的数学家 Sophie Kowalewsky，现在的思想家 Ellen Key 等；但那是一则欲望转了向，一则思想已经透澈的。然而当学士会院以奖金表彰 Kowalewsky 的学术上的名誉时，她给朋友的信里却有这样的话："我收到各方面的贺信。运命的奇异的讥刺呀，我从来没有感到过这样的不幸。"

至于因为不得已而过着独身生活者，则无论男女，精神上常不免发生变化，有着执拗猜疑阴险的性质者居多。欧洲中世的教士，日本维新前的御殿女中（女内侍），中国历代的宦官，那冷酷险狠，都超出常人许多倍。别的独身者也一样，生活既不合自然，心状也就大变，觉得世事都无味，人物都可憎，看见有些天真欢乐的人，便生恨恶。尤其是因为压抑性欲之故，所以于别人的性底事件就敏感，多疑；欣羡，因而妒嫉。其实这也是势所必至的事：为社会所逼迫，表面上固不能不装作纯洁，但内心却终于逃不掉本能之力的牵掣，不自主地蠢动着缺憾之感的。

然而学生是青年，只要不是童养媳或继母治下出身，大抵涉世不深，觉得万事都有光明，思想言行，即与此辈正相反。此辈倘能回忆自己的青年时代，本来就可以了解的。然而天下所多的是愚妇人，那里能想到这些事；始终用了她多年炼就的眼光，观察一切：见一封信，疑心是情书了；闻一声笑，以为是怀春了；只要男人来访，就是情夫；为什么要上公园呢，总该是赴密约。被学生反对，专一运用这种策略的时候不待言，虽在平时，也不免如此。加以中国本是流言的出产地方，"正人君子"也常以这些流言作谈资，扩势力，自造的流言尚且奉为至宝，何况是真出于学校当局者之口的呢，自然就更有价值地传布起来了。

我以为在古老的国度里，老于世故者和许多青年，在思想言行上，似乎有很远的距离，倘观以一律的眼光，结果即往往谬误。譬如中国有许多坏事，各有专名，在书籍上又偏多关于它的别名和隐语。当我编辑周刊时，所收的文稿中每有直犯这些别名和隐语的；在我，是向来避而不用。但细一查考，作者实茫无所知，因此也坦然写出；其咎却在中国的坏事的别名隐语太多，而我亦太有所知道，疑虑及避忌。看这些青年，仿佛中国的将来还有光明；但再看所谓学士大夫，却又不免令人气塞。他们的文章或者古雅，但内心真是干净者有多少。即以今年的士大夫的文言而论，章士钊呈文中的"荒学逾闲恣为无忌"，"两性衔接之机缄缔构"，"不受检制竟体忘形"，"谨愿者尽丧所守"等……可谓臻蝶黩之极致了。但其实，被侮辱的青年学生们是不懂的；即使仿佛懂得，也大概不及我读过一些古文者的深切地看透作者的居心。

言归正传罢。因为人们因境遇而思想性格能有这样不同，所以在寡妇或拟寡妇所办的学校里，正当的青年是不能生活的。青年应当天真烂漫，非如她们的阴沉，她们却以为中邪了；青年应当有朝气，敢作为，非如她们的萎缩，她们却以为不安本分了：都有罪。只有极和她们相宜，——说得冠冕一点罢，就是极其"婉顺"的，以她们为师法，使眼光呆滞，面肌固定，在学校所化成的阴森的家庭里屏息而行，这才能敷衍到毕业；拜领一张纸，以证明自己在这里被多年陶冶之余，已经失了青春的本来面目，成为精神上的"未字先寡"的人物，自此又要到社会上传布此道去了。

虽然是中国，自然也有一些解放之机，虽然是中国妇女，自然也有一些自立的倾向；所可怕的是幸而自立之后，又转而凌虐还未自立的人，正如童养媳一做婆婆，也就像她的恶姑一样毒辣。我并非说凡在教育界的独身女子，一定都得去配一个男人，无非愿意她们能放开思路，再去较为远大地加以思索；一面，则希望留心教育者，想到这事乃是一个女子教育上的大问题，而有所挽救，因为我知道凡有教育学家，是决不肯说教育是没有效验的。大约中国此后这种独身者还要逐渐增加，倘使没有良法补救，则寡妇主义教育的声势，也就要逐渐浩大，许多女子，都要在那冷酷险狠的陶冶之下，失其活泼的青春，无法复活了。全国受过教育的女子，无论已嫁未嫁，有夫无夫，个个心如古井，脸若严霜，自然倒也怪好看的罢，但究竟也太不像真要人模样地生活下去了；为他帖身的使女，亲生的女儿着想，倒是还在其次的事。

我是不研究教育的，但这种危害，今年却因为或一机会，深切地感到了，所以就趁《妇女周刊》征文的机会，将我的所感说出。

一九二五年十一月二十三日。

题注：

　　本篇最初发表于 1925 年 12 月 20 日北京《京报》附刊《妇女周刊》周年纪念号。收入《坟》。杨荫榆生于 1884 年，早年婚姻不幸，与夫家断绝关系后一直独身。她先后在日本和美国留学，1922年获得哥伦比亚大学教育硕士学位，1924年接替许寿裳任国立北京女子师范大学校长。她奉行贤妻良母主义，站在北洋政府一边，反对学生参加社会活动。1924年秋学生反对校长杨荫榆风潮发生，1925年5月杨荫榆开除学生自治会6人。这场风潮旷日持久，鲁迅站在学生一边，于1925年写下多篇杂文，揭露章士钊、杨荫榆等对学生的压制，与陈西滢等》的《现代评论》派的"正人君子"展开论战。

送灶日漫笔

坐听着远远近近的爆竹声，知道灶君先生们都在陆续上天，向玉皇大帝讲他的东家的坏话去了，但是他大概终于没有讲，否则，中国人一定比现在要更倒楣。

灶君升天的那日，街上还卖着一种糖，有柑子那么大小，在我们那里也有这东西，然而扁的，像一个厚厚的小烙饼。那就是所谓"胶牙饧"了。本意是在请灶君吃了，粘住他的牙，使他不能调嘴学舌，对玉帝说坏话。我们中国人意中的神鬼，似乎比活人要老实些，所以对神鬼要用这样的强硬手段，而于活人却只好请吃饭。

今之君子往往讳言吃饭，尤其是请吃饭。那自然是无足怪的，的确不大好听。只是北京的饭店那么多，饭局那么多，莫非都在食蛤蜊，谈风月，"酒酣耳热而歌呜呜"么？不尽然的，的确也有许多"公论"从这些地方播种，只因为公论和请帖之间看不出蛛丝马迹，所以议论便堂哉皇哉了。但我的意见，却以为还是酒后的公论有情。人非木石，岂能一味谈理，碍于情面而偏过去了，在这里正有着人气息。况且中国是一向重情面的。何谓情面？明朝就有人解释过，曰："情面者，面情之谓也。"自然不知道他说什么，但也就可以懂得他说什么。在现今的世上，要有不偏不倚的公论，本来是一种梦想；即使是饭后的公评，酒后的宏议，也何尝不可姑妄听之呢。然而，倘以为那是真正老牌的公论，却一定上当，——但这也不能独归罪于公论家，社会上风行请吃饭而讳言请吃饭，使人们不得不虚假，那自然也应该分任其咎的。

记得好几年前，是"兵谏"之后，有枪阶级专喜欢在天津会议的时候，有一个青年愤愤地告诉我道：他们那里是会议呢，在酒席上，在赌桌上，带着说几句就决定了。他就是受了"公论不发源于酒饭说"之骗的一个，所以永远是愤然，殊不知他那理想中的情形，怕要到二九二五年才会出现呢，或者竟许到三九二五年。

然而不以酒饭为重的老实人，却是的确也有的，要不然，中国自然还要坏。有些会议，从午后二时起，讨论问题，修改章程，此问彼难，风起云涌，一直到七八点，大家就无端觉得有些焦躁不安，脾气愈大了，议论愈纠纷了，章程愈渺茫了，虽说我们讨论完毕后才散罢，但终于一哄而散，无结果。这就是轻视了吃饭的报应，六七点钟时的焦躁不安，就是肚子对于本身和别人的警告，而大家误信了吃饭与讲公理无关的妖言，毫不瞅睬，所以肚子就使你演说也没精采，宣言也——连草稿都没有。

但我并不说凡有一点事情，总得到什么太平湖饭店，撷英番菜馆之类里去开大宴；我于那些店里都没有股本，犯不上替他们来拉主顾，人们也不见得都有这么多的钱。我不过说，发议论和请吃饭，现在还是有关系的；请吃饭之于发议论，现在也还是有益处的；虽然，这也是人情之常，无足深怪的。

顺便还要给热心而老实的青年们进一个忠告，就是没酒没饭的开会，时候不要开得太长，倘若时候已晚了，那么，买几个烧饼来吃了再说。这么一办，总可以比空着肚子的讨论容易有结果，容易得收场。

胶牙饧的强硬办法，用在灶君身上我不管它怎样，用之于活人是不大好的。倘是活人，莫妙于给他醉饱一次，使他自己不开口，却不是胶住他。中国人对人的手段颇高明，对鬼神却总有些特别，二十三夜的捉弄灶君即其一例，但说起来也奇怪，灶君竟至于到了现在，还仿佛没有省悟似的。

道士们的对付"三尸神"，可是更利害了。我也没有做过道士，详细是不知道的，但据"耳食之言"，则道士们以为人身中有三尸神，到有一日，便乘人熟睡时，偷偷地上天去奏本身的过恶。这实在是人体本身中的奸细，《封神传演义》常说的"三尸神暴躁，七窍生烟"的三尸神，也就是这东西。但据说要抵制他却不难，因为他上天的日子是有一定的，只要这一日不睡觉，他便无隙可乘，只好将过恶都放在肚子里，再看明年的机会了。连胶牙饧都没得吃，他实在比灶君还不幸，值得同情。

三尸神不上天，罪状都放在肚子里；灶君虽上天，满嘴是糖，在玉皇大帝面前含含胡胡地说了一通，又下来了。对于下界的情形，玉皇大帝一点也听不懂，一点也不知道，于是我们今年当然还是一切照旧，天下太平。

我们中国人对于鬼神也有这样的手段。

我们中国人虽然敬信鬼神；却以为鬼神总比人们傻，所以就用了特别的方法来处治他。至于对人，那自然是不同的了，但还是用了特别的方法来处治，只是不肯说；你一说，据说你就是卑视了他了。诚然，自以为看穿了的话，有时也的确反不免于浅薄。

二月五日。

题注：

　　本篇最初发表于 1926 年 2 月 11 日北京《国民新报副刊》。收入《华盖集续编》。在女师大学潮中，杨荫榆曾多次请所谓"评议会"成员赴宴讨论对付学生事宜。《现代评论》派陈西滢、徐志摩等人的许多"公论"，也都是在酒宴席上产生的。所以鲁迅在这篇杂感中说，"发议论和请吃饭，现在还是有关系的"，揭示了"公理"的背后是"人情"。

谈皇帝

中国人的对付鬼神，凶恶的是奉承，如瘟神和火神之类，老实一点的就要欺侮，例如对于土地或灶君。待遇皇帝也有类似的意思。君民本是同一民族，乱世时"成则为王败则为贼"，平常是一个照例做皇帝，许多个照例做平民；两者之间，思想本没有什么大差别。所以皇帝和大臣有"愚民政策"，百姓们也自有其"愚君政策"。

往昔的我家，曾有一个老仆妇，告诉过我她所知道，而且相信的对付皇帝的方法。她说——

"皇帝是很可怕的。他坐在龙位上，一不高兴，就要杀人；不容易对付的。所以吃的东西也不能随便给他吃，倘是不容易办到的，他吃了又要，一时办不到；——譬如他冬天想到瓜，秋天要吃桃子，办不到，他就生气，杀人了。现在是一年到头给他吃波菜，一要就有，毫不为难。但是倘说是波菜，他又要生气的，因为这是便宜货，所以大家对他就不称为波菜，另外起一个名字，叫作'红嘴绿鹦哥'。"

在我的故乡，是通年有波菜的，根很红，正如鹦哥的嘴一样。

这样的连愚妇人看来，也是呆不可言的皇帝，似乎大可以不要了。然而并不，她以为要有的，而且应该听凭他作威作福。至于用处，仿佛在靠他来镇压比自己更强梁的别人，所以随便杀人，正是非备不可的要件。然而倘使自己遇到，且须侍奉呢？可又觉得有些危险了，因此只好又将他练成傻子，终年耐心地专吃着"红嘴绿鹦哥"。

其实利用了他的名位，"挟天子以令诸侯"的，和我那老仆妇的意思和方法都相同，不过一则又要他弱，一则又要他愚。儒家的靠了"圣君"来行道也就是这玩意，因为要"靠"，所以要他威重，位高；因为要便于操纵，所以又要他颇老实，听话。

皇帝一自觉自己的无上威权，这就难办了。既然"普天之下，莫非皇土"，他就胡闹起来，还说是"自我得之，自我失之，我又何恨"哩！于是圣人之徒也只好请他吃"红嘴绿鹦哥"了，这就是所谓"天"。据说天子的行事，是都应该体帖天意，不能胡闹的；而这"天意"也者，又偏只有儒者们知道着。

这样，就决定了：要做皇帝就非请教他们不可。

然而不安分的皇帝又胡闹起来了。你对他说"天"么，他却道，"我生不有命在天？！"岂但不仰体上天之意而已，还逆天，背天，"射天"，简直将国家闹完，使靠天吃饭的圣贤君子们，哭不得，也笑不得。

于是乎他们只好去著书立说，将他骂一通，豫计百年之后，即身殁之后，大行于时，自以为这就了不得。

但那些书上，至多就止记着"愚民政策"和"愚君政策"全都不成功。

二月十七日。

题注：

本篇最初发表于1926年3月9日北京《国民新报副刊》。收入《华盖集续编》。这篇杂感写臣子驾驭皇帝的手段和两难之处，讽刺当时依傍北洋政府的知识分子，他们想要依傍皇权辅佐政府，却落得失败的下场。

为半农题记《何典》后，作

还是两三年前，偶然在光绪五年（1879）印的《申报馆书目续集》上看见《何典》题要，这样说：

> "《何典》十回。是书为过路人编定，缠夹二先生评，而太
> 平客人为之序。书中引用诸人，有曰活鬼者，有曰穷鬼者，有曰
> 活死人者，有曰臭花娘者，有曰畔房小姐者：阅之已堪喷饭。况
> 阅其所记，无一非三家村俗语；无中生有，忙里偷闲。其言，则
> 鬼话也；其人，则鬼名也；其事，则开鬼心，扮鬼脸，钓鬼火，
> 做鬼戏，搭鬼棚也。语曰，'出于何典'？而今而后，有人以俗
> 语为文者，曰'出于《何典》'而已矣。"

疑其颇别致，于是留心访求，但不得；常维钧多识旧书肆中人，
因托他搜寻，仍不得。今年半农告我已在厂甸庙市中无意得之，且将
校点付印；听了甚喜。此后半农便将校样陆续寄来，并且说希望我做
一篇短序，他知道我至多也只能做短序的。然而我还很踌蹰，我总觉
得没有这种本领。我以为许多事是做的人必须有这一门特长的，这才

做得好。譬如，标点只能让汪原放，做序只能推胡适之，出版只能由亚东图书馆；刘半农，李小峰，我，皆非其选也。然而我却决定要写几句。为什么呢？只因为我终于决定要写几句了。

还未开手，而躬逢战争，在炮声和流言当中，很不宁帖，没有执笔的心思。夹着是得知又有文士之徒在什么报上骂半农了，说《何典》广告怎样不高尚，不料大学教授而竟堕落至于斯。这颇使我凄然，因为由此记起了别的事，而且也以为"不料大学教授而竟堕落至于斯"。从此一见《何典》，便感到苦痛，再也说不出一句话。

是的，大学教授要堕落下去。无论高的或矮的，白的或黑的，或灰的。不过有些是别人谓之堕落，而我谓之困苦。我所谓困苦之一端，便是失了身分。我曾经做过《论"他妈的！"》早有青年道德家乌烟瘴气地浩叹过了，还讲身分么？但是也还有些讲身分。我虽然"深恶而痛绝之"于那些戴着面具的绅士，却究竟不是"学匪"世家；见了所谓"正人君子"固然决定摇头，但和歪人奴子相处恐怕也未必融洽。用了无差别的眼光看，大学教授做一个滑稽的，或者甚而至于夸张的广告何足为奇？就是做一个满嘴"他妈的"的广告也何足为奇？然而呀，这里用得着然而了，我是究竟生在十九世纪的，又做过几年官，和所谓"孤桐先生"同部，官——上等人——气骤不易退，所以有时也觉得教授最相宜的也还是上讲台。又要然而了，然而必须有够活的薪水，兼差倒可以。这主张在教育界大概现在已经有一致赞成之望，去年在什么公理会上一致攻击兼差的公理维持家，今年也颇有一声不响地去兼差的了，不过"大报"上决不会登出来，自己自然更未必做广告。

半农到德法研究了音韵好几年，我虽然不懂他所做的法文书，只知道里面很夹些中国字和高高低低的曲线，但总而言之，书籍具在，势必有人懂得。所以他的正业，我以为也还是将这些曲线教给学生们。可是北京大学快要关门大吉了；他兼差又没有。那么，即使我是怎样的十足上等人，也不能反对他印卖书。既要印卖，自然想多销，既想多销，自然要做广告，既做广告，自然要说好。难道有自己印了书，却发广告说这书很无聊，请列位不必看的么？说我的杂感无一读之价值的广告，那是西滢（即陈源）做的。——顺便在此给自己登一个广告罢：陈源何以给我登这样的反广告的呢，只要一看我的《华盖集》就明白。主顾诸公，看呀！快看呀！每本大洋六角，北新书局发行。

想起来已经有二十多年了，以革命为事的陶焕卿，穷得不堪，在上海自称会稽先生，教人催眠术以糊口。有一天他问我，可有什么药能使人一嗅便睡去的呢？我明知道他怕施术不验，求助于药物了。其实呢，在大众中试验催眠，本来是不容易成功的。我又不知道他所寻求的妙药，爱莫能助。两三月后，报章上就有投书（也许是广告）出现，说会稽先生不懂催眠术，以此欺人。清政府却比这干鸟人灵敏得多，所以通缉他的时候，有一联对句道："著《中国权力史》，学日本催眠术。"

《何典》快要出版了，短序也已经迫近交卷的时候。夜雨潇潇地下着，提起笔，忽而又想到用麻绳做腰带的困苦的陶焕卿，还夹杂些和《何典》不相干的思想。但序文已经迫近了交卷的时候，只得写出来，而且还要印上去。我并非将半农比附"乱党"，——现在的中华民国虽由革命造成，但许多中华民国国民，都仍以那时的革命者为乱党，是明明白白的，——不过说，在此时，使我回忆从前，念及几个朋友，并感到自己的依然无力而已。

但短序总算已经写成，虽然不像东西，却究竟结束了一件事。我还将此时的别的心情写下，并且发表出去，也作为《何典》的广告。

五月二十五日之夜，碰着东壁下，书。

题注：

本篇最初发表于 1926 年 6 月 7 日北京《语丝》周刊第八十二期。收入《华盖集续编》。1926 年，由于军阀连年混战，段祺瑞政府面临财政危机，教育经费无法发放，教职员生活无法维持。北京大学教授刘半农遂将运用俗谚写成的讽刺章回体小说《何典》校点重印，并登了一则"吴稚晖先生的老师《何典》出版"的广告，其后受到一些"文士"的攻击，说"大学教授而竟堕落至于斯"。鲁迅在这篇题记中为刘半农辩护。

《小说旧闻钞》序言

　　昔尝治理小说，于其史实，有所钩稽。时蒋氏瑞藻《小说考证》已版行，取以检寻，颇获稗助；独惜其并收传奇，未曾理析，校以原本，字句又时有异同。于是凡值涉猎故记，偶得旧闻，足为参证者，辄复别行迻写。历时既久，所积渐多；而二年已前又复废置，纸札丛杂，委之蟫尘。其所以不即焚弃者，盖缘事虽猥琐，究尝用心，取舍两穷，有如鸡肋焉尔。今年之春，有所枨触，更发旧稿，杂陈案头。一二小友以为此虽不足以饷名家，或尚非无稗于初学，助之编定，斐然成章，遂亦印行，即为此本。自愧读书不多，疏陋殊甚，空灾楮墨，贻痛评坛。然皆摭自本书，未尝转贩；而通卷俱论小说，如《小浮梅闲话》，《小说丛考》，《石头记索隐》，《红楼梦辨》等，则以本为专著，无烦披拣，冀省篇幅，亦不复采也。凡所录载，本拟力汰複重，以便观览，然有破格，可得而言：在《水浒传》，《聊斋志异》，《阅微草堂笔记》下有复重者，著俗说流传之迹也；在《西游记》下有复重者，揭此书不著录于地志之渐也；在《源流篇》中有复重者，明札记肊说稗贩之多也。无稽甚者，亦在所删，而独留《消夏闲记》《扬州梦》各一则，则以见悠谬之谈，故书中盖常有，且复至于此耳。翻检之书，别为目录附于末；然亦有未尝通观全部者，如王圻《续文献通考》，实仅阅其《经籍考》而已。

一千九百二十六年八月一日，校讫记。鲁迅。

题注：

本篇最初收入《小说旧闻钞》，初未收集。《小说旧闻钞》，鲁迅辑录的小说史料集，1926 年 8 月北新书局出版。

无声的中国

——二月十六日在香港青年会讲

　　以我这样没有什么可听的无聊的讲演，又在这样大雨的时候，竟还有这许多来听的诸君，我首先应当声明我的郑重的感谢。

　　我现在所讲的题目是：《无声的中国》。

　　现在，浙江，陕西，都在打仗，那里的人民哭着呢还是笑着呢，我们不知道。香港似乎很太平，住在这里的中国人，舒服呢还是不很舒服呢，别人也不知道。

　　发表自己的思想，感情给大家知道的是要用文章的，然而拿文章来达意，现在一般的中国人还做不到。这也怪不得我们；因为那文字，先就是我们的祖先留传给我们的可怕的遗产。人们费了多年的工夫，还是难于运用。因为难，许多人便不理它了，甚至于连自己的姓也写不清是张还是章，或者简直不会写，或者说道：Chang。虽然能说话，而只有几个人听到，远处的人们便不知道，结果也等于无声。又因为难，有些人便当作宝贝，像玩把戏似的，之乎者也，只有几个人懂，——其实是不知道可真懂，而大多数的人们却不懂得，结果也等于无声。

　　文明人和野蛮人的分别，其一，是文明人有文字，能够把他们的思想，感情，藉此传给大众，传给将来。中国虽然有文字，现在却已经和大家不相干，用的是难懂的古文，讲的是陈旧的古意思，所有的声音，都是过去的，都就是只等于零的。所以，大家不能互相了解，正像一大盘散沙。

将文章当作古董，以不能认识，不能使人懂得为好，也许是有趣的事罢。但是，结果怎样呢？是我们已经不能将我们想说的话说出来。我们受了损害，受了侮辱，总是不能说出些应说的话。拿最近的事情来说，如中日战争，拳匪事件，民元革命这些大事件，一直到现在，我们可有一部像样的著作？民国以来，也还是谁也不作声。反而在外国，倒常有说起中国的，但那都不是中国人自己的声音，是别人的声音。

这不能说话的毛病，在明朝是还没有这样厉害的；他们还比较地能够说些要说的话。待到满洲人以异族侵入中国，讲历史的，尤其是讲宋末的事情的人被杀害了，讲时事的自然也被杀害了。所以，到乾隆年间，人民大家便更不敢用文章来说话了。所谓读书人，便只好躲起来读经，校刊古书，做些古时的文章，和当时毫无关系的文章。有些新意，也还是不行的；不是学韩，便是学苏。韩愈苏轼他们，用他们自己的文章来说当时要说的话，那当然可以的。我们却并非唐宋时人，怎么做和我们毫无关系的时候的文章呢。即使做得像，也是唐宋时代的声音，韩愈苏轼的声音，而不是我们现代的声音。然而直到现在，中国人却还要着这样的旧戏法。人是有的，没有声音，寂寞得很。——人会没有声音的么？没有，可以说：是死了。倘要说得客气一点，那就是：已经哑了。

要恢复这多年无声的中国，是不容易的，正如命令一个死掉的人道："你活过来！"我虽然并不懂得宗教，但我以为正如想出现一个宗教上之所谓"奇迹"一样。

首先来尝试这工作的是"五四运动"前一年，胡适之先生所提倡的"文学革命"。"革命"这两个字，在这里不知道可害怕，有些地方是一听到就害怕的。但这和文学两字连起来的"革命"，却没有法国革命的"革命"那么可怕，不过是革新，改换一个字，就很平和了，我们就称为"文学革新"罢，中国文字上，这样的花样是很多的。那大意也并不可怕，不过说：我们不必再去费尽心机，学说古代的死人的话，要说现代的活人的话；不要将文章看作古董，要做容易懂得的白话的文章。然而，单是文学革新是不够的，因为腐败思想，能用古文做，也能用白话做。所以后来就有人提倡思想革新。思想革新的结果，是发生社会革新运动。这运动一发生，自然一面就发生反动，于是便酿成战斗……。

但是，在中国，刚刚提起文学革新，就有反动了。不过白话文却渐渐风行起来，不大受阻碍。这是怎么一回事呢？就因为当时又有钱玄同先生提倡废止汉字，用罗马字母来替代。这本也不过是一种文字革新，很平常的，但被不喜欢改革的中国人听见，就大不得了了，于是便放过了比较的平和的文学革命，而竭力来骂钱玄同。白话乘了这一个机会，居然减去了许多敌人，反而没有阻碍，能够流行了。

中国人的性情是总喜欢调和，折中的。譬如你说，这屋子太暗，须在这里开一个窗，大家一定不允许的。但如果你主张拆掉屋顶，他们就会来调和，愿意开窗了。没有更激烈的主张，他们总连平和的改革也不肯行。那时白话文之得以通行，就因为有废掉中国字而用罗马字母的议论的缘故。

其实，文言和白话的优劣的讨论，本该早已过去了，但中国是总不肯早早解决的，到现在还有许多无谓的议论。例如，有的说：古文各省人都能懂，白话就各处不同，反而不能互相了解了。殊不知这只要教育普及和交通发达就好，那时就人人都能懂较为易解的白话文；至于古文，何尝各省人都能懂，便是一省里，也没有许多人懂得的。有的说：如果都用白话文，人们便不能看古书，中国的文化就灭亡了。其实呢，现在的人们大可以不必看古书，即使古书里真有好东西，也可以用白话来译出的，用不着那么心惊胆战。他们又有人说，外国尚且译中国书，足见其好，我们自己倒不看么？殊不知埃及的古书，外国人也译，非洲黑人的神话，外国人也译，他们别有用意，即使译出，也算不了怎样光荣的事的。

近来还有一种说法，是思想革新紧要，文字改革倒在其次，所以不如用浅显的文言来作新思想的文章，可以少招一重反对。这话似乎也有理。然而我们知道，连他长指甲都不肯剪去的人，是决不肯剪去他的辫子的。

因为我们说着古代的话，说着大家不明白，不听见的话，已经弄得像一盘散沙，痛痒不相关了。我们要活过来，首先就须由青年们不再说孔子孟子和韩愈柳宗元们的话。时代不同，情形也两样，孔子时代的香港不这样，孔子口调的"香港论"是无从做起的，"吁嗟阔哉香港也"，不过是笑话。

我们要说现代的，自己的话；用活着的白话，将自己的思想，感情直白地说出来。但是，这也要受前辈先生非笑的。他们说白话文卑鄙，没有价值；他们说年青人作品幼稚，贻笑大方。我们中国能做文言的有多少呢，其余的都只能说白话，难道这许多中国人，就都是卑鄙，没有价值的么？至于幼稚，尤其没有什么可羞，正如孩子对于老人，毫没有什么可羞一样。幼稚是会生长，会成熟的，只不要衰老，腐败，就好。倘说待到纯熟了才可以动手，那是虽是村妇也不至于这样蠢。她的孩子学走路，即使跌倒了，她决不至于叫孩子从此躺在床上，待到学会了走法再下地面来的。

青年们先可以将中国变成一个有声的中国。大胆地说话，勇敢地进行，忘掉了一切利害，推开了古人，将自己的真心的话发表出来。——真，自然是不容易的。譬如态度，就不容易真，讲演时候就不是我的真态度，因为我对朋友，孩子说话时候的态度是不这样的。——但总可以说些较真的话，发些较真的声音。只有真的声音，才能感动中国的人和世界的人；必须有了真的声音，才能和世界的人同在世界上生活。

我们试想现在没有声音的民族是那几种民族。我们可听到埃及的声音？可听到安南，朝鲜的声音？印度除了泰戈尔，别的声音可还有？

我们此后实在只有两条路：一是抱着古文而死掉，一是舍掉古文而生存。

题注：

本篇演讲词最初刊于 1927 年 2 月 21 日香港《华侨日报》，同年 3 月 23 日汉口《中央日报》副刊转载。收入《三闲集》。据鲁迅日记和相关报道，这次演讲作于 2 月 18 日。

老调子已经唱完

——二月十九日在香港青年会讲演

今天我所讲的题目是"老调子已经唱完"：初看似乎有些离奇，其实是并不奇怪的。

凡老的，旧的，都已经完了！这也应该如此。虽然这一句话实在对不起一般老前辈，可是我也没有别的法子。

中国人有一种矛盾思想，即是：要子孙生存，而自己也想活得很长久，永远不死；及至知道没法可想，非死不可了，却希望自己的尸身永远不腐烂。但是，想一想罢，如果从有人类以来的人们都不死，地面上早已挤得密密的，现在的我们早已无地可容了；如果从有人类以来的人们的尸身都不烂，岂不是地面上的死尸早已堆得比鱼店里的鱼还要多，连掘井，造房子的空地都没有了么？所以，我想，凡是老的，旧的，实在倒不如高高兴兴的死去的好。

在文学上，也一样，凡是老的和旧的，都已经唱完，或将要唱完。举一个最近的例来说，就是俄国。他们当俄皇专制的时代，有许多作家很同情于民众，叫出许多惨痛的声音，后来他们又看见民众有缺点，便失望起来，不很能怎样歌唱，待到革命以后，文学上便没有什么大作品了。只有几个旧文学家跑到外国去，作了几篇作品，但也不见得出色，因为他们已经失掉了先前的环境了，不再能照先前似的开口。

在这时候，他们的本国是应该有新的声音出现的，但是我们还没有很听到。我想，他们将来是一定要有声音的。因为俄国是活的，虽然暂时没有什么声音，但他究竟有改造环境的能力，所以将来一定也会有新的声音出现。

再说欧美的几个国度罢。他们的文艺是早有些老旧了，待到世界大战时候，才发生了一种战争文学。战争一完结，环境也改变了，老调子无从再唱，所以现在文学上也有些寂寞。将来的情形如何，我们实在不能预测。但我相信，他们是一定也会有新的声音的。

现在来想一想我们中国是怎样。中国的文章是最没有变化的，调子是最老的，里面的思想是最旧的。但是，很奇怪，却和别国不一样。那些老调子，还是没有唱完。

这是什么缘故呢? 有人说，我们中国是有一种"特别国情"。——中国人是否真是这样"特别"，我是不知道，不过我听得有人说，中国人是这样。——倘使这话是真的，那么，据我看来，这所以特别的原因，大概有两样。

第一，是因为中国人没记性，因为没记性，所以昨天听过的话，今天忘记了，明天再听到，还是觉得很新鲜。做事也是如此，昨天做坏了的事，今天忘记了，明天做起来，也还是"仍旧贯"的老调子。

第二，是个人的老调子还未唱完，国家却已经灭亡了好几次了。何以呢? 我想，凡有老旧的调子，一到有一个时候，是都应该唱完的，凡是有良心，有觉悟的人，到一个时候，自然知道老调子不该再唱，将它抛弃。但是，一般以自己为中心的人们，却决不肯以民众为主体，而专图自己的便利，总是三翻四复的唱不完。于是，自己的老调子固然唱不完，而国家却已被唱完了。

宋朝的读书人讲道学，讲理学，尊孔子，千篇一律。虽然有几个革新的人们，如王安石等等，行过新法，但不得大家的赞同，失败了。从此大家又唱老调子，和社会没有关系的老调子，一直到宋朝的灭亡。

宋朝唱完了，进来做皇帝的是蒙古人——元朝。那么，宋朝的老调子也该随着宋朝完结了罢，不，元朝人起初虽然看不起中国人，后来却觉得我们的老调子，倒也新奇，渐渐生了羡慕，因此元人也跟着唱起我们的调子来了，一直到灭亡。

这个时候，起来的是明太祖。元朝的老调子，到此应该唱完了罢，可是也还没有唱完。明太祖又觉得还有些意趣，就又教大家接着唱下去。什么八股咧，道学咧，和社会，百姓都不相干，就只向着那条过去的旧路走，一直到明亡。

清朝又是外国人。中国的老调子，在新来的外国主人的眼里又见得新鲜了，于是又唱下去。还是八股，考试，做古文，看古书。但是清朝完结，已经有十六年了，这是大家都知道的。他们到后来，倒也略略有些觉悟，曾经想从外国学一点新法来补救，然而已经太迟，来不及了。

老调子将中国唱完，完了好几次，而它却仍然可以唱下去。因此就发生一点小议论。有人说："可见中国的老调子实在好，正不妨唱下去。试看元朝的蒙古人，清朝的满洲人，不是都被我们同化了么？照此看来，则将来无论何国，中国都会这样地将他们同化的。"原来我们中国就如生着传染病的病人一般，自己生了病，还会将病传到别人身上去，这倒是一种特别的本领。

殊不知这种意见，在现在是非常错误的。我们为甚么能够同化蒙古人和满洲人呢？是因为他们的文化比我们的低得多。倘使别人的文化和我们的相敌或更进步，那结果便要大不相同了。他们倘比我们更聪明，这时候，我们不但不能同化他们，反要被他们利用了我们的腐败文化，来治理我们这腐败民族。他们对于中国人，是毫不爱惜的，当然任凭你腐败下去。现在听说又很有别国人在尊重中国的旧文化了，那里是真在尊重呢，不过是利用！

从前西洋有一个国度，国名忘记了，要在非洲造一条铁路。顽固的非洲土人很反对，他们便利用了他们的神话来哄骗他们道："你们古代有一个神仙，曾从地面造一道桥到天上。现在我们所造的铁路，简直就和你们的古圣人的用意一样。"非洲人不胜佩服，高兴，铁路就造起来。——中国人是向来排斥外人的，然而现在却渐渐有人跑到他那里去唱老调子了，还说道："孔夫子也说过，'道不行，乘桴浮于海。'所以外人倒是好的。"外国人也说道："你家圣人的话实在不错。"

倘照这样下去，中国的前途怎样呢？别的地方我不知道，只好用上海来类推。上海是：最有权势的是一群外国人，接近他们的是一圈中国的商人和所谓读书的人，圈子外面是许多中国的苦人，就是下等奴才。将来呢，倘使还要唱着老调子，那么，上海的情状会扩大到全国，苦人会多起来。因为现在是不像元朝清朝时候，我们可以靠着老调子将他们唱完，只好反而唱完自己了。这就因为，现在的外国人，不比蒙古人和满洲人一样，他们的文化并不在我们之下。

那么，怎么好呢？我想，唯一的方法，首先是抛弃了老调子。旧文章，旧思想，都已经和现社会毫无关系了，从前孔子周游列国的时代，所坐的是牛车。现在我们还坐牛车么？从前尧舜的时候，吃东西用泥碗。现在我们所用的是甚么？所以，生在现今的时代，捧着古书是完全没有用处的了。

但是，有些读书人说，我们看这些古东西，倒并不觉得于中国怎样有害，又何必这样决绝地抛弃呢？是的。然而古老东西的可怕就正在这里。倘使我们觉得有害，我们便能警戒了，正因为并不觉得怎样有害，我们这才总是觉不出这致死的毛病来。因为这是"软刀子"。这"软刀子"的名目，也不是我发明的，明朝有一个读书人，叫做贾凫西的，鼓词里曾经说起纣王，道："几年家软刀子割头不觉死，只等得太白旗悬才知道命有差。"我们的老调子，也就是一把软刀子。

中国人倘被别人用钢刀来割，是觉得痛的，还有法子想；倘是软刀子，那可真是"割头不觉死"，一定要完的。

我们中国被别人用兵器来打，早有过好多次了。例如，蒙古人满洲人用弓箭，还有别国人用枪炮。用枪炮来打的后几次，我已经出了世了，但是年纪青。我仿佛记得那时大家倒还觉得一点苦痛的，也曾经想有些抵抗，有些改革。用枪炮来打我们的时候，听说是因为我们野蛮；现在，倒不大遇见有枪炮来打我们了，大约是因为我们文明了罢。现在也的确常常有人说，中国的文化好得很，应该保存。那证据，是外国人也常在赞美。这就是软刀子。用钢刀，我们也许还会觉得的，于是就改用软刀子。我想：叫我们用自己的老调子唱完我们自己的时候，是已经要到了。

中国的文化，我可是实在不知道在那里。所谓文化之类，和现在的民众有甚么关系，甚么益处呢？近来外国人也时常说，中国人礼仪好，中国人看馔好。中国人也附和着。但这些事和民众有甚么关系？车夫先就没有钱来做礼服，南北的大多数的农民最好的食物是杂粮。有什么关系？

中国的文化，都是侍奉主子的文化，是用很多的人的痛苦换来的。无论中国人，外国人，凡是称赞中国文化的，都只是以主子自居的一部份。

以前，外国人所作的书籍，多是嘲骂中国的腐败；到了现在，不大嘲骂了，或者反而称赞中国的文化了。常听到他们说："我在中国住得很舒服呵！"这就是中国人已经渐渐把自己的幸福送给外国人享受的证据。所以他们愈赞美，我们中国将来的苦痛要愈深的！

这就是说：保存旧文化，是要中国人永远做侍奉主子的材料，苦下去，苦下去。虽是现在的阔人富翁，他们的子孙也不能逃。我曾经做过一篇杂感，大意是说："凡称赞中国旧文化的，多是住在租界或安稳地方的富人，因为他们有钱，没有受到国内战争的痛苦，所以发出这样的赞赏来。殊不知将来他们的子孙，营业要比现在的苦人更其贱，去开的矿洞，也要比现在的苦人更其深。"这就是说，将来还是要穷的，不过迟一点。但是先穷的苦人，开了较浅的矿，他们的后人，却须开更深的矿了。我的话并没有人注意。他们还是唱着老调子，唱到租界去，唱到外国去。但从此以后，不能像元朝清朝一样，唱完别人了，他们是要唱完了自己。

这怎么办呢？我想，第一，是先请他们从洋楼，卧室，书房里踱出来，看一看身边怎么样，再看一看社会怎么样，世界怎么样。然后自己想一想，想得了方法，就做一点。"跨出房门，是危险的。"自然，唱老调子的先生们又要说。然而，做人是总有些危险的，如果躲在房里，就一定长寿，白胡子的老先生应该非常多；但是我们所见的有多少呢？他们也还是常常早死，虽然不危险，他们也胡涂死了。

要不危险，我倒曾经发见了一个很合式的地方。这地方，就是：牢狱。人坐在监牢里，便不至于再捣乱，犯罪了；救火机关也完全，不怕失火；也不怕盗劫，到牢狱里去抢东西的强盗是从来没有的。坐监是实在最安稳。

但是，坐监却独独缺少一件事，这就是：自由。所以，贪安稳就没有自由，要自由就总要历些危险。只有这两条路。那一条好，是明明白白的，不必待我来说了。

现在我还要谢诸位今天到来的盛意。

题注：

本篇最初发表于1927年3月广州《国民新闻》副刊《新时代》，同年5月11日被《中央日报》副刊第四十八号转载。初未收集。本文为1927年2月19日下午鲁迅在香港青年会的演讲记录稿，曾经鲁迅审阅。原编入《集外集》，在出版时被国民党当局抽去，后收入《集外集拾遗》。鲁迅后来在《而已集·略谈香港》中说："我去演讲的时候，主持其事的人大约很受了许多困难，但我都不大清楚。单知道先是颇遭干涉；中途又有反对者派人索取入场券，……后来又不许将讲稿登报，经交涉的结果，是削去和改窜了许多。"

魏晋风度及文章与药及酒之关系

——九月间在广州夏期学术演讲会讲

我今天所讲的，就是黑板上写着的这样一个题目。

中国文学史，研究起来，可真不容易，研究古的，恨材料太少，研究今的，材料又太多，所以到现在，中国较完全的文学史尚未出现。今天讲的题目是文学史上的一部分，也是材料太少，研究起来很有困难的地方。因为我们想研究某一时代的文学，至少要知道作者的环境，经历和著作。

汉末魏初这个时代是很重要的时代，在文学方面起了一个重大的变化，因当时正在黄巾和董卓大乱之后，而且又是党锢的纠纷之后，这时曹操出来了。——不过我们讲到曹操，很容易就联想起《三国志演义》，更联想到戏台上那一位花面的奸臣，但这不是观察曹操的真正方法。现在我们再看历史，在历史上的记载和论断有时也是极靠不住的，不能相信的地方很多，因为通常我们晓得，某朝的年代长一点，其中必定好人多；某朝的年代短一点，其中差不多没有好人。为什么呢？因为年代长了，做史的是本朝人，当然恭维本朝的人物，年代短了，做史的是别朝人，便很自由地贬斥其异朝的人物，所以在秦朝，差不多在史的记载上半个好人也没有。曹操在史上年代也是颇短的，自然也逃不了被后一朝人说坏话的公例。其实，曹操是一个很有本事的人，至少是一个英雄，我虽不是曹操一党，但无论如何，总是非常佩服他。

研究那时的文学，现在较为容易了，因为已经有人做过工作：在文集一方面有清严可均辑的《全上古三代秦汉三国晋南北朝文》。其中于此有用的，是《全汉文》，《全三国文》，《全晋文》。

在诗一方面有丁福保辑的《全汉三国晋南北朝诗》。——丁福保是做医生的，现在还在。

辑录关于这时代的文学评论有刘师培编的《中国中古文学史》。这本书是北京大学的讲义，刘先生已死，此书由北大出版。

上面三种书对于我们的研究有很大的帮助。能使我们看出这时代的文学的确有点异彩。

我今天所讲，倘若刘先生的书里已详的，我就略一点；反之，刘先生所略的，我就较详一点。

董卓之后，曹操专权。在他的统治之下，第一个特色便是尚刑名。他的立法是很严的，因为当大乱之后，大家都想做皇帝，大家都想叛乱，故曹操不能不如此。曹操曾自己说过："倘无我，不知有多少人称王称帝！"这句话他倒并没有说谎。因此之故，影响到文章方面，成了清峻的风格。——就是文章要简约严明的意思。

此外还有一个特点，就是尚通脱。他为什么要尚通脱呢？自然也与当时的风气有莫大的关系。因为在党锢之祸以前，凡党中人都自命清流，不过讲"清"讲得太过，便成固执，所以在汉末，清流的举动有时便非常可笑了。

比方有一个有名的人，普通的人去拜访他，先要说几句话，倘这几句话说得不对，往往会遭倨傲的待遇，叫他坐到屋外去，甚而至于拒绝不见。

又如有一个人，他和他的姊夫是不对的，有一回他到姊姊那里去吃饭之后，便要将饭钱算回给姊姊。她不肯要，他就于出门之后，把那些钱扔在街上，算是付过了。

个人这样闹闹脾气还不要紧，倘若治国平天下也这样闹起执拗的脾气来，那还成甚么话？所以深知此弊的曹操要起来反对这种习气，力倡通脱。通脱即随便之意。此种提倡影响到文坛，便产生多量想说甚么便说甚么的文章。

更因思想通脱之后，废除固执，遂能充分容纳异端和外来的思想，故孔教以外的思想源源引入。

总括起来，我们可以说汉末魏初的文章是清峻，通脱。在曹操本身，也是一个改造文章的祖师，可惜他的文章传的很少。他胆子很大，文章从通脱得力不少，做文章时又没有顾忌，想写的便写出来。

所以曹操征求人才时也是这样说，不忠不孝不要紧，只要有才便可以。这又是别人所不敢说的。曹操做诗，竟说是"郑康成行酒伏地气绝"，他引用离当时不久的事实，这也是别人所不敢的。还有一样，比方人死时，常常写点遗令，这是名人的一件极时髦的事。当时的遗令本有一定的格式，且多言身后当葬于何处何处，或葬于某某名人的墓旁；操独不然，他的遗令里不独没有依着格式，内容竟讲到遗下的衣服和伎女怎样处置等问题。

陆机虽然评曰"贻尘谤于后王"，然而我想他无论如何是一个精明人，他自己能做文章，又有手段，把天下的方士文士统统搜罗起来，省得他们跑到外面给他捣乱。所以他帷幄里面，方士文士就特别地多。

孝文帝曹丕，以长子而承父业，篡汉而即帝位。他也是喜欢文章的。其弟曹植，还有明帝曹叡，都是喜欢文章的。不过到那个时候，于通脱之外，更加上华丽。丕著有《典论》，现已失散无全本，那里面说："诗赋欲丽"，"文以气为主"。《典论》的零零碎碎，在唐宋类书中；一篇整的《论文》，在《文选》中可以看见。

后来有一般人很不以他的见解为然。他说诗赋不必寓教训，反对当时那些寓训勉于诗赋的见解，用近代的文学眼光看来，曹丕的一个时代可说是"文学的自觉时代"，或如近代所说是为艺术而艺术（Art for Art's Sake）的一派。所以曹丕做的诗赋很好，更因他以"气"为主，故于华丽以外，加上壮大。归纳起来，汉末，魏初的文章，可说是："清峻，通脱，华丽，壮大。"在文学的意见上，曹丕和曹植表面上似乎是不同的。曹丕说文章事可以留名声于千载；但子建却说文章小道，不足论的。据我的意见，子建大概是违心之论。这里有两个原因，第一，子建的文章做得好，一个人大概总是不满意自己所做而羡慕他人所为的，他的文章已经做得好，于是他便敢说文章是小道；第二，子建活动的目标在于政治方面，政治方面不甚得志，遂说文章是无用了。

曹操曹丕以外，还有下面的七个人：孔融，陈琳，王粲，徐干，阮瑀，应玚，刘桢，都很能做文章，后来称为"建安七子"。七人的文章都很少流传，现在我们很难判断；但，大概都不外是"慷慨"，"华丽"罢。华丽即曹丕所主张，慷慨就因正当天下大乱之际，亲戚朋友死于乱者特多，于是为文就不免带着悲凉，激昂和"慷慨"了。

七子之中，特别的是孔融，他专喜和曹操捣乱。曹丕《典论》里有论孔融的，因此他也被拉进"建安七子"一块儿去。其实不对，很两样的。不过在当时，他的名声可非常之大。孔融作文，喜用讥嘲的笔调，曹丕很不满意他。孔融的文章现在传的也很少，就所有的看起来，我们可以瞧出他并不大对别人讥讽，只对曹操。比方操破袁氏兄弟，曹丕把袁熙的妻甄氏拿来，归了自己，孔融就写信给曹操，说当初武王伐纣，将妲己给了周公了。操问他的出典，他说，以今例古，大概那时也是这样的。又比方曹操要禁酒，说酒可以亡国，非禁不可，孔融又反对他，说也有以女人亡国的，何以不禁婚姻？

其实曹操也是喝酒的。我们看他的"何以解忧？惟有杜康"的诗句，就可以知道。为什么他的行为会和议论矛盾呢？此无他，因曹操是个办事人，所以不得不这样做；孔融是旁观的人，所以容易说些自由话。曹操见他屡屡反对自己，后来借故把他杀了。他杀孔融的罪状大概是不孝。因为孔融有下列的两个主张：

第一，孔融主张母亲和儿子的关系是如瓶之盛物一样，只要在瓶内把东西倒了出来，母亲和儿子的关系便算完了。第二，假使天下饥荒的时候，有点食物，给父亲不给呢？孔融的答案是：倘若父亲是不好的，宁可给别人。——曹操想杀他，便不惜以这种主张为他不忠不孝的根据，把他杀了。倘若曹操在世，我们可以问他，当初求才时就说不忠不孝也不要紧，为何又以不孝之名杀人呢？然而事实上纵使曹操再生，也没人敢问他，我们倘若去问他，恐怕他把我们也杀了！

与孔融一同反对曹操的尚有一个祢衡，后来给黄祖杀掉的。祢衡的文章也不错，而且他和孔融早是"以气为主"来写文章的了。故在此我们又可知道，汉文慢慢壮大起来，是时代使然，非专靠曹操父子之功的。但华丽好看，却是曹丕提倡的功劳。

这样下去一直到明帝的时候，文章上起了个重大的变化，因为出了一个何晏。

何晏的名声很大，位置也很高，他喜欢研究《老子》和《易经》。至于他是怎样的一个人呢？那真相现在可很难知道，很难调查。因为他是曹氏一派的人，司马氏很讨厌他，所以他们的记载对何晏大不满。因此产生许多传说，有人说何晏的脸上是搽粉的，又有人说他本来生得白，不是搽粉的。但究竟何晏搽粉不搽呢？我也不知道。

但何晏有两件事我们是知道的。第一，他喜欢空谈，是空谈的祖师；第二，他喜欢吃药，是吃药的祖师。

此外，他也喜欢谈名理。他身子不好，此处也许还有点荒唐的事情，因此不能不服药。他吃的不是寻常的药，是一种名叫"五石散"的药。

"五石散"是一种毒药，是何晏吃开头的。汉时，除治病时万不得已之外，大家还不敢吃，何晏或者将药方略加改变，便吃开头了。五石散的基本，大概是五样药：石钟乳，石硫黄，白石英，紫石英，赤石脂；另外怕还配点别样的药。但现在也不必仔细研究它，我想各位都是不想吃它的。

从书上看起来，这种药是很好的，人吃了能转弱为强。因此之故，何晏有钱，他吃起来了；大家也跟着吃。那时五石散的流毒就同清末的鸦片的流毒差不多，看吃药与否以分阔气与否的。现在由隋巢元方做的《诸病源候论》的里面可以看到一些。据此书，可知吃这药是非常麻烦的，穷人不能吃，假使吃了之后，一不小心，就会毒死。先吃下去的时候，倒不怎样的，后来药的效验既显，名曰"散发"。倘若没有"散发"，就有弊而无利。因此吃了之后不能休息，非走路不可，因走路才能"散发"，所以走路名曰"行散"。比方我们看六朝人的诗，有云："至城东行散"，就是此意。后来做诗的人不知其故，以为"行散"即步行之意，所以不服药也以"行散"二字入诗，这是很笑话的。

走了之后，全身发烧，发烧之后又发冷。普通发冷宜多穿衣，吃热的东西。但吃药后的发冷刚刚要相反：衣少，冷食，以冷水浇身。倘穿衣多而食热物，那就非死不可。因此五石散一名寒食散。只有一样不必冷吃的，就是酒。

吃了散之后，衣服要脱掉，用冷水浇身；吃冷东西；饮热酒。这样看起来，五石散吃的人多，穿厚衣的人就少；比方在广东提倡，一年以后，穿西装的人就没有了。因为皮肉发烧之故，不能穿窄衣。为御防皮肤被衣服擦伤，就非穿宽大的衣服不可。现在有许多人以为晋人轻裘缓带，宽衣，在当时是人们高逸的表现，其实不知他们是吃药的缘故。一班名人都吃药，穿的衣都宽大，于是不吃药的也跟着名人，把衣服宽大起来了！

还有，吃药之后，因皮肤易于磨破，穿鞋也不方便，故不穿鞋袜而穿屐。所以我们看晋人的画像或那时的文章，见他衣服宽大，不鞋而屐，以为他一定是很舒服，很飘逸的了，其实他心里都是很苦的。

更因皮肤易破，不能穿新的而宜于穿旧的，衣服便不能常洗。因不洗，便多虱。所以在文章上，虱子的地位很高，"扪虱而谈"，当时竟传为美事。比方我今天在这里演讲的时候，扪起虱来，那是不大好的。但在那时是不要紧的，因为习惯不同之故。这正如清朝是提倡抽大烟的，我们看见两肩高耸的人，不觉得奇怪。现在就不行了，倘若多数学生，他的肩成为一字样，我们就觉得很奇怪了。

此外可窥见服散的情形及其他种种的书，还有葛洪的《抱朴子》。

到东晋以后，作假的人就很多，在街旁睡倒，说是"散发"以示阔气。就像清时尊读书，就有人以墨涂唇，表示他是刚才写了许多字的样子。故我想，衣大，穿屐，散发等等，后来效之，不吃也学起来，与理论的提倡实在是无关的。

又因"散发"之时，不能肚饿，故须吃冷物，而且要赶快吃，不论时候，一日数次也不定。因此影响到晋时"居丧无礼"。——本来魏晋时，对于父母之礼是很繁多的。比方想去访一个人，那么，在未访之前，必先打听他父母及其祖父母的名字，以便避讳。否则，嘴上一说出这个字音，假如他的父母是死了的，主人便会大哭起来——他记得父母了——给你一个大大的没趣。晋礼居丧之时，要瘦，不多吃饭，不准喝酒。但在吃药之后，为生命计，不能管得许多，只好大嚼，所以就变成"居丧无礼"了。

居丧之际，饮酒食肉，由阔人名流倡之，万民皆从之，因为这个缘故，社会上遂尊称这样的人叫做名士派。

吃散发源于何晏，和他同志的，还有王弼和夏侯玄两个人，与晏同为服药的祖师。有他三人提倡，有许多人跟着走。他们三人多是会做文章，除了夏侯玄的作品流传不多外，王何二人现在我们尚能看到他们的文章。他们都是生于正始的，所以又名曰"正始名士"。但这种习惯的末流，是只会吃药，或竟假装吃药，而不会做文章。

东晋以后，不做文章而流为清谈，由《世说新语》一书里可以看到。此时空论多而文章少，比较他们三个差得远了。三人中王弼二十余岁便死了，夏侯何二人皆为司马懿所杀。因为他二人同曹操有关系，非死不可，犹曹操之杀孔融，也是借不孝做罪名的。

二人死后，论者多因其与魏有关而骂他，其实何晏值得骂的就是因为他是吃药的发起人。这种服散的风气，魏，晋，直到隋，唐，还存在着，因为唐时还有"解散方"，即解五石散的药方，可以证明还有人吃，不过少点罢了。唐以后就没有人吃了，其原因尚未详，大概因其弊多利少，和鸦片一样罢？

晋名人皇甫谧作一书曰《高士传》，我们以为他很高超。但他是服散的，曾有一篇文章，自说吃散之苦。因为药性一发，稍不留心，即会丧命，至少也会受非常的苦痛，或要发狂；本来聪明的人，因此也会变成痴呆。所以非深知药性，会解救，而且家里的人也多深知药性不可。晋朝人多是脾气很坏，高傲，发狂，性暴如火的，大约便是服药的缘故。比方有苍蝇扰他，竟至拔剑追赶；就是说话，也要胡胡涂涂地才好，有时简直是近于发疯。但在晋朝更有以痴为好的，这大概也是服药的缘故。

魏末，何晏他们以外，又有一个团体新起，叫做"竹林名士"，也是七个，所以又称"竹林七贤"。正始名士服药，竹林名士则饮酒。竹林的代表是嵇康和阮籍。但究竟竹林名士不纯粹是喝酒的，嵇康也兼服药，而阮籍则是专喝酒的代表。但嵇康也饮酒，刘伶也是这里面的一个。他们七人中差不多都是反抗旧礼教的。

这七人中，脾气各有不同。嵇阮二人的脾气都很大；阮籍老年时改得很好，嵇康就始终都是极坏的。

阮年轻时，对于访他的人有加以青眼和白眼的分别。白眼大概是全然看不见眸子的，恐怕要练习很久才能够。青眼我会装，白眼我却装不好。

后来阮籍竟做到"口不臧否人物"的地步，嵇康却全不改变。结果阮得终其天年，而嵇竟丧于司马氏之手，与孔融何晏等一样，遭了不幸的杀害。这大概是因为吃药和喝酒之分的缘故：吃药可以成仙，仙是可以骄视俗人的，故不屈；饮酒不会成仙，所以随俗沉浮，敷衍了事。

他们的态度，大抵是饮酒时衣服不穿，帽也不带。若在平时，有这种状态，我们就说无礼，但他们就不同。居丧时不一定按例哭泣；子之于父，是不能提父的名，但在竹林名士一流人中，子都会叫父的名号。旧传下来的礼教，竹林名士是不承认的。即如刘伶——他曾做过一篇《酒德颂》，谁都知道——他是不承认世界上从前规定的道理的，曾经有这样的事，有一次有客见他，他不穿衣服。人责问他；他答人说，天地是我的房屋，房屋就是我的衣服，你们为什么进我的裤子中来？至于阮籍，就更甚了，他连上下古今也不承认，在《大人先生传》里有说："天地解兮六合开，星辰陨兮日月颓，我腾而上将何怀？"他的意思是天地神仙，都是无意义，一切都不要，所以他觉得世上的道理不必争，神仙也不足信，既然一切都是虚无，所以他便沉湎于酒了。然而还有一个原因，就是他的饮酒不独由于他的思想，大半倒在环境。其时司马氏已想篡位，而阮籍名声很大，所以他讲话就极难，只好多饮酒，少讲话，而且即使讲话讲错了，也可以借醉得到人的原谅。只要看有一次司马懿求和阮籍结亲，而阮籍一醉就是两个月，没有提出的机会，就可以知道了。

阮籍作文章和诗都很好，他的诗文虽然也慷慨激昂，但许多意思都是隐而不显的。宋的颜延之已经说不大能懂，我们现在自然更很难看得懂他的诗了。他诗里也说神仙，但他其实是不相信的。嵇康的论文，比阮籍更好，思想新颖，往往与古时旧说反对。孔子说："学而时习之，不亦说乎？"嵇康做的《难自然好学论》，却道，人是并不好学的，假如一个人可以不做事而又有饭吃，就随便闲游不喜欢读书了，所以现在人之好学，是由于习惯和不得已。还有管叔蔡叔，是疑心周公，率殷民叛，因而被诛，一向公认为坏人的。而嵇康做的《管蔡论》，就也反对历代传下来的意思，说这两个人是忠臣，他们的怀疑周公，是因为地方相距太远，消息不灵通的缘故。

但最引起许多人的注意，而且于生命有危险的，是《与山巨源绝交书》中的"非汤武而薄周孔"。司马懿因这篇文章，就将嵇康杀了。非薄了汤武周孔，在现时代是不要紧的，但在当时却关系非小。

汤武是以武定天下的；周公是辅成王的；孔子是祖述尧舜，而尧舜是禅让天下的。嵇康都说不好，那么，教司马懿篡位的时候，怎么办才是好呢？没有办法。在这一点上，嵇康于司马氏的办事上有了直接的影响，因此就非死不可了。嵇康的见杀，表面上是因为他的朋友吕安不孝，连及嵇康，罪案和曹操的杀孔融差不多。魏晋，是以孝治天下的，不孝，故不能不杀。为什么要以孝治天下呢？因为天位从禅让，即巧取豪夺而来，若主张以忠治天下，他们的立脚点便不稳，办事便棘手，立论也难了，所以一定要以孝治天下。但倘只是实行不孝，其实那时倒不很要紧的，嵇康的害处是在发议论；阮籍不同，不大说关于伦理上的话，所以结局也不同。

但魏晋也不全是这样的情形，宽袍大袖，大家饮酒。反对的也很多。在文章上我们还可以看见裴𬱟的《崇有论》，孙盛的《老子非大贤论》，这些都是反对王何们的。在史实上，则何曾劝司马懿杀阮籍有好几回，司马懿不听他的话，这是因为阮籍的饮酒，与时局的关系少些的缘故。

然而后人就将嵇康阮籍骂起来，人云亦云，一直到现在，一千六百多年。季札说：“中国之君子，明于礼义而陋于知人心。”这是确的，大凡明于礼义，就一定要陋于知人心的，所以古代有许多人受了很大的冤枉。例如嵇阮的罪名，一向说他们毁坏礼教。但据我个人的意见，这判断是错的。魏晋时代，崇奉礼教的看来似乎很不错，而实在是毁坏礼教，不信礼教的。表面上毁坏礼教者，实则倒是承认礼教，太相信礼教了。因为魏晋时所谓崇奉礼教，是用以自利，那崇奉也不过偶然崇奉，如曹操杀孔融，司马懿杀嵇康，都是因为他们和不孝有关，但实在曹操司马懿何尝是著名的孝子，不过将这个名义，加罪于反对自己的人罢了。于是老实人以为如此利用，亵黩了礼教，不平之极，无计可施，激而变成不谈礼教，不信礼教，甚至于反对礼教。——但其实不过是态度，至于他们的本心，恐怕倒是相信礼教，当作宝贝，比曹操司马懿们要迂执得多。现在说一个容易明白的比喻罢，譬如有一个军阀，在北方——在广东的人所谓北方和我常说的北方的界限有些不同，我常称山东山西直隶河南之类为北方——那军阀从前是压迫民党的，后来北伐军势力一大，他便挂起了青天白日旗，说自己已经信仰三民主义了，是总理的信徒。这样还不够，他还要做总理的纪念周。这时候，真的三民主义的信徒，去呢，不去呢？不去，他那里就可以说你反对三民主义，定罪，杀人。但既然在他的势力之下，没有别法，真的总理的信徒，倒会不谈三民主义，或者听人假惺惺的谈起来就皱眉，好像反对三民主义模样。所以我想，魏晋时所谓反对礼教的人，有许多大约也如此。他们倒是迂夫子，将礼教当作宝贝看待的。

还有一个实证，凡人们的言论，思想，行为，倘若自己以为不错的，就愿意天下的别人，自己的朋友都这样做。但嵇康阮籍不这样，不愿意别人来模仿他。竹林七贤中有阮咸，是阮籍的侄子，一样的饮酒。阮籍的儿子阮浑也愿加入时，阮籍却道不必加入，吾家已有阿咸在，够了。假若阮籍自以为行为是对的，就不当拒绝他的儿子，而阮籍却拒绝自己的儿子，可知阮籍并不以他自己的办法为然。至于嵇康，一看他的《绝交书》，就知道他的态度很骄傲的；有一次，他在家打铁——他的性情是很喜欢打铁的——钟会来看他了，他只打铁，不理钟会。钟会没有意味，只得走了。其时嵇康就问他："何所闻而来，何所见而去？"钟会答道："闻所闻而来，见所见而去。"这也是嵇康杀身的一条祸根。但我看他做给他的儿子看的《家诫》——当嵇康被杀时，其子方十岁，算来当他做这篇文章的时候，他的儿子是未满十岁的——就觉得宛然是两个人。他在《家诫》中教他的儿子做人要小心，还有一条一条的教训。有一条是说长官处不可常去，亦不可常住宿；官长送人们出来时，你不要在后面，因为恐怕将来官长惩办坏人时，你有暗中密告的嫌疑。又有一条是说宴饮时候有人争论，你可立刻走开，免得在旁批评，因为两者之间必有对与不对，不批评则不像样，一批评就总要是甲非乙，不免受一方见怪。还有人要你饮酒，即使不愿饮也不要坚决地推辞，必须和和气气的拿着杯子。我们就此看来，实在觉得很希奇：嵇康是那样高傲的人，而他教子就要他这样庸碌。因此我们知道，嵇康自己对于他自己的举动也是不满足的。所以批评一个人的言行实在难，社会上对于儿子不像父亲，称为"不肖"，以为是坏事，殊不知世上正有不愿意他的儿子像自己的父亲哩。试看阮籍嵇康，就是如此。这是，因为他们生于乱世，不得已，才有这样的行为，并非他们的本态。但又于此可见魏晋的破坏礼教者，实在是相信礼教到固执之极的。

不过何晏王弼阮籍嵇康之流，因为他们的名位大，一般的人们就学起来，而所学的无非是表面，他们实在的内心，却不知道。因为只学他们的皮毛，于是社会上便很多了没意思的空谈和饮酒。许多人只会无端的空谈和饮酒，无力办事，也就影响到政治上，弄得玩"空城计"，毫无实际了。在文学上也这样，嵇康阮籍纵酒，亦能做文章，后来到东晋，空谈和饮酒的遗风还在，而万言的大文如嵇阮之作，却没有了。刘勰说："嵇康师心以遣论，阮籍使气以命诗。"这"师心"和"使气"，便是魏末晋初的文章的特色。正始名士和竹林名士的精神灭后，敢于师心使气的作家也没有了。

到东晋，风气变了。社会思想平静得多，各处都夹入了佛教的思想。再至晋末，乱也看惯了，篡也看惯了，文章便更和平。代表平和的文章的人有陶潜。他的态度是随便饮酒，乞食，高兴的时候就谈论和作文章，无尤无怨。所以现在有人称他为"田园诗人"，是个非常和平的田园诗人。他的态度是不容易学的，他非常之穷，而心里很平静。家常无米，就去向人家门口求乞。他穷到有客来见，连鞋也没有，那客人给他从家丁取鞋给他，他便伸了足穿上了。虽然如此，他却毫不为意，还是"采菊东篱下，悠然见南山"。这样的自然状态，实在不易模仿。他穷到衣服也破烂不堪，而还在东篱下采菊，偶然抬起头来，悠然的见了南山，这是何等自然。现在有钱的人住在租界里，雇花匠种数十盆菊花，便做诗，叫作"秋日赏菊效陶彭泽体"，自以为合于渊明的高致，我觉得不大像。

陶潜之在晋末，是和孔融于汉末与嵇康于魏末略同，又是将近易代的时候。但他没有什么慷慨激昂的表示，于是便博得"田园诗人"的名称。但《陶集》里有《述酒》一篇，是说当时政治的。这样看来，可见他于世事也并没有遗忘和冷淡，不过他的态度比嵇康阮籍自然得多，不至于招人注意罢了。还有一个原因，先已说过，是习惯。因为当时饮酒的风气相沿下来，人见了也不觉得奇怪，而且汉魏晋相沿，时代不远，变迁极多，既经见惯，就没有大感触，陶潜之比孔融嵇康和平，是当然的。例如看北朝的墓志，官位升进，往往详细写着，再仔细一看，他是已经经历过两三个朝代了，但当时似乎并不为奇。

据我的意思，即使是从前的人，那诗文完全超于政治的所谓"田园诗人"，"山林诗人"，是没有的。完全超出于人间世的，也是没有的。既然是超出于世，则当然连诗文也没有。诗文也是人事，既有诗，就可以知道于世事未能忘情。譬如墨子兼爱，杨子为我。墨子当然要著书；杨子就一定不著，这才是"为我"。因为若做出书来给别人看，便变成"为人"了。

由此可知陶潜总不能超于尘世，而且，于朝政还是留心，也不能忘掉"死"，这是他诗文中时时提起的。用别一种看法研究起来，恐怕也会成一个和旧说不同的人物罢。

自汉末至晋末文章的一部分的变化与药及酒之关系，据我所知道的大概是这样。但我的学识太浅薄，没有作详细的研究，在这样的热天和雨天费去了诸位这许多时光，是很抱歉的。现在这个题目总算是讲完了。

题注：

本篇记录稿最初发表于 1927 年 8 月 11 日至 8 月 17 日广州《民国日报》副刊《现代青年》，改定稿发表于 1927 年 11 月 16 日上海《北新》第二卷第二号。收入《而已集》。鲁迅是在 1927 年 7 月 23 日和 26 日会上作的演讲。据 1927 年 7 月 23 日鲁迅日记："上午蒋径三、陈次二来，邀至学术讲演会讲二小时，广平翻译。"又 26 日日记："上午往学术讲演会讲二小时，广平翻译。"副题中的"九月间"系作者在收入本集时误记。1927 年 4 月，国民党右派发动"清党"，到处都弥漫着白色恐怖，鲁迅辞去了中山大学的一切职务，客居广州。7 月，国民政府广州市教育局举行夏期学术演讲会，邀请鲁迅去演讲。魏晋时期是中国政治上严加禁锢时期之一，鲁迅选择这个中国古典文学的题目曲折地对国民党当局进行了讽刺。1928 年 12 月 30 日，鲁迅在致陈濬的信中说："弟在广州之谈魏晋事，盖实有慨而言。'志大才疏'，哀北海之不免也。"

《唐宋传奇集》稗边小缀

《古镜记》见《太平广记》卷二百三十，改题《王度》，注云：出《异闻集》。《太平御览》（九百十二）引其程雄家婢一事，作隋王度《古镜记》，盖缘所记皆隋时事而误。《文苑英华》（七百三十七）顾况《戴氏广异记》序云"国朝燕公《梁四公记》，唐临《冥报记》，王度《古镜记》，孔慎言《神怪志》，赵自勤《定命录》，至如李庚成张孝举之徒，互相传说。"则度实已入唐，故当为唐人。惟《唐书》及《新唐书》皆无度名。其事迹之可藉本文考见者，如下：

> 大业七年五月，自御史罢归河东；六月，归长安。 八年四月，在台；冬，兼著作郎，奉诏撰国史。 九年秋，出兼芮城令；冬，以御史带芮城令，持节河北道，开仓赈给陕东。 十年，弟勣自六合丞弃官归，复出游。 十三年六月，勣归长安。

由隋入唐者有王绩，绛州龙门人，《新唐书》（一九六）《隐逸传》云："大业中，举孝悌廉洁……不乐在朝，求为六合丞。以嗜酒不任事，时天下亦乱，因劾，遂解去。叹曰：'罗网在天下，吾且安之！'

乃还乡里。……初，兄凝为隋著作郎，撰《隋书》，未成，死。绩续余功，亦不能成。"则《新唐书》之绩及凝，即此文之勋及度，或度一名凝，或《新唐书》字误，未能详也。《唐书》（一九二）亦有绩传，云："贞观十八年卒。"时度已先殁，然不知在何年。宋晁公武《郡斋读书志》（十四）类书类有《古镜记》一卷，云："右未详撰人，纂古镜故事。"或即此。《御览》所引一节，文字小有不同。如"为下邽陈思恭义女"下有"思恭妻郑氏"五字，"遂将鹦鹉"之"将"作"劫"，皆较《广记》为胜。

《补江总白猿传》据明长洲《顾氏文房小说》覆刊宋本录，校以《太平广记》四百四十四所引改正数字。《广记》题曰《欧阳纥》，注云：出《续江氏传》，是亦据宋初单行本也。此传在唐宋时盖颇流行，故史志屡见著录：

> 《新唐书》《艺文志》子部小说家类：《补江总白猿传》一卷。
>
> 《郡斋读书志》史部传记类：《补江总白猿传》一卷。 右不详何人撰。述梁大同末欧阳纥妻为猿所窃，后生子询。《崇文目》以为唐人恶询者为之。
>
> 《直斋书录解题》子部小说家类：《补江总白猿传》一卷。 无名氏。欧阳纥者，询之父也。询貌猕猿，盖常与长孙无忌互相嘲谑矣。此传遂因其嘲广之，以实其事。托言江总，必无名子所为也。
>
> 《宋史》《艺文志》子部小说类：《集补江总白猿传》一卷。

长孙无忌嘲欧阳询事，见刘𫗧《隋唐嘉话》（中）。其诗云："耸髆成山字，埋肩不出头。谁家麟阁上，画此一猕猴！"盖询耸肩缩项，状类猕猴。而老玃窃人妇生子，本旧来传说。汉焦延寿《易林》（坤之剥）已云：“南山大玃，盗我媚妾。”晋张华作《博物志》，说之甚详（见卷三《异兽》）。唐人或妒询名重，遂牵合以成此传。其曰“补江总”者，谓总为欧阳纥之友，又尝留养询，具知其本末，而未为作传，因补之也。

《离魂记》见《广记》三百五十八，原题《王宙》，注云出《离魂记》，即据以改题。“二男并孝廉擢第，至丞尉”句下，原有“事出陈玄祐《离魂记》云”九字，当是羡文，今删。玄祐，大历时人，馀未知其审。

《枕中记》今所传有两本，一在《广记》八十二，题作《吕翁》，注云出《异闻集》；一见于《文苑英华》八百三十三，篇名撰人名毕具。而《唐人说荟》竟改称李泌作，莫喻其故也。沈既济，苏州吴人（《元和姓纂》云吴兴武康人），经学该博，以杨炎荐，召拜左拾遗史馆修撰。贞元时，炎得罪，既济亦贬处州司户参军。后入朝，位礼部员外郎，卒。撰《建中实录》十卷，人称其能。《新唐书》（百三十二）有传。既济为史家，笔殊简质，又多规诲，故当时虽薄传奇文者，仍极推许。如李肇，即拟以庄生寓言，与韩愈之《毛颖传》并举（《国史补》下）。《文苑英华》不收传奇文，而独录此篇及陈鸿《长恨传》，殆亦以意主箴规，足为世戒矣。

在梦寐中忽历一世，亦本旧传。晋干宝《搜神记》中即有相类之事。云“焦湖庙有一玉枕，枕有小坼。时单父县人杨林为贾客，至庙祈求。庙巫谓曰：君欲好婚否？林曰：幸甚。巫即遣林近枕边，因入坼中。遂见朱楼琼室，有赵太尉在其中。即嫁女与林，生六子，皆为秘书郎。历数十年，并无思归之志。忽如梦觉，犹在枕旁，林怆然久之。”（见宋乐史《太平寰宇记》百二十六引。现行本《搜神记》乃后人钞合，失收此条。）盖即《枕中记》所本。明汤显祖又本《枕中记》以作《邯郸记》传奇，其事遂大显于世。原文吕翁无名，《邯郸记》实以吕洞宾，殊误。洞宾以开成年下第入山，在开元后，不应先已得神仙术，且称翁也。然宋时固已溷为一谈，吴曾《能改斋漫录》，赵与峕《宾退录》皆尝辨之。明胡应麟亦有考正，见《少室山房笔丛》中之《玉壶遐览》。

《太平广记》所收唐人传奇文，多本《异闻集》。其书十卷，唐末屯田员外郎陈翰撰，见《新唐书》《艺文志》，今已不传。据《郡斋读书志》（十三）云，"以传记所载唐朝奇怪事，类为一书"，及见收于《广记》者察之，则为撰集前人旧文而成。然照以他书所引，乃同是一文，而字句又颇有违异。或所据乃别本，或翰所改定，未能详也。此集之《枕中记》，即据《文苑英华》录，与《广记》之采自《异闻集》者多不同。尤甚者如首七句《广记》作"开元十九年，道者吕翁经邯郸道上，邸舍中设榻，施担囊而坐。""主人方蒸黍"作"主人蒸黄粱为馔"。后来凡言"黄粱梦"者，皆本《广记》也。此外尚多，今不悉举。

《任氏传》见《广记》四百五十二，题曰《任氏》，不著所出，盖尝单行。"天宝九年"上原有"唐"字。案《广记》取前代书，凡年号上著国号者，大抵编录时所加，非本有，今删。他篇皆仿此。

右第一分

李吉甫《编次郑钦说辨大同古铭论》，清赵钺及劳格撰之《唐御史台精舍题名考》（三）云见于《文苑英华》。先未写出，适又无《文苑英华》可借，因据《广记》三百九十一录其文，本题《郑钦说》，则复依赵钺劳格说改也。文亦原非传奇，而《广记》注云出《异闻记》，盖其事奥异，唐宋人固已以小说视之，因编于集。李吉甫字弘宪，赵人，贞元初，为太常博士；累仕至翰林学士中书舍人。元和二年，以中书侍郎同中书门下平章事，出为淮南节度使，旋复入相。九年十月，暴疾卒，年五十七。赠司空，谥忠懿。两《唐书》（旧一四八新一四六）皆有传。郑钦说则《新唐书》（二百）附见《儒学》《赵冬曦传》中。云开元初繇新津丞请试五经擢第，授巩县尉，集贤院校理，右补阙，内供奉。雅为李林甫所恶。韦坚死，钦说时位殿中侍御史，尝为坚判官，贬夜郎尉，卒。

《柳氏传》出《广记》四百八十五，题下注云许尧佐撰。《新唐书》（二百）《儒学》《许康佐传》云："贞元中，举进士宏辞，连中之。……其诸弟皆擢进士第，而尧佐最先进；又举宏辞，为太子校书郎。八年，康佐继之。尧佐位谏议大夫。"柳氏事亦见于孟棨《本事诗》（《情感》第一），自云开成中在梧州闻之大梁夙将赵唯，乃其目击。所记与尧佐传并同，盖事实也。而述翃复得柳氏后事较详审，录之：

后罢府闲居，将十年。李相勉镇夷门，又署为幕吏。时韩已迟暮，同列皆新进后生，不能知韩。举目为"恶诗"。韩邑邑不得意，多辞疾在家。唯末职韦巡官者，亦知名士，与韩独善。一日，夜将半，韦叩门急。韩出见之，贺曰："员外除驾部郎中，知制诰。"韩大愕然曰："必无此事，定误矣。"韦就座曰："留邸状报制诰阙人。中书两进名，御笔不点出。又请之，且求圣旨所与。德宗批曰：'与韩翃。'时有与翃同姓名者，为江淮刺史。又具二人同进。御笔复批曰：'春城无处不飞花，寒食东风御柳斜。日暮汉宫传蜡烛，轻烟散入五侯家。'又批曰：'与此韩翃。'"韦又贺曰："此非员外诗耶？"韩曰："是也。是知不误矣。"质明，而李与僚属皆至。时建中初也。

后来取其事以作剧曲者，明有吴长孺《练囊记》，清有张国寿《章台柳》。

《柳毅传》见《广记》四百十九卷，注云出《异闻集》。原题无传字，今增。据本文，知为陇西李朝威作，然作者之生平不可考。柳毅事则颇为后人采用，金人已摭以作杂剧（语见董解元《弦索西厢》）；元尚仲贤有《柳毅传书》，翻案而为《张生煮海》；李好古亦有《张生煮海》；明黄说仲有《龙箫记》。用于诗篇，亦复时有。而胡应麟深恶之，曾云："唐人小说如柳毅传书洞庭事，极鄙诞不根，文士亟当唾去，而诗人往往好用之。夫诗中用事，本不论虚实，然此事特诳而不情。造言者至此，亦横议可诛者也。何仲默每戒人用唐宋事，而有'旧井潮深柳毅祠'之句，亦大卤莽。今特拈出，为学诗之鉴。"（《笔丛》三十六）申绎此意，则为凡汉晋人语，倘或近情，虽诳可用。古人欺以其方，即明知而乐受，亦未得为笃论也。

《李章武传》出《广记》卷三百四十。原题无传字，篇末注云出李景亮为作传，今据以加。景亮，贞元十年详明政术可以理人科擢第，见《唐会要》，馀未详。

《霍小玉传》出《广记》四百八十七，题下注云蒋防撰。防字子徵（《全唐文》作微），义兴人，澄之后。年十八，父诚令作《秋河赋》，援笔即成。于简遂妻以子。李绅即席命赋《鞲上鹰》诗。绅荐之。后历翰林学士中书舍人（明凌迪知《古今万姓统谱》八十六）。长庆中，绅得罪，防亦自尚书司封员外郎知制诰贬汀州刺史（《旧唐书》《敬宗纪》），寻改连州。李益者，字君虞，系出陇西，累官右散骑常侍。太和中,以礼部尚书致仕。时又有一李益,官太子庶子,世因称君虞为"文章李益"以别之,见《新唐书》(二百三)《李益传》。益当时大有诗名,而今遗集苓落,清张澍曾裒集为一卷,刻《二酉堂丛书》中,前有事辑,收罗李事甚备。《霍小玉传》虽小说,而所记盖殊有因,杜甫《少年行》有句云:"黄衫年少宜来数,不见堂前东逝波",即指此事。时甫在蜀,殆亦从传闻得之。益之友韦夏卿,字云客,京兆万年人,亦两《唐书》(旧一六五新一六二)皆有传。李肇(《国史补》中)云:"散骑常侍李益少有疑病",而传谓小玉死后,李益乃大猜忌,则或出于附会,以成异闻者也。明汤海若尝取其事作《紫箫记》。

右第二分

李公佐所作小说,今有四篇在《太平广记》中,其影响于后来者甚钜,而作者之生平顾不易详。从文中所自述,得以考见者如次:

> 贞元十三年,泛潇湘苍梧。(《古岳渎经》) 十八年秋,自吴之洛,暂泊淮浦。(《南柯太守传》)
> 元和六年五月,以江淮从事受使至京,回次汉南。(《冯媪传》) 八年春,罢江西从事,扁舟东下,淹泊建业。(《谢小娥传》) 冬,在常州。(《经》) 九年春,访古东吴,泛洞庭,登包山。(《经》) 十三年夏月,始归长安,经泗滨。(《谢传》)

《全唐诗》末卷有李公佐仆诗。其本事略谓公佐举进士后,为钟陵从事。有仆夫执役勤瘁,迨三十年。一旦,留诗一章,距跃凌空而去。诗有"颛蒙事可亲"之语,注云:"公佐字颛蒙",疑即此公佐也。然未知《全唐诗》采自何书，度必出唐人杂说，而寻检未获。《新唐书》（七十）《宗室世系表》有千牛备身公佐，为河东节度使说子，灵盐朔方节度使公度弟，则别一人也。《唐书》《宣宗纪》载有李公佐，会昌初，为杨府录事，大中二年，坐累削两任官，却似巅蒙。然则此李公佐盖生于代宗时，至宣宗初犹在，年几八十矣。惟所见仅孤证单文，亦未可遽定。

《古岳渎经》出《广记》四百六十七，题为《李汤》，注云出《戎幕闲谈》，《戎幕闲谈》乃韦绚作，而此篇是公佐之笔甚明。元陶宗仪《辍耕录》（二十九）云：“东坡《濠州涂山》诗‘川锁支祁水尚浑’注，‘程演曰：《异闻集》载《古岳渎经》：禹治水，至桐柏山，获淮涡水神，名曰巫支祁。’”其出处及篇名皆具，今即据以改题，且正《广记》所注之误。《经》盖公佐拟作，而当时已被其淆惑。李肇《国史补》（上）即云：“楚州有渔人，忽于淮中钓得古铁锁，挽之不绝。以告官。刺史李汤大集人力，引之。锁穷，有青猕猴跃出水，复没而逝。后有验《山海经》云，水兽好为害，禹锁于军山之下，其名曰无支祁。”验今本《山海经》无此语，亦不似逸文。肇殆为公佐此作所误，又误记书名耳。且亦非公佐据《山海经》逸文，以造《岳渎经》也。至明，遂有人径收之《古逸书》中。胡应麟（《笔丛》三十二）亦有说，以为“盖即六朝人踵《山海经》体而赝作者。或唐文士滑稽玩世之文，命名《岳渎》可见。以其说颇诡异，故后世或喜道之。宋太史景濂亦稍隐括集中，总之以文为戏耳。罗泌《路史》辩有无支祁；世又讹禹事为泗州大圣，皆可笑。”所引文亦与《广记》殊有异同：禹理水作禹治淮水；走雷作迅雷；石号作水号；五伯作土伯；搜命作授命；千作等山；白首作白面；奔轻二字无；闻字无；章律作童律，下重有童律二字；鸟木由作乌木由，下亦重有三字；庚辰下亦重有庚辰字；桓下有胡字；聚作丛；以数千载作以千数；大索作大械；末四字无。颇较顺利可诵识。然未审元瑞所据者为善本，抑但以意更定也，故不据改。

朱熹《楚辞辩证》（下）云：《天问》，鲧窃帝之息壤以堙洪水，特战国时俚俗相传之语，如今世俗僧伽降无之祁，许逊斩蛟蜃精之类。本无依据，而好事者遂假托撰造以实之。是宋时先讹禹为僧伽。王象之《舆地纪胜》（四十四淮南东路盱眙军）云："水母洞在龟山寺，俗传泗州僧伽降水母于此。"则复讹巫支祁为水母。褚人获《坚瓠续集》（二）云："《水经》载禹治水至淮，淮神出见。形一猕猴，爪地成水。禹命庚辰执之。遂锁于龟山之下，淮水乃平。至明，高皇帝过龟山，令力士起而视之。因拽铁索盈两舟，而千人拔之起。仅一老猿，毛长盖体，大吼一声，突入水底。高皇帝急令羊豕祭之，亦无他患。"是又讹此文为《水经》，且坚嫁李汤事于明太祖矣。

《南柯太守传》出《广记》四百七十五，题《淳于棼》，注云出《异闻录》。《传》是贞元十八年作，李肇为之赞，即缀篇末。而元和中肇作《国史补》，乃云"近代有造谤而著者，《鸡眼》《苗登》二文；有传蚁穴而称者，李公佐《南柯太守》；有乐伎而工篇什者，成都薛涛，有家僮而善章句者，郭氏奴（不记名）。皆文之妖也。"（卷下）约越十年，遂诋之至此，亦可异矣。棼事亦颇流传，宋时，扬州已有南柯太守墓，见《舆地纪胜》（三十七淮南东路）引《广陵行录》。明汤显祖据以作《南柯记》，遂益广传至今。

《庐江冯媪传》出《广记》三百四十三，注云出《异闻传》。事极简略，与公佐他文不类。然以其可考见作者踪迹，聊复存之。《广记》旧题无传字，今加。

《谢小娥传》出《广记》四百九十一，题李公佐撰。不著所从出，或尝单行欤，然史志皆不载。唐李復言作《续玄怪录》，亦详载此事，盖当时已为人所艳称。至宋，遂稍讹异，《舆地纪胜》（三十四江南西路）记临江军人物，有谢小娥，云："父自广州部金银纲，携家入京，舟过霸滩，遇盗，全家遇害。小娥溺水，不死，行乞于市。后佣于盐商李氏家，见其所用酒器，皆其父物，始悟向盗乃李也。心衔之，乃置刀藏之，一夕，李生置酒，举室酣醉。娥尽杀其家人，而闻于官。事闻诸朝，特命以官。娥不愿，曰：'已报父仇，他无所事，求小庵修道。'朝廷乃建尼寺，使居之，今金池坊尼寺是也。"事迹与此传似是而非，且列之李邈与傅雱之间，殆已以小娥为北宋末人矣。明凌濛初作通俗小说（《拍案惊奇》十九），则据《广记》。

贞元十一年，太原白行简作《李娃传》，亦应李公佐之命也。是公佐不特自制传奇，且亦促侪辈作之矣。《传》今在《广记》卷四百八十四，注云出《异闻集》。元石君宝作《李亚仙花酒曲江池》，明薛近兖作《绣襦记》，皆本此。胡应麟（《笔丛》四十一）论之曰："娃晚收李子，仅足赎其弃背之罪，传者亟称其贤，大可哂也。"以《春秋》决传奇狱，失之。行简字知退（《新唐书》《宰相世系表》云，字退之），居易弟也。贞元末，登进士第。元和十五年，授左拾遗，累迁司门员外郎主客郎中。宝历二年冬，病卒。两《唐书》皆附见《居易传》（旧一六六新一一九）。有集二十卷，今不存。传奇则尚有《三梦记》一篇，见原本《说郛》卷四。其刘幽求一事尤广传，胡应麟（《笔丛》三十六）又云："《太平广记》梦类数事皆类此。此盖实录，馀悉祖此假托也。"案清蒲松龄《聊斋志异》中之《凤阳士人》，盖亦本此。

《说郛》于《三梦记》后，尚缀《纪梦》一篇，亦称行简作。而所记年月为会昌二年六月，时行简卒已十七年矣。疑伪造，或题名误也。附存以备检：

行简云：长安西市帛肆有贩粥求利而为之平者，姓张，不得名。家富于财，居光德里。其女，国色也。尝因昼寝，梦至一处，朱门大户，棨节森然。由门而入，望其中堂，若设燕张乐之为，左右廊皆施帏幄。有紫衣吏引张氏于西廊幙次，见少女如张等辈十许人，花容绰约，花钿照耀。既至，吏促张妆饰，诸女迭助之理泽傅粉。有顷，自外传呼"侍郎来！"自隙间窥之，见一紫绶大官。张氏之兄尝为其小吏，识之，乃言曰："吏部沈公也。"俄又呼曰："尚书来！"又有识者，并帅王公也。逡巡复连呼曰："某来！""某来！"皆郎官以上，六七箇坐厅前。紫衣吏曰："可出矣。"群女旋进，金石丝竹铿鍧，震响中署。酒酣，并州见张氏而视之，尤属意。谓之曰："汝习何艺能？"对曰："未尝学声音。"使与之琴，辞不能。曰："第操之！"乃抚之而成曲。予之筝，亦然；琵琶，亦然。皆平生所不习也。王公曰："恐汝或遗。"乃令口受诗："鬟梳闹埽学宫妆，独立闲庭纳夜凉。手把玉簪敲砌竹，清歌一曲月如霜。"张曰："且归辞父母，异日复来。"忽惊啼，寤，手扪衣带，谓母曰："尚书诗遗矣！"索笔录之。问其故，泣对以所梦，且曰："殆将死乎？"母怒曰："汝作魇耳。何以为辞？乃出不祥言如是。"因卧病累日。外亲有持酒肴者，又有将食味者。女曰："且须膏沐澡渝。"母听，良久，艳妆盛色而至。食毕，乃遍拜父母及坐客，曰："时不留，某今往矣。"自授衾而寝。父母环伺之，俄尔遂卒。会昌二年六月十五日也。

二十年前，读书人家之稍黠达者，偶亦教稚子诵白居易《长恨歌》。陈鸿所作传因连类而显，忆《唐诗三百首》中似即有之。而鸿之事迹颇晦，惟《新唐书》《艺文志》小说类有陈鸿《开元升平源》一卷，注云："字大亮，贞元主客郎中。"又《唐文粹》（九十五）有陈鸿《大统纪序》云："少学乎史氏，志在编年。贞元丁（案当作乙）酉岁，登太常第，始闲居遂志，乃修《大统纪》三十卷。……七年，书始成，故绝笔于元和六年辛卯。"《文苑英华》（三九二）有元稹撰《授丘纾陈鸿员外郎制》，云："朝议郎行太常博士上柱国陈鸿……坚于讨论，可以事举……可虞部员外郎。"可略知其仕历。《长恨传》则有三本。一见于《文苑英华》七百九十四；明人又附刊一篇于后，云出《丽情集》及《京本大曲》，文句甚异，疑经张君房辈增改以便观览，不足据。一在《广记》四百八十六卷中，明人掇以实丛刊者皆此本，最为广传。而与《文苑》本亦颇有异同，尤甚者如"其年夏四月"至篇末一百七十二字，《广记》止作"至宪宗元和元年，盩厔尉白居易为歌以言其事。并前秀才陈鸿作传，冠于歌之前，目为《长恨歌传》"而已。自称前秀才陈鸿，为《文苑》本所无，后人亦决难臆造，岂当时固有详略两本欤，所未详也。今以《文苑英华》较不易见，故据以入录。然无诗，则以载于《白氏长庆集》者足之。

《五色线》（下）引陈鸿《长恨传》云："贵妃赐浴华清池，清澜三尺，中洗明玉，既出水，力微不胜罗绮。"今三本中均无第二三语。惟《青琐高议》（七）中《赵飞燕别传》有云："兰汤滟滟，昭仪坐其中，若三尺寒泉浸明玉。"宋秦醇之所作也。盖引者偶误，非此传逸文。

本此传以作传奇者，有清洪昉思之《长生殿》，今尚广行。蜗寄居士有杂剧曰《长生殿补阙》，未见。

《东城老父传》出《广记》四百八十五。《宋史》《艺文志》史部传记类著录陈鸿《东城父老传》一卷，则曾单行。传末贾昌述开元理乱，谓"当时取士，孝悌理人而已，不闻进士宏词拔萃之为其得人也。"亦大有叙"开元升平源"意。又记时人语云："生儿不用识文字，斗鸡走马胜读书。贾家小儿年十三，富贵荣华代不如。"同出于陈鸿所作传，而远不如《长恨传》中"生女勿悲酸，生男勿喜欢"之为世传诵，则以无白居易为作歌之为之也。

《资治通鉴考异》卷十二所引有《升平源》，云世以为吴兢所撰，记姚元崇藉骑射邀恩，献纳十事，始奉诏作相事。司马光驳之曰："果如所言，则元崇进不以正。又当时天下之事，止此十条，须因事启沃，岂一旦可邀。似好事者为之，依托兢名，难以尽信。"案兢，汴州浚仪人，少励志，贯知经史。魏元忠荐其才堪论撰，诏直史馆，修国史。私撰《唐书》《唐春秋》，叙事简核，人以董狐目之。有传在《唐书》（旧一百二新一三二）。《开元升平源》，《唐志》本云陈鸿作，《宋史》《艺文志》史部故事类始著吴兢《贞观政要》十卷，又《开元升平源》一卷。疑此书本不著撰人名氏，陈鸿吴兢，并后来所题。二人于史皆有名，欲假以增重耳。今姑置之《东城老父传》之后，以从《通鉴考异》写出，故仍题兢名。

右第三分

元稹字微之，河南河内人，以校书郎累仕至中书舍人，承旨学士。由工部侍郎入相，旋出为同州刺史，改越州，兼浙东观察使。太和初，入为尚书左丞，检校户部尚书，兼鄂州刺史武昌军节度使。五年七月，卒于镇，年五十三。两《唐书》（旧一六六新一七四）皆有传。于文章亦负重名，自少与白居易唱和。当时言诗者称"元白"，号为"元和体"。有《元氏长庆集》一百卷,《小集》十卷,今惟《长庆集》六十卷存。《莺莺传》见《广记》四百八十八。其事之振撼文林,为力甚大。当时已有杨巨源李绅辈作诗以张之;至宋,则赵令畤拈以制《商调蝶恋花》(在《侯鲭录》中);金有董解元作《弦索西厢》;元有王实甫《西厢记》,关汉卿《续西厢记》;明有李日华《南西厢记》,陆采亦有《南西厢记》,周公鲁有《翻西厢记》;至清,查继佐尚有《续西厢》杂剧云。

因《莺莺传》而作之杂剧及传奇,曩惟王关本易得。今则刘氏暖红室已刊《弦索西厢》,又聚赵令畤《商调蝶恋花》等较著之作十种为《西厢记十则》。市肆中往往而有,不难致矣。

《莺莺传》中已有红娘及欢郎等名,而张生独无名字。王楙《野客丛书》(二十九)云:"唐有张君瑞,遇崔氏女于蒲。崔小名莺莺。元稹与李绅语其事,作《莺莺歌》。"客中无赵令畤《侯鲭录》,无从知《商调蝶恋花》中张生是否已具名字。否则宋时当尚有小说或曲子,字张为君瑞者。漫识于此,俟有书时考之。

《周秦行纪》余所见凡三本。一在《广记》卷四百八十九;一在《顾氏文房小说》中,末一行云"宋本校行";一附于《李卫公外集》内,是明刊本。后二本较佳,即据以互校转写,并从《广记》补正数字。三本皆题牛僧孺撰。僧孺,字思黯,本陇西狄道人,居宛叶间。元和初,以贤良方正对策第一,条指失政,鲠讦不避权贵,因不得意。后渐仕至御史中丞,以户部侍郎同中书门下平章事。又累贬为循州长史。宣宗立,乃召还,为太子少师。大中二年,年六十九卒,赠太尉,谥文简。两《唐书》(旧一七二新一七四)皆有传。僧孺性坚僻,与李德裕交恶,各立门户,终生不解。又好作志怪,有《玄怪录》十卷,今已佚,惟辑本一卷存。而《周秦行纪》则非真出僧孺手。晁公武（《郡斋读书志》十三）云："贾黄中以为韦瓘所撰。瓘，李德裕门人，以此诬僧孺"者也。案是时有两韦瓘，皆尝为中书舍人。一年十九入关，应进士举，二十一进士状头，榜下除左拾遗，大中初任廉察桂林，寻除主客分司。见莫休符《桂林风土记》。一字茂宏，京兆万年人，韦夏卿弟正卿之子也。"及进士第，仕累中书舍人。与李德裕善。……李宗闵恶之，德裕罢，贬为明州长史。"见《新唐书》（一六二）《夏卿传》，则为作《周秦行纪》者。胡应麟（《笔丛》三十二）云："中有'沈婆儿作天子'等语，所为根蒂者不浅。独怪思黯罹此巨谤，不亟自明，何也？牛李二党曲直，大都鲁卫间。牛撰《玄怪》等录，亡只词搆李，李之徒顾作此以危之。于戏，二子者，用心觌矣！牛迄功名终，而子孙累叶贵盛。李挟高世之才，振代之绩，卒沦海岛，非忌刻忮害之报耶？辄因是书，播告夫世之工瞀蒅者。"乞灵于果报，殊未足以餍心。然观李德裕所作《周秦行纪论》，至欲持此一文，致僧孺于族灭，则其阴谲险很，可畏实甚。弃之者众，固其宜矣。论犹在集（外集四）中，遂录于后：

言发于中，情见乎辞。则言辞者，志气之来也。故察其言而知其内，覗其辞而见其意矣。余尝闻太牢氏（凉国李公尝呼牛僧孺为太牢。凉公名不便，故不书。）好奇怪其身，险易其行。以其姓应国家受命之谶，曰："首尾三麟六十年，两角犊子浞狂颠，龙蛇相斗血成川。"及见著《玄怪录》，多造隐语，人不可解。其或能晓一二者，必附会焉。纵司马取魏之渐，用田常有齐之由。故自卑秩，至于宰相，而朋党若山，不可动摇。欲有意摆撼者，皆遭诬坐，莫不侧目结舌，事具史官刘轲《日历》。余得太牢《周秦行纪》，反覆覗其太牢以身与帝王后妃冥遇，欲证其身非人臣相也，将有意于"狂颠"。及至戏德宗为"沈婆儿"，以代宗皇后为"沈婆"，令人骨战。可谓无礼于其君甚矣！怀异志于图谶明矣！余少服臧文仲之言曰："见无礼于其君者，如鹰鹯之逐鸟雀也。"故贮太牢已久。前知政事，欲正刑书，力未胜而罢。余读国史，见开元中，御史汝南子谅弹奏牛仙客，以其姓符图谶。虽似是，而未合"三麟六十"之数。自裴晋国与余凉国（名不便）彭原（程）赵郡（绅）诸从兄，嫉太牢如仇，颇类余志。非怀私怨，盖恶其应谶也。太牢作镇襄州日，判復州刺史乐坤《贺武宗监国状》曰："闲事不足为贺。"则恃姓敢如此耶！会余復知政事，将欲发觉，未有由。值平昭义，得与刘从谏交结书，因窜逐之。嗟乎，为人臣阴怀逆节，不独人得诛之，鬼得诛矣。凡与太牢胶固，未尝不是薄流无赖辈，以相表里。意太牢有望，而就佐命焉，斯亦信符命之致。或以中外罪余于太牢爱憎，故明此论，庶乎知余志。所恨未暇族之，而余又罢。岂非王者不死乎？遗祸胎于国，亦余大罪也。倘同余志，继而为政，宜为君除患。历既有数，意非偶然，若不在当代，必在于子孙。须以太牢少长，咸置于法，则刑罚中而社稷安，无患于二百四十年后。嘻！余致君之道，分隔于明时。嫉恶之心，敢辜于早岁？因援毫而摅宿愤。亦书《行纪》之迹于后。

论中所举刘轲，亦李德裕党。《日历》具称《牛羊日历》，牛羊，谓牛僧孺杨虞卿也，甚毁此二人。书久佚，今有辑本，缪荃荪刻之《藕香零拾》中。又有皇甫松，著《续牛羊日历》，亦久佚。《资治通鉴考异》（卷二十）引一则，于《周秦行纪》外，且痛诋其家世，今节录之：

太牢早孤。母周氏，冶荡无检。乡里云："兄弟羞赧，乃令改醮。"既与前夫义绝矣，及贵，请以出母追赠。《礼》云："庶氏之母死，何为哭于孔氏之庙乎？"又曰："不为伋也妻者，是不为白也母。"而李清心妻配牛幼简，是夏侯铭所谓"魂而有知，前夫不纳于幽壤，殁而可作，后夫必诉于玄穹。"使其母为失行无适从之鬼，上罔圣朝，下欺先父，得曰忠孝智识者乎？作《周秦行纪》，呼德宗为"沈婆儿"，谓睿真皇太后为"沈婆"。此乃无君甚矣！

盖李之攻牛，要领在姓应图谶，心非人臣，而《周秦行纪》之称德宗为"沈婆儿"，尤所以证成其罪。故李德裕既附之论后，皇甫松《续历》亦严斥之。今李氏《穷愁志》虽尚存（《李文饶外集》卷一至四，即此），读者盖寡；牛氏《玄怪录》亦早佚，仅得后人为之辑存。独此篇乃屡刻于丛书中，使世间由是更知僧孺名氏。时世既迁，怨亲俱泯，后之结果，盖往往非当时所及料也。

李贺《歌诗编》（一）有《送沈亚之歌》，序言元和七年送其下第归吴江，故诗谓"吴兴才人怨春风，桃花满陌千里红，紫丝竹断骢马小，家住钱塘东复东。"中复云"春卿拾才白日下，掷置黄金解龙马，携笈归江重入门，劳劳谁是怜君者"也。然《唐书》已不详亚之行事，仅于《文苑传序》一举其名。幸《沈下贤集》迄今尚存，并考宋计有功《唐诗纪事》，元辛文房《唐才子传》，犹能知其概略。亚之字下贤，吴兴人。元和十年，进士及第，历殿中侍御史内供奉。太和初，为德州行营使者柏耆判官。耆贬，亚之亦谪南康尉；终郢州掾。其集本九卷，今有十二卷，盖后人所加。中有传奇三篇。亦并见《太平广记》，皆注云出《异闻集》，字句往往与集不同。今者据本集录之。

《湘中怨辞》出《沈下贤集》卷二。《广记》在二百九十八，题曰《太学郑生》，无序及篇末"元和十三年"以下三十六字。文句亦大有异，殆陈翰编《异闻集》时之所删改欤。然大抵本集为胜。其"遂我"作"逐我"，则似《广记》佳。惟亚之好作涩体，今亦无以决之。故异同虽多，悉不复道。

《异梦录》见集卷四。唐谷神子已取以入《博异志》。《广记》则在二百八十二，题曰《邢凤》，较集本少二十余字，王炎作王生。炎为王播弟，亦能诗，不测《异闻集》何为没其名也。《沈下贤集》今有长沙叶氏观古堂刻本，及上海涵芬楼影印本。二十年前则甚希觏。余所见者为影钞小草斋本，既录其传奇三篇，又以丁氏八千卷楼钞本校改数字。同是十二卷本《沈集》，而字句复颇有异同，莫知孰是。如王炎诗"择水葬金钗"，惟小草斋本如此，他本皆作"择土"。顾亦难遽定"择水"为误。此类甚多，今亦不备举。印本已渐广行，易于入手，求详者自可就原书比勘耳。

梦中见舞弓弯，亦见于唐时他种小说。段成式《酉阳杂俎》（十四）云："元和初，有一士人，失姓字，因醉卧厅中。及醒，见古屏上妇人等悉于床前踏歌。歌曰：'长安女儿踏春阳，无处春阳不断肠。舞袖弓腰浑忘却，蛾眉空带九秋霜。'其中双鬟者问曰：'如何是弓腰？'歌者笑曰：'汝不见我作弓腰乎？'乃反首，髻及地，腰势如规焉。士人惊惧，因叱之。忽然上屏，亦无其他。"其歌与《异梦录》者略同，盖即由此曼衍。宋乐史撰《杨太真外传》，卷上注中记杨国忠卧觊屏上诸女下床自称名，且歌舞。其中有"楚宫弓腰"，则又由《酉阳杂俎》所记而传讹。凡小说流传，大率渐广渐变，而推究本始，其实一也。

《秦梦记》见集卷二，及《广记》二百八十二，题曰《沈亚之》，异同不多。"击体舞"当作"击髀舞"，"追酒"当作"置酒"，各本俱误。"如今日"之"今"字，疑衍，小草斋本有，他本俱无。

《无双传》出《广记》四百八十六，注云薛调撰。调，河中宝鼎人，美姿貌，人号为"生菩萨"。咸通十一年，以户部员外郎加驾部郎中，充翰林承旨学士，次年，加知制诰。郭妃悦其貌，谓懿宗曰："驸马盍若薛调乎。"顷之，暴卒，年四十三，时咸通十三年二月二十六日也。世以为中鸩云（见《新唐书》《宰相世系表》，《翰苑群书》及《唐语林》四）。胡应麟（《笔丛》四十一）云："王仙客……事大奇而不情，盖润饰之过。或乌有。无是类，不可知。"案范摅《云溪友议》（上）载"有崔郊秀才者，寓居于汉上，蕴精文艺，而物产罄悬。亡何，与姑婢通，每有阮咸之从。其婢端丽，饶彼音律之能，汉南之最也。姑鬻婢于连帅。帅爱之，以类无双，给钱四十万，宠眄弥深。郊思慕不已，即强亲府署，愿一见焉。其婢因寒食来从事冢，值郊立于柳阴，马上连泣，誓若山河。崔生赠以诗曰：'公子王孙逐后尘，绿珠垂泪滴罗巾。侯门一入深如海，从此萧郎是路人。'"诗闻于帅，遂以归崔。无双下原有注云："即薛太保之爱姜，至今图画观之。"然则无双不但实有，且当时已极艳传。疑其事之前半，或与崔郊姑婢相类；调特改薛太尉家为禁中，以隐约其辞。后半则颇有增饰，稍乖事理矣。明陆采尝拈以作《明珠记》。

柳珵《上清传》见《资治通鉴考异》卷十九。司马光驳之云："信如此说，则参为人所劫，德宗岂得反云'蓄养侠刺'。况陆贽贤相，安肯为此。就使欲陷参，其术固多，岂肯为此儿戏。全不近人情。"亦见于《太平广记》卷二百七十五，题曰《上清》，注云出《异闻集》。"相国窦公"作"丞相窦参"，后凡"窦公"皆只作一"窦"

字;"隶名掖庭"下有"且久"二字;"怒陆贽"上有"至是大悟因"五字;"这"作"老";"恣行媒孽"下有"乘间攻之"四字;"特敕"下有"削"字。余尚有小小异同,今不备举。此篇本与《刘幽求传》同附《常侍言旨》之后。《言旨》亦珵作,《郡斋读书志》(十三)云,记其世父柳芳所谈。芳,蒲州河东人;子登,冕;登子璟,见《新唐书》(一三二)。珵盖璟之从兄弟行矣。

《杨娼传》出《广记》四百九十一,原题房千里撰。千里字鹄举,河南人,见《新唐书》《宰相世系表》。《艺文志》有房千里《南方异物志》一卷,《投荒杂录》一卷,注云:"太和初进士第,高州刺史。"是其所终官也。此篇记叙简率,殊不似作意为传奇。《云溪友议》(上)又有《南海非》一篇,谓房千里博士初上第,游岭徼。有进士韦滂自南海致赵氏为千里妾。千里倦游归京,暂为南北之别。过襄州遇许浑,托以赵氏。浑至,拟给以薪粟,则赵已从韦秀才矣。因以诗报房,云:"春风白马紫丝缰,正值蚕眠未采桑。五夜有心随暮雨,百年无节待秋霜。重寻绣带朱藤合,却认罗裙碧草长。为报西游减离恨,阮郎才去嫁刘郎。"房闻,哀恸几绝云云。此传或即作于得报之后,聊以寄慨者欤。然韦縠《才调集》(十)又以浑诗为无名氏作,题云:"客有新丰馆题怨别之词,因诘传史,尽得其实,偶作四韵嘲之。"

《飞烟传》出《说郛》卷三十三所录之《三水小牍》,皇甫枚撰。亦见于《广记》四百九十一,飞烟作非烟。《三水小牍》本三卷,见《宋史》《艺文志》及《直斋书录解题》。今止存二卷,刻于卢氏《抱经堂丛书》及缪氏《云自在龛丛书》中。就书中可考见者,枚字遵美,安定人。三水,安定属邑也。咸通末,为汝州鲁山令;光启中,僖宗在梁州,赴调行在。明姚咨跋云:"天祐庚午岁,旅食汾晋,为此书。"今书中不言及此，殆出于枚之自序，而今失之。缪氏刻本有逸文一卷，收《非烟传》，然仅据《广记》所引，与《说郛》本小有异同，且无篇末一百十余字。《广记》不云出于何书，盖尝单行也，故仍录之。

《虬髯客传》据明《顾氏文房小说》录，校以《广记》百九十三所引《虬髯传》，互有详略，异同，今补正二十余字。杜光庭字宾至，处州缙云人。先学道于天台山，仕唐为内供奉。避乱入蜀，事王建，为金紫光禄大夫，谏议大夫，赐号广成先生。后主立，以为传真天师，崇真馆大学士。后解官，隐青城山，号东瀛子。年八十五卒。著书甚多，有《谏书》一百卷，《历代忠谏书》五卷，《道德经广圣义疏》三十卷，《录异记》十卷，《广成集》一百卷，《壶中集》三卷。此外言道教仪则，应验，及仙人，灵境者尚二十余种，八十余卷。今惟《录异记》流传。光庭尝作《王氏神仙传》一卷，以悦蜀主。而此篇则以窥觊神器为大戒，殆尚是仕唐时所为。《宋史》《艺文志》小说类著录作"《虬髯客传》一卷"。宋程大昌《考古编》（九）亦有题《虬须传》者一则，云："李靖在隋，常言高祖终不为人臣。故高祖入京师，收靖，欲杀之。太宗救解，得不死。高祖收靖，史不言所以，盖讳之也。《虬须传》言靖得虬须客资助，遂以家力佐太宗起事。此文士滑稽，而人不察耳。又杜诗言'虬须似太宗'。小说亦辨人言太宗虬须，须可挂角弓。是虬须乃太宗矣。而谓虬须授靖以资，使佐太宗，可见其为戏语也。"须皆作须。今为虬髯者，盖后来所改。惟高祖之所以收靖，则当时史实未尝讳言。《通鉴考异》（八）云："柳芳《唐历》及《唐书》《靖传》云：'高祖击突厥于塞外。靖察高祖，知有四方之志。因自锁上变，将诣江都，至长安，道塞不通而止。'案太宗谋起兵，高祖尚未知；知之，犹不从。当击突厥之时，未有异

108

志，靖何从察知之？又上变当乘驿取疾，何为自锁也？今依《靖行状》云：'昔在隋朝，曾经忤旨。及兹城陷，高祖追责旧言，公忼慨直论，特蒙宥释。'"柳芳唐人，记上变之嫌，即知城陷见收之故矣。然史实常晦，小说辄传，《虬髯客传》亦同此例，仍为人所乐道，至绘为图，称曰"三侠"。取以作曲者，则明张凤翼张太和皆有《红拂记》，凌初成有《虬髯翁》。

右第四分

《冥音录》出《广记》四百八十九。中称李德裕为"故相"，则大中或咸通后作也。《唐人说荟》题朱庆馀撰，非。

《东阳夜怪录》出《广记》四百九十。叙王洙述其所闻于成自虚，夜中遇精魅，以隐语相酬答事。《唐人说荟》即题洙作，非也。郑振铎（《中国短篇小说集》）云："所叙情节，类似牛僧孺的《元无有》，也许这两篇是同出一源的。"案《元无有》本在《玄怪录》中，全书已佚。此条《广记》三百六十九引之：

宝应中，有元无有，常以仲春末独行维扬郊野。值日晚，风雨大至。时兵荒后，人户多逃。遂入路旁空庄。须臾霁止，斜月方出。无有坐北窗，忽闻西廊有行人声。未几，见月中有四人，衣冠皆异，相与谈谐吟咏甚畅。乃云："今夕如秋，风月若此，吾辈岂不为一言以展平生之事也？"其一人即曰云云。吟咏既朗，无有听之具悉。其一衣冠长人，即先吟曰："齐纨鲁缟如霜雪，寥亮高声予所发。"其二黑衣冠短陋人，诗曰："嘉宾良会清夜时，煌煌灯烛我能持。"其三故敝黄衣冠人，亦短陋，诗曰："清冷之泉候朝汲，桑绠相牵常出入。"其四故黑衣冠人，诗曰：

"爨薪贮泉相煎熬，充他口腹我为劳。"无有亦不以四人为异，四人亦不虞无有之在堂隍也，递相褒赏。观其自负，则虽阮嗣宗《咏怀》，亦若不能加矣。四人迟明方归旧所。无有就寻之，堂中惟有故杵，灯台，水桶，破铛。乃知四人即此物所为也。

《灵应传》出《广记》四百九十二，无撰人名氏。《唐人说荟》以为于逖作，亦非。传在记龙女之贞淑，郑承符之智勇，而亦取李朝威《柳毅传》中事，盖受其影响，又稍变易之。泾原节度使周宝字上珪，平州卢龙人。在镇务耕力，聚粮二十万石，号良将。黄巢据宣歙，乃徙宝镇海军节度使，兼南面招讨使。后为钱镠所杀。《新唐书》（一八六）有传。

右第五分

《隋遗录》上下卷，据原本《说郛》七十八录出，以《百川学海》校之。前题唐颜师古撰。末有无名氏跋，谓会昌中，僧志彻得于瓦棺寺阁南双阁之荀笔中。题《南部烟花录》，为颜公遗稿。取《隋书》校之，多隐文。后乃重编为《大业拾遗记》。原本缺落凡十七八，悉从而补之矣云云。是此书本名《南部烟花录》，既重编，乃称《大业拾遗记》。今又作《隋遗录》，跋所未言，殆复由后来传刻者所改欤。书在宋元时颇已流行，《郡斋读书志》及《通考》并著《南部烟花录》；《通志》著《大业拾遗录》；《宋史》《艺文志》史部传记类亦有颜师古《大业拾遗》一卷，子部小说类又有颜师古《隋遗录》一卷，盖同书而异名，所据凡两本也。本文与跋，词意荒率，似一手所为。而托之师古，其术与葛洪之《西京杂记》，谓钞自刘歆之《汉书》遗稿者正等。然才识远逊，故罅漏殊多，不待吹求，已知其伪。清《四库全书总目》（一四三）云："王得臣《麈史》称其'极恶可疑。'姚宽《西溪丛语》亦曰：'《南部烟花录》文极俚俗。又载陈后主诗云，夕阳如有意，偏向小窗明。此乃唐人方域诗，六朝语不如此。唐《艺文志》所载《烟花录》，记幸广陵事，此本已亡，故流俗伪作此书'云云。然则此亦伪本矣。今观下卷记幸月观时与萧后夜话，有'侬家事一切已托杨素了'之语，是时素死久矣。师古岂疏谬至此乎？其中所载炀帝诸作，及虞世南赠袁宝儿作，明代辑六朝诗者，往往采掇，皆不考之过也。"

《炀帝海山记》上下卷，出《青琐高议》后集卷五，先据明张梦锡刻本录，而校以董氏所刻士礼居本。明钞原本《说郛》三十二卷中亦有节本一卷，并取参校。篇题下原有小注，上卷云"说炀帝宫中花木"，下卷云"记炀帝后苑鸟兽"，皆编者所加，今削。其书盖欲侈陈炀帝奢靡之迹，如郭氏《洞冥》，苏鹗《杜阳》之类，而力不逮。中有《望江南》调八阕，清《四库目》云，乃李德裕所创，段安节《乐府杂录》述其缘起甚详，亦不得先于大业中有之。

《炀帝迷楼记》录自原本《说郛》三十二。明焦竑作《国史》《经籍志》，并《海山记》皆著录，盖尝单行。清《四库目》（一四三）谓"亦见《青琐高议》。……竟以迷楼为在长安，乖谬殊甚。"然《青琐高议》中实无有，殆纪昀等之误也。周中孚（《郑堂读书记》）更推阐其评语，以为后称"大业九年，帝幸江都，有迷楼。"而末又云"帝幸江都，唐帝提兵号令入京，见迷楼，大惊曰：'此皆民膏血所为也！'乃命焚之。经月，火不灭。则竟以迷楼为在长安，等诸项羽之焚阿房，乖谬殊极"云。

《炀帝开河记》从原本《说郛》卷四十四录出。《宋史》《艺文志》史部地理类著录一卷，注云不知作者。清《四库目》以为"词尤鄙俚，皆近于委巷之传奇，同出依托，不足道。"按唐李匡文《资暇集》（下）云："俗怖婴儿曰'麻胡来！'不知其源者，以为多髯之神而验刺者，非也。隋将军麻祜，性酷虐。炀帝令开汴河，威棱既盛，至稚童望风而畏，互相恐吓曰'麻祜来！'稚童语不正，转祜为胡。"末有自注云："麻祜庙在睢阳。鄜方节度使李丕即其后。丕为重建碑。"然则叔谋虐焰，且有其实，此篇所记，固亦得之口耳之传，非尽臆造矣。惜李丕所立碑文，今未能见，否则当亦有足资参证者。至冢中诸异，乃颇似本《西京杂记》所叙广陵王刘去疾发冢事，附会曼衍作之。

右四篇皆为《古今逸史》所收。后三篇亦见于《古今说海》，不题撰人。至《唐人说荟》，乃并云韩偓撰。致尧生唐末，先则颠沛危朝，后乃流离南裔，虽赋艳诗，未为稗史。所作惟《金銮密记》一卷，诗二卷，《香奁集》一卷而已。且于史事，亦不至荒陋如是。此盖特里巷稍知文字者所为，真所谓街谈巷议，然得冯犹龙掇以入《隋炀艳史》，遂弥复纷传于世。至今世俗心目中之隋炀，殆犹是昼游西苑，夜止迷楼者也。

明钞原本《说郛》一百卷，虽多脱误，而《迷楼记》实佳。以其尚存俗字，如"你"之类，刻本则大率改为"尔"或"汝"矣。世之雅人，憎恶口语，每当纂录校刊，虽故书雅记，间亦施以改定，俾弥益雅正。宋修《唐书》，于当时恒言，亦力求简古，往往大减神情，甚或莫明本意。然此犹撰述也。重刊旧文，辄亦不赦，即就本集所收文字而言，宋本《资治通鉴考异》所引《上清传》中之"这獠奴"，明清刻本《太平广记》引则俱作"老獠奴"矣；顾氏校宋本《周秦行纪》中之"屈两箇娘子"及"不宜负他"，《广记》引则作"屈二娘子"及"不宜负也"矣。无端自定为古人决不作俗书，拼命复古，而古意乃寖失也。

右第六分

《绿珠传》一卷，出《琳琅秘室丛书》。其所据为旧钞本，又以别本校之。末有胡珽跋，云："旧本无撰人名氏。案马氏《经籍考》题'宋史官乐史撰'。宋人《续谈助》亦载此传，而删节其半。后有西楼北斋跋云：'直史馆乐史，尤精地理学，故此传推考山水为详，又皆出于地志杂书者。'余谓绿珠一婢子耳，能感主恩而奋不顾身，是宜刊以风世云。咸丰三年八月，仁和胡珽识。"今再勘以《说郛》三十八所录，亦无甚异同。疑所谓旧钞本或别本者，即并从《说郛》出尔。旧校稍烦，其必改"越"为"粤"之类，尤近自扰，今悉不取。

《杨太真外传》二卷，取自《顾氏文房小说》。署史官乐史撰，《唐人说荟》收之，诬谬甚矣。然其误则始于陶宗仪《说郛》之题乐史为唐人。此两本外，又尝见京师图书馆所藏丁氏八千卷楼旧钞本，称为"善本"，然实凡本而已，殊无佳处也。《宋史》《艺文志》史部传记类著录"曾致尧《广中台记》八十卷，又《绿珠传》一卷"，颇似《传》亦曾致尧作；又有"《杨妃外传》一卷"，注云："不知作者"；又有"乐史《滕王外传》一卷，又《李白外传》一卷，《洞仙集》一卷，《许迈传》一卷，《杨贵妃遗事》二卷，"注云："题岷山叟上"。书法函胡，殆不可以理析。然《续谈助》一跋而外，尚有《郡斋读书志》（九，传记类）云："《绿珠传》一卷，右皇朝乐史撰。"又"《杨贵妃外传》二卷，右皇朝乐史撰。叙唐杨妃事迹，讫孝明之崩。"而《直斋书录解题》（七，传记类）亦云："《杨妃外传》一卷，直史馆临川乐史子正撰。"则《绿珠》《杨妃》二传，皆乐史之作甚明。《杨妃传》卷数，宋时已分合不同，今所传者盖晁氏所见二卷本也。但书名又小变耳。

乐史，抚州宜黄人，自南唐入宋，为著作佐郎，出知陵州。以献赋召为三馆编修，迁著作郎，直史馆。观绿珠太真二传结衔，则皆此时作。后转太常博士，出知舒黄商三州，再入文馆，掌西京勘磨司，赐金紫。景德四年卒，年七十八。事详《宋史》(三百六)《乐黄目传》首。史多所著作，在三馆时，曾献书至四百二十余卷，皆叙科第孝悌神仙之事。又有《太平寰宇记》二百卷，征引群书至百余种，今尚存。盖史既博览，复长地理，故其辑述地志，即缘滥于采录，转成繁芜。而撰传奇如《绿珠》《太真》传，又不免专拾旧文，如《语林》，《世说新语》，《晋书》，《明皇杂录》，《开天传信记》，《长恨传》，《西阳杂俎》，《安禄山事迹》等，稍加排比，且常拳拳于山水也。

右第七分

宋刘斧秀才作《翰府名谈》二十五卷，又《摭遗》二十卷，《青琐高议》十八卷，见《宋史》《艺文志》子部小说类。今惟存《青琐高议》。有明张梦锡刊本，前后集各十卷，颇难得。近董康校刊士礼居写本，亦二十卷，又有别集七卷，《宋志》所无。然宋人即时有引《青琐摭遗》者，疑即今所谓别集。《宋志》以为《翰府名谈》之《摭遗》，盖亦误尔。其书杂集当代人志怪及传奇，漫无条贯，间有议，亦殊浅率。前有孙副枢序，不称名而称官，甚怪；今亦莫知为何人。此但选录其较整饬曲折者五篇。作者三人：曰魏陵张实子京，曰谯川秦醇子复（或作子履），曰淇上柳师尹。皆未考始末。一篇无撰人名。

《流红记》出前集卷五，题下原有注云"红叶题诗娶韩氏"，今删。唐孟棨《本事诗》(《情感》第一)有顾况于洛乘门苑水中得大梧叶，上有题诗，况与酬答事。"帝城不禁东流水，叶上题诗欲寄谁"者，况和诗也。范摅《云溪友议》（下）又有《题红怨》，言卢渥应举之岁，于御沟得红叶，上有绝句，置于巾箱。及宣宗放宫人，渥获其一。"睹红叶而吁嗟久之，曰：'当时偶题随流，不谓郎君收藏巾箧。'验其书，无不讶焉。诗曰：'水流何太急，深宫尽日闲。殷勤谢红叶，好去到人间。'"宋人作传奇，始回避时事，拾旧闻附会牵合以成篇，而文意并瘁。如《流红记》，即其一也。

《赵飞燕别传》出前集卷七，亦见于原本《说郛》三十二，今参校录之。胡应麟（《笔丛》二十九）云："戊辰之岁，余偶过燕中书肆，得残刻十数纸，题《赵飞燕别集》。阅之，乃知即《说郛》中陶氏删本。其文颇类东京，而末载梁武答昭仪化鼋事。盖六朝人作，而宋秦醇子复补缀以传者也。第端临《通考》渔仲《通志》并无此目。而文非宋所能。其间叙才数事，多俊语，出伶玄右，而淳质古健弗如。惜全帙不可见也。"又特赏其"兰汤滟滟"等三语，以为"百世之下读之，犹勃然兴。"然今所见本皆作别传，不作集；《说郛》本亦无删节，但较《高议》少五十余字，则或写生所遗耳。《高议》中录秦醇作特多，此篇及《谭意歌传》外，尚有《骊山记》及《温泉记》。其文芜杂，亦间有俊语。倘精心作之，如此篇者，尚亦能为。元瑞虽精鉴，能作《四部正讹》，而时伤嗜奇，爱其动魄，使勃然兴，则辄冀其为真古书以增声价。犹今人闻伶玄《飞燕外传》及《汉杂事秘辛》为伪书，亦尚有怫然不悦者。

《谭意歌传》出别集卷二，本无"传"字，今加。有注云："记英奴才华秀色"，今削。意歌，文中作意哥，未知孰是。唐有谭意哥，盖薛涛李冶之流，辛文房《唐才子传》曾举其名，然无事迹。秦醇此传，亦不似别有所本，殆窃取《莺莺传》《霍小玉传》等为前半，而以团圆结之尔。

《王幼玉记》出前集卷十，题下有注云："幼玉思柳富而死"，今删。

《王榭》出别集卷四，有注云："风涛飘入乌衣国"，今删；而于题下加"传"字。刘禹锡《乌衣巷》诗，本云："朱雀桥边野草花，乌衣巷口夕阳斜。旧来王谢堂前燕，飞入寻常百姓家。"此篇改谢成榭，指为人名，且以乌衣为燕子国号，殊乏意趣。而宋张敦颐《六朝事迹编类》乃已引为典据，此真所谓"俗语不实流为丹青"者矣。因录之，以资谈助。

《梅妃传》出《说郛》三十八，亦见于《顾氏文房小说》，取以相校，《说郛》为长。二本皆不云何人作，《唐人说荟》取之，题曹邺者，妄也。唐宋史志亦未见著录。后有无名氏跋，言"得于万卷朱遵度家，大中二年七月所书。"又云"惟叶少蕴与予得之。"案朱遵度好读书，人目为"朱万卷"。子昂，称"小万卷"，由周入宋，为衡州录事参军，累仕至水部郎中。景德四年卒，年八十三。《宋史》（四三九）《文苑》有传。少蕴则叶梦得之字，梦得为绍圣四年进士，高宗时终于知福州，是南北宋间人。年代远不相及，何从同得朱遵度家书。盖并跋亦伪，非真识石林者之所作也。今即次之宋人著作中。

《李师师外传》出《琳琅秘室丛书》，云所据为旧钞本。后有黄廷鉴跋云："《读书敏求记》云，吴郡钱功甫秘册藏有《李师师小传》，牧翁曾言悬百金购之而不获见者。偶闻邑中萧氏有此书，急假录一册。文殊雅洁，不类小说家言。师师不第色艺冠当时，观其后慷慨捐生一节，饶有烈丈夫概。亦不幸陷身倡贱，不得与坠崖断臂之俦，争辉彤史也。张端义《贵耳集》载有师师佚事二则，传文例举其大，故不载，今并附录于后。又《宣和遗事》载有师师事，亦与此传不尽合，可并参观之。琴六居士书。"《贵耳集》二则，今仍迻录于后，然此篇未必即端义所见本也。

道君北狩，在五国城或在韩州，凡有小小凶吉丧祭节序，北人必有赐赉。一赐必要一谢表。北人集成一帙，刊在榷场中。传写四五十年，士大夫皆有之，余曾见一本。更有《李师师小传》，同行于时。

道君幸李师师家，偶周邦彦先在焉。知道君至，遂匿于床下。道君自携新橙一颗，云"江南初进来"。遂与师师谑语。邦彦悉闻之，隐括成《少年游》云："并刀如水，吴盐胜雪，纤手破新橙。"后云："城上已三更，马滑霜浓，不如休去，直是少人行。"李师师因歌此词。道君问谁作。李师师奏云："周邦彦词。"道君大怒，坐朝宣谕蔡京云："开封府有监税周邦彦者，闻课额不登，如何京尹不案发来？"蔡京罔知所以，奏云："容臣退朝呼京尹叩问，续得复奏。"京尹至，蔡以御前圣旨谕之。京尹云："惟周邦彦课额增羡。"蔡云："上意如此，只得迁就。"将上，得旨："周邦彦职事废弛，可日下押出国门！"隔一二日，道君复幸李师师家，不见李师师。问其家，知送周监税。道君方以邦彦出国门为喜，既至，不遇。坐久至更初，李始归，愁眉泪睫，憔悴可掬。道君大怒云："尔往那里去？"李奏："臣妾万死，知周邦彦得罪，押出国门，略致一杯相别。不知官家来。"道君问："曾有词否？"李奏云："有《兰陵王》词。"今"柳阴直"者是也。道君云："唱一遍看。"李奏云："容臣妾奉一杯，歌此词为官家寿。"曲终，道君大喜，复召为大晟乐正。后官至大晟乐乐府待制。邦彦以词行，当时皆称美成词；殊不知美成文

117

笔，大有可观，作《汴都赋》。如笺奏杂著，皆是杰作，可惜以
词掩其他文也。当时李师师家有二邦彦，一周美成，一李士美，
皆为道君狎客。士美因而为宰相。吁，君臣遇合于倡优下贱之
家，国之安危治乱，可想而知矣。

右第八分终

题注：

    本篇写于 1927 年 8 月 22 日至 24 日，最初收入《唐宋传奇集》下
册。初未收集。《唐宋传奇集》，鲁迅编选的唐宋传奇小说，分上、下
两册，分别于 1927 年 12 月、1928 年 2 月由北新书局出版。

《唐宋传奇集》序例

　　东越胡应麟在明代，博涉四部，尝云："凡变异之谈，盛于六朝，然多是传录舛讹，未必尽幻设语。至唐人，乃作意好奇，假小说以寄笔端。如《毛颖》《南柯》之类尚可，若《东阳夜怪》称成自虚，《玄怪录》元无有，皆但可付之一笑，其文气亦卑下亡足论。宋人所记，乃多有近实者，而文彩无足观。"其言盖几是也。厥于诗赋，旁求新涂，藻思横流，小说斯灿。而后贤秉正，视同土沙，仅赖《太平广记》等之所包容，得存什一。顾复缘贾人贸利，撮拾彫镌，如《说海》，如《古今逸史》，如《五朝小说》，如《龙威秘书》，如《唐人说荟》，如《艺苑捃华》，为欲总目烂然，见者眩惑，往往妄制篇目，改题撰人，晋唐稗传，黥劓几尽。夫蚊子惜鼻，固犹香象，媒母护面，讵逊毛嫱，则彼虽小说，夙称卑卑不足厕九流之列者乎，而换头削足，仍亦骇心之厄也。昔尝病之，发意匡正。先辑自汉至隋小说，为《钩沈》五部讫；渐复录唐宋传奇之作，将欲汇为一编，较之通行本子，稍足凭信。而屡更颠沛，不遑理董，委诸行箧，分饱蟫蠹而已。今夏失业，幽居南中，偶见郑振铎君所编《中国短篇小说集》，埽荡烟埃，斥伪返本，积年埋郁，一旦霍然。惜《夜怪录》尚题王洙，

《灵应传》未删于逊，盖于故旧，犹存眷恋。继复读大兴徐松《登科记考》，积微成昭，钩稽渊密，而于李徵及第，乃引李景亮《人虎传》作证。此明人妄署，非景亮文。弥叹虽短书俚说，一遭篡乱，固贻害于谈文，亦飞灾于考史也。顿忆旧稿，发箧谛观，黯澹有加，渝敝则未。乃略依时代次第，循览一周。谅哉，王度《古镜》，犹有六朝志怪余风，而大增华艳。千里《杨倡》，柳珵《上清》，遂极庳弱，与诗运同。宋好劝惩，摅实而泥，飞动之致，眇不可期，传奇命脉，至斯以绝。惟自大历以至大中中，作者云蒸，郁术文苑，沈既济许尧佐擢秀于前，蒋防元稹振采于后，而李公佐白行简陈鸿沈亚之辈，则其卓异也。特《夜怪》一录，显托空无，逮今允成陈言，在唐实犹新意，胡君顾贬之至此，窃未能同耳。自审所录，虽无秘文，而曩曾用心，仍自珍惜。复念近数年中，能恳恳顾及唐宋传奇者，当不多有。持此涓滴，注彼说渊，献我同流，比之芹子，或亦将稍减其考索之劳，而得觑绎之乐耶。于是杜门摊书，重加勘定，匝月始就，凡八卷，可校印。结愿知幸，方欣已歔。顾旧乡而不行，弄飞光于有尽，嗟夫，此亦岂所以善吾生，然而不得已也。犹有杂例，并缀左方：

一，本集所取资者，为明刊本《文苑英华》；清黄晟刊本《太平广记》，校以明许自昌刻本；涵芬楼影印宋本《资治通鉴考异》；董康刻士礼居本《青琐高议》，校以明张梦锡刊本及旧钞本；明翻宋本《百川学海》；明钞本原本《说郛》；明顾元庆刊本《文房小说》；清胡珽排印本《琳琅秘室丛书》等。

一，本集所取，专在单篇。若一书中之一篇，则虽事极煊赫，或本书已亡，亦不收采。如袁郊《甘泽谣》之《红线》，李复言《续玄怪录》之《杜子春》，裴铏《传奇》之《昆仑奴》《聂隐娘》等是也。皇甫枚《飞烟传》，虽亦是《三水小牍》逸文，然《太平广记》引则

120

不云出于何书，似曾单行，故仍入录。

一，本集所取，唐文从宽，宋制则颇加决择。凡明清人所辑丛刊，有妄作者，辄加审正，黜其伪欺，非敢刊落，以求信也。日本有《游仙窟》，为唐张文成作，本当置《白猿传》之次，以章矛尘君方图版行，故不编入。

一，本集所取文章，有复见于不同之书，或不同之本，得以互校者，则互校之。字句有异，惟从其是。亦不历举某字某本作某，以省纷烦。倘读者更欲详知，则卷末具记某篇出于何书何卷，自可覆检原书，得其究竟。

一，向来涉猎杂书，遇有关于唐宋传奇，足资参证者，时亦写取，以备遗忘。比因奔驰，颇复散失。客中又不易得书，殊无可作。今但会集丛残，稍益以近来所见，并为一卷，缀之末简，聊存旧闻。

一，唐人传奇，大为金元以来曲家所取资，耳目所及，亦举一二。第于词曲之事，素未用心，转贩故书，谅多讹略，精研博考，以俟专家。

一，本集篇卷无多，而成就颇亦匪易。先经许广平君为之选录，最多者《太平广记》中文。惟所据仅黄晟本，甚虑讹误。去年由魏建功君校以北京大学图书馆所藏明长洲许自昌刊本，乃始释然。逮今缀辑杂札，拟置卷末，而旧稿潦草，复多沮疑，蒋径三君为致书籍十余种，俾得检寻，遂以就绪。至陶元庆君所作书衣，则已贻我于年余之前者矣。广赖众力，才成此编，谨藉空言，普铭高谊云尔。

中华民国十有六年九月十日，鲁迅校毕题记。时大夜弥天，璧月澄照，饕蚊遥叹，余在广州。

题注：

　　本篇最初发表于 1927 年 10 月 16 日上海《北新周刊》第五十一、五十二期合刊，后收入《唐宋传奇集》上册。

述香港恭祝圣诞

记者先生：

　　文宣王大成至圣先师孔夫子圣诞，香港恭祝，向称极盛。盖北方仅得东邻鼓吹，此地则有港督督率，实事求是，教导有方。侨胞亦知崇拜本国至圣，保存东方文明，故能发扬光大，盛极一时也。今年圣诞，尤为热闹，文人雅士，则在陶园雅集，即席挥毫，表示国粹。各学校皆行祝圣礼，往往欢迎各界参观，夜间或演新剧，或演电影，以助圣兴。超然学校每年祝圣，例有新式对联，贴于门口，而今年所制，尤为高超。今敬谨录呈，乞昭示内地，以愧意欲打倒帝国主义者：

　　　　乾　男校门联

本鲁史，作《春秋》，罪齐田恒，地义天经，打倒贼子乱臣，免得赤化宣传，讨父仇孝，共产公妻，破坏纲常伦纪。

堕三都，出藏甲，诛少正卯，风行雷厉，铲除贪官悍吏，训练青年德育，修身齐家，爱亲敬长，挽回世道人心。

坤　女校门联

母凭子贵，妻藉夫荣，方今祝圣诚心，正宜遵懔三从，岂可开口自由，埋口自由，一味误会自由，趋附潮流成水性。

男禀乾刚，女占坤顺，此际尊孔主义，切勿反违四德，动说有乜所谓，有乜所谓，至则不知所谓，随同社会出风头。

埋犹言合，乜犹言何，冇犹言无，盖女子小人，不知雅训，故用俗字耳。舆论之类，琳琅尤多，今仅将载于《循环日报》者录出一篇，以见大概：

孔诞祝圣言感

佩蘅

金风送爽。凉露惊秋。转瞬而孔诞时期届矣。迩来圣教衰落。邪说嚣张。礼孔之举。惟港中人士。犹相沿奉行。至若内地。大多数不甚注意。盖自新学说出。而旧道德日即于沦亡。自新人物出。而古圣贤胥归于淘汰。一般学子。崇持列宁马克思种种谬说。不惜举二千年来炳若日星之圣教。摧陷而廓清之。其诋人也。不曰腐化即曰老朽。实则若曹少不更事。卤莽灭裂。不惜假新学说以便其私图。而古人之大义微言。俨如肉中刺。眼中钉。必欲拔除之而后快。孔子且在于打倒之列。更何有孔诞之可言。呜呼。长此以往。势不至等人道于禽兽不止。何幸此海隅之地。古风未泯。经教犹存。当此祝圣时期。济济跄跄一时称盛耶。虽然。吾人祝圣。特为此形式上之纪念耳。尤当注重孔教之精神。孔教重伦理。重实行。所谓齐家治国平天下。由近及远。由内及外。皆有轨道之可循。天不变道亦不变。自有碻凿之理由在。虽暴民嚣张。摧残圣教。然浮云之翳。何伤日月之明。吾人当蒙泉剥果之余。伤今思古。首当发挥大义。羽翼微言。子舆氏谓能言距杨墨者。圣人之徒。生今之世。群言淆乱。异说争鸣。众口铄金。积非成是。与圣教为难者。向只杨墨。就贵词而辟之。为吾道作干城。树中流之砥柱。若乎张皇耳目。涂饰仪文。以敷衍为心。作例行之举。则非吾所望于祝圣诸公也。感而书之如此。

香港孔圣会则于是日在太平戏院日夜演大尧天班。其广告云：

祝大成之圣节，乐奏钧天，彰正教于人群，欢腾大地。我国数千年来，崇奉孔教，诚以圣道足以维持风化，挽救人心者也。本会定期本月廿七日演大尧天班。是日演《加官大送子》,《游龙戏凤》。夜通宵先演《六国大封相》及《风流皇后》新剧。查《风流皇后》一剧，情节新奇，结构巧妙。惟此剧非演通宵，不能结局，故是晚经港政府给发数特别执照。演至通宵。……预日沽票处在荷李活道中华书院孔圣会办事所。

丁卯年八月廿四日，   香港孔圣会谨启。

《风流皇后》之名，虽欠雅驯，然"子见南子",《论语》不讳，惟此"海隅之地，古风未泯"者，能知此意耳。余如各种电影，亦复美不胜收，新戏院则演《济公传》四集，预告者尚有《齐天大圣大闹天宫》,新世界有《武松杀嫂》,全系国粹，足以发扬国光。皇后戏院之《假面新娘》虽出邻邦，然观其广告云："孔子有言，'始吾于人也，听其言而信其行，今吾于人也，听其言而观其行，于予与改是。'请君今日来看《假面新娘》以证孔子之言，然后知圣人一言而为天下法，所以不愧称为万世师表也。"则固亦有裨圣教者耳。

嗟夫！乘桴浮海，曾闻至圣之微言，崇正辟邪，幸有大英之德政。爱国劬古之士，当亦必额手遥庆，恨不得受一廛而为氓也。专此布达，即颂　　　辑祺。

圣诞后一日，华约瑟谨启。

题注：

　　本篇最初发表于上海《语丝》第一五六期（1927 年 11 月 26 日）。收入《三闲集》。发表时用致编者信的形式，刊于"来函照登"栏内，题目为编入《三闲集》时所加，署名华约瑟。1927 年秋，香港当局在"港督督率"下，借孔子诞辰大搞"恭祝活动"，以此反对新思想、新文化。为讽刺港英当局和封建遗老的尊孔复古思想，鲁迅利用"对联""广告""祝圣言感"等材料，创作本文。

补救世道文件四种

甲 "乐闻于斯"的来信

鲁迅先生：

在黎锦明兄的来信上，知道你早已到了上海。又近日看《语丝》，知岂明先生亦已卸礼部总长之任，《语丝》在上海出版，那位礼部尚书不知是何人蝉联下去呢？总长近日不甚通行，似乎以尚书或大臣为佳，就晚生看来。

不管谁当尚书了吧，我想，国粹总得要维持，你老人家是热心于这件工作的，特先奉赠礼物二件，聊表我之"英英髦彦，亦必有轶群绝伦"的区区之见也。

宣言是我三月前到会里恭恭敬敬索得来的。会里每晚，几乎是每晚有名人，遗老讲经的；听者多属剪发髦生——这生字是两性通用的——我也领教过一次了，情形另文再表，有空时再来。前几晚偶然又跑过老靶子路的会址门前，只见灯光辉映，经声出自老而亮的喉咙，不觉举头一望，又发见了一纸文会的征求，深恐各界青年，交肩失之，用特寄呈，乞广为招徕，国粹幸甚。倘蒙加以按语，序跋兼之，生生世世祖宗与有荣焉。

不知你住在什么地方，近来是否住在上海，故请别人转交。祝福你。

招勉之

一九二七，十二，十五，于SJ医院。

乙　筹设孔教青年会宣言

人心败坏，道德沦亡；世运浩劫，皆由此生。今我国青年处此万恶之漩涡，声色货利濡染于中，邪说暴行诱迫于外。天地晦塞，人欲横流，其不沦胥以溺者，殆无几矣！惟是，今人于水旱灾祲，则思集会以赈济，兵燹贼劫，则思练团以保卫。独于青年道德之堕落，其弊有甚于洪水猛兽者，则不知设会以补救。无亦徒知抵御有形之祸，而不知消弭无形之祸乎？同人深鉴于此，爰有孔教青年会之设，首办宣讲，音乐，游艺，体育各科，借符孔门六艺之旨。一俟办有成效，再设学校图书馆等，使我国青年皆得了解孔子之道，及得高尚学术之陶熔。庶知社会恶习之不可近；邪说暴行之所当辟；而世运浩劫，或可消弭于无形。今日之会社亦多矣，然大都皆偏于娱乐，而注重于青年之道德者甚微，惟孔子之道，如日月经天，江河行地，为吾人斯须不可离。斯会之成，必有能纳青年于正轨，而为人心世道之助者，且孔子尝言，后生可畏；又曰：以文会友，以友辅仁。我青年会之设即体孔子之意。邦人君子，傥亦乐闻于斯？！

128

丙　上海孔教青年会文会缘起

今试问揉罗曳縠，粉白黛绿，有以异于乱头粗服乎？今试问击鲜烹肥，纸迷金醉，有以异于含糗羹藜乎？此不待质诸离娄易牙而皆知者也。虽然，世有刻划无盐，唐突西施者；亦有久餍刍豢，偶思螺蛤者；此岂真以美色能令目盲，盛馔能令肠腐哉？毋亦畏妆饰烹调之繁缛而已。我国之文，固西施而刍豢也；通才硕学，研精覃思，穷老尽气，仅乃十得其七八；下焉者，或至熟视而无睹；后生小儒，途径未习，但见沉沉然千门万户，以为不可阶而升也，则必反顾却走而去之。故吾谓军人畏临阵；妇女畏产育；和尚畏涅槃；秀才畏考试；皆至可怪诧之事，而实情理之所应有者也。沪上为南北绾縠，袗缨亿万，学校如林，而海内耆宿之流，寓于此者，类皆蓄德能文，不惮出其胸中所蕴蓄以诱掖后进；后进亦翕然宗之。若夫家庭之内，有贤父兄，复能广延良师益友，以为子弟他山之助，韦长孺颜之推诸贤，犹未能或之先也。夫天下事果自因生，应由响召，观于此间近时之风尚，可知中原文化，实具千钧一发之力，而英英髦彦，亦必有轶群绝伦，应时而起者。惟无以聚会之，则声气不通；无以征验之，则名誉不显；无以奖劝而提倡之，则进取不速，而观感不神。《易》曰："君子以朋友讲习"，《论语》曰："君子以文会友"。窃本斯旨，号召于众，俾知拭目而观西施，张口而思刍豢者，大有人在。同人不敏，即执巾栉，奉脂泽，为美人催妆，飞鞚络绎，为御厨送八珍，其又奚辞？

（章程从略）

丁 "乐闻于斯"的回信

勉之先生足下。N 日不见，如隔 M 秋。——确数未详，洋文斯用。然鲜卑语尚不弃于颜公，罗马字岂遽违乎孔教？"英英髦彦"，幸毋嗤焉。慨自水兽洪猛，黄神啸吟，礼乐偕髣发以同隳，情性与缠足而俱放；ABCD，盛读于簧中，之乎者也，渐消于笔下。以致"人心败坏，道德沦亡"。诚当棘地之秋，宁膏"杞天之虑"？所幸存寓公于租界，传圣道于洋场，无待乘桴，居然为铎。从此老喉嘹喨，吟关关之雎鸠，吉士骈填，若浩浩乎河水。邪说立辟，浩劫潜销。三祖六宗，千秋万岁。独惜"艺"有"宣讲"，稍异孔门，会曰"青年"，略剽耶教，用夷变夏，尼父曾以失眠，援墨入儒，某公为之翻脸。然而那无须说，天何言哉，这也当然，圣之时也。何况"后生可畏"，将见眼里西施，"以友辅仁"，先出胸中刍豢。于是虽为和尚，亦甘心于涅槃，一做秀才，即驰神于考试，夫岂尚有见千门万户而反顾却走去之者哉，必拭目咽唾而直入矣。文运大昌，于兹可卜，拜观来柬，顿慰下怀。聊复数言，略申鄙抱。若夫"序跋兼之"，则吾岂敢也夫。专此布复，敬请"髦"安，不宣。

鲁迅谨白。

丁卯夏历十一月二十六日。

题注：

本篇最初发表于 1927 年 12 月 31 日上海《语丝》周刊第四卷第三期。初未收集。

《示众》编者注

编者注：原作举例尚多，但还是因为纸张关系，删节了一点；还因为别种关系，说明也减少了一点。但即此也已经很可以看见标点本《桃花扇》之可怕了。至于擅自删节之处，极希作者原谅。

三月十九日，编者。

【备考】：

示众

育熙

自从汪原放标点了《红楼梦》《水浒》，为书贾大开了一个方便之门，于是一些书店掌柜及伙计们大投其机，忙着从故纸堆里搬出各色各样的书，都给它改头换面，标点出来，卖之四方，乐得名利双收。而尤以昆山陶乐勤对这玩意儿特别热心。

平心而论，标点家如果都像汪原放那样对于书的选择及标点的仔细，自有相当的功劳；若仅以赚钱为目的而大拆其烂污，既对不住古人，又欺骗了读者，虽不说应处以若干等有期徒刑，至少也应以杖叩其胫，惩一儆百，以免效尤的。

现在且将陶乐勤标点的中国名曲第一种《桃花扇》举出来示众：——

陶乐勤标点的（以后省作陶的）上册第三十页：

　　　贞丽　"堂中女，好珠难比；
　　　　　　学得新莺，恰恰啼春；
　　　　　　锁重门人未知。"——（尾声）

姑不问其叶韵不叶韵，只问其通不通，若要念得下去，就应是——

　　　贞丽　"堂中女，好珠难比；
　　　　　　学得新莺恰恰啼，
　　　　　　春锁重门人未知。"——（尾声）

又如陶的上册五四页：

　　　方域　"金粉未消亡，
　　　　　　闻得六朝香满。
　　　　　　天涯烟草断人肠，
　　　　　　怕催花信紧；
　　　　　　风风雨雨，误了春光。"——（缑山月）

《桃花扇》里面，每折都是一韵或互通韵到底，此折——

《访翠》是阳江韵，开头怎么又弄成先韵了呢？这又是陶乐勤错了，应改作——

> 方域　“金粉未消亡，
> 　　　闻得六朝香。
> 　　　满天涯芳草断人肠！
> 　　　怕催花信紧，
> 　　　风风雨雨，误了春光。”——（缑山月）

又如陶的上册第四十九页：

（大笑着）不料这侯公子倒是知己！

这一折是《侦戏》，原来陈定生请方密之冒辟疆两位公子在鸡鸣埭上吃酒，借阮大铖的戏班演他的《燕子笺》，大铖因自己编的曲自己的行头自己的班，想听听他们几位公子的批评如何，所以着人去探。最初探听回来，几位公子对《燕子笺》都是好评，所以大铖很得意。但谁也不知还有位“侯公子”在座，为什么他就说“侯公子”是知己呢？原来又是陶乐勤错了，因为照原文应该是——

（大笑着）不料这班公子倒是知己！

这点陶乐勤不能推到手民误排，虽然“班”字同“侯”字样子差不多，但陶自己在侯字旁边加了个引号“—”了。

如以上所举的小错处，实在指不胜指；再举几处大错处来请大家看看：——

陶的上册三十七页：

"魏家干，又是崔家干，

一处处儿同吃。

东林里丢飞箭，

西厂里牵长线；

怎掩傍人眼宇，

难免同气崔田。

同气崔田热，

兄弟粪争尝痈。"

陶的上册第一百一十一至一百一十二页：

"你看中原豺虎乱如麻，

都窥伺龙楼凤阙帝王家。

有何人勤王报主，

肯把粮草缺乏？

一阵阵拍手喧哗，

一阵阵拍手喧哗，

百忙中教我如何答话？

好一似蒉蒉白昼闹旗拿；

那督帅无老将，

选士皆娇娃，

却教俺自撑达，

却教俺自撑达，
正腾腾杀气，
这军粮又蜂衙！"
. . . .

　　上面抄的这两阕，我先要问问陶乐勤"自己读得顺口不顺口"？"怎么讲"？我还要请读者凭良心说看得懂不懂，读得下去读不下去。如果看不懂读不下的话，就请看下面：——

"魏家干，又是崔家干，
——一处处'儿'字难免。
同气崔田！
同气崔田，
热兄弟粪争尝痈同吮！
东林里丢飞箭，
西厂里牵长线，
怎掩旁人眼！"

　　　　又：

"你看中原豺虎乱如麻，
都窥伺龙楼凤阙帝王家。
有何人勤王报主，
肯把义旗拿？
那督帅无老将，
选士皆娇娃，
却教俺自撑达！

却教俺自撑达，

正腾腾杀气，

这军粮草又早缺乏。

一阵阵拍手喧哗，——一阵阵拍手喧哗，

百忙中教我如何答话？

好一似'薨''薨'白昼闹蜂衙！"

阅者试把这两阕同陶标点的两阕对照一下，就可看出他大错而特错，就可看出陶乐勤不问自己懂不懂就乱七八糟的胡闹了。

为爱惜纸张起见，不再抄了。我觉得近来批评翻译的人很多，而对于标点家大家都置之不理，一则未免辜负他们一片热心，二则因其不问不闻，他们也就愈加猖獗，上当的人太多，所以才来当这一次义务的校对兼书记。

我希望大家不要再上他们的当！

附记：我所根据的是"上海梁溪图书馆"于"中华民国十三年四月十五日再版"的"全书二册定价一元二角""昆山陶乐勤"先生标点的《中国名曲第一种——桃花扇》，并且卷首有陶乐勤自己的《新序》，一再说过"旧本印品，差字脱句甚多，均经改正加入"，"其有错误者，亦经添改"了的。

这并不是替他做广告，不过说明白"以明责任而清手续"耳。

一九二八，三，三，于北京。

题注：

本篇最初发表于 1928 年 4 月 16 日《语丝》周刊第四卷第十六期，排在《示众》一文之后。初未收集。

关于《子见南子》

一　山东省立第二师范学生会通电

各级党部各级政府各民众团体各级学校各报馆均鉴：

敝校校址，设在曲阜，在孔庙与衍圣公府包围之中，敝会成立以来，常感封建势力之压迫，但瞻顾环境，遇事审慎，所有行动，均在曲阜县党部指导之下，努力工作，从未尝与圣裔牴牾。

不意，本年六月八日敝会举行游艺会，因在敝校大礼堂排演《子见南子》一剧，竟至开罪孔氏，连累敝校校长宋还吾先生，被孔氏族人孔传埻等越级至国民政府教育部控告侮辱孔子。顷教育部又派参事朱葆勤来曲查办，其报告如何敝会不得而知，惟对于孔氏族人呈控敝校校长各节，认为绝无意义；断难成立罪名，公论具在，不可掩没。深恐各界不明真相，受其蒙蔽，代孔氏宣传，则反动势力之气焰日张，将驯至不可收拾矣。

敝会同人正在青年时期，对此腐恶封建势力绝不低首降伏。且国民革命能否成功，本党主义能否实行，与封建势力之是否存在，大有关系。此实全国各级党部，民众团体，言论机关，共负之责，不只

敝会同人已也。除将教育部训令暨所附原呈及敝校长答辩书另文呈阅外，特此电请

台览，祈赐指导，并予援助为荷。

山东省立第二师范学生会叩。真。

二　教育部训令第八五五号令山东教育厅

六月二十六日

据孔氏六十户族人孔传堉等控告山东省立第二师范学校校长宋还吾侮辱宗祖孔子呈请查办等情前来。查孔子诞日，全国学校应各停课，讲演孔子事迹，以作纪念。又是项纪念日，奉　行政院第八次会议决，定为现行历八月二十七日。复于制定学校年学期及休假日期规程时，遵照编入，先后通令遵行各在案。原呈所称各节，如果属实，殊与院部纪念孔子本旨，大相违反。据呈前情，除以"呈悉。原呈所称各节，是否属实，仰令行山东教育厅查明，核办，具报"等语批示外，合行抄发原呈，令仰该厅长查明，核办，具报。此令。

计抄发原呈一件——

呈为公然侮辱宗祖孔子，群情不平，恳查办明令照示事。窃以山东省立第二师范校长宋还吾，系山东曹州府人，北京大学毕业，赋性乖僻，学术不纯，因有奥援，滥长该校，任事以来，言行均涉过激，绝非民党本色，早为有识者所共见。其尤属背谬，令敝族人难堪者，为该校常贴之标语及游行时所呼之口号，如孔丘为中国第一罪人，打倒孔老二，打倒旧道德，打破旧礼教，打破民可使由之不可使知之愚民政策，打倒衍圣公府输资设立的明德学校。兼以粉铅笔涂写各处孔林孔庙，时有发见，防无可防，擦不胜擦，人多势强，暴力堪虞。钧部

管持全国教育，方针所在，施行划一，对于孔子从未有发表侮辱之明文。该校长如此放纵，究系采取何种教育？禀承何项意旨？抑或别开生面，另有主义？传埙等既属孔氏，数典固不敢忘祖，劝告徒遭其面斥，隐忍至今，已成司空见惯。讵于本年六月八日该校演剧，大肆散票，招人参观，竟有《子见南子》一出，学生抹作孔子，丑末脚色，女教员装成南子，冶艳出神，其扮子路者，具有绿林气概。而南子所唱歌词，则《诗经》《鄘风》《桑中》篇也，丑态百出，亵渎备至，虽旧剧中之《大锯缸》《小寡妇上坟》，亦不是过。凡有血气，孰无祖先？敝族南北宗六十户，居曲阜者人尚繁伙，目见耳闻，难再忍受。加以日宾犬养毅等昨日来曲，路祭林庙，侮辱条语，竟被瞥见。幸同时伴来之张继先生立催曲阜县政府饬差揭擦，并到该校讲演，指出谬误。乃该校训育主任李灿坪大肆恼怒，即日招集学生训话，谓犬养毅为帝国主义之代表，张继先生为西山会议派腐化分子，孔子为古今中外之罪人。似此荒谬绝伦，任意谩骂，士可杀不可辱，孔子在今日，应如何处治，系属全国重大问题，钧部自有权衡，传埙等不敢过问。第对于此非法侮辱，愿以全体六十户生命负罪渎恳，迅将该校长宋还吾查明严办，昭示大众，感盛德者，当不止敝族已也。激愤陈词，无任悚惶待命之至。除另呈蒋主席暨内部外，谨呈
国民政府教育部部长蒋。

具呈孔氏六十户族人孔传埙　孔继选　孔广璃

孔宪桐　孔继伦　孔继珍

孔传均　孔广珣　孔昭蓉

孔传诗　孔昭清　孔昭坤

孔庆霖　孔繁蓉　孔广梅

孔昭昶　　孔宪剑　　孔广成

孔昭栋　　孔昭锽　　孔宪兰

三　山东省立第二师范校长宋还吾答辩书

孔氏六十户族人孔传埔等控告山东省立第二师范校长宋还吾侮辱孔子一案，业经教育部派朱参事葆勤及山东教育厅派张督学郁光来曲查办。所控各节是否属实，该员等自能相当报告。惟兹事原委，还吾亦有不能已于言者，特缕析陈之。

原呈所称："该校常贴之标语，及游行时所呼之口号"等语。查各纪念日之群众大会均系曲阜县党部招集，标语口号多由党部发给，如："孔丘为中国第一罪人""打倒孔老二"等标语及口号，向未见闻。至"打倒旧道德""打倒旧礼教"等标语，其他民众团体所张贴者，容或有之，与本校无干。"打破民可使由之，不可使知之的愚民政策"，当是本校学生会所张贴之标语。姑无论学生会在党部指挥之下，还吾不能横加干涉。纵使还吾能干涉，亦不能谓为有辱孔门，而强使不贴。至云："打倒衍圣公府输资设立之明德中学"，更属无稽。他如原呈所称："兼以粉铅笔涂写各处，孔林孔庙时有发见，防无可防，擦不胜擦"等语。粉铅笔等物何地蔑有，果何所据而指控本校。继云："人多势强，暴力堪虞"，更无事实可指，本校纵云学生人多，较之孔氏六十户，相差何啻百倍。且赤手空拳，何得谓强，读书学生，更难称暴。本校学生平日与社会民众，向无觝牾，又何堪虞之可言。

至称本校演《子见南子》一剧，事诚有之。查子见南子，见于《论语》。《论语》者，七十子后学者所记，群伦奉为圣经，历代未加删节，述者无罪，演者被控，无乃太冤乎。且原剧见北新书局《奔流》月刊第一卷第六号，系语堂所编，流播甚广，人所共见。本校所以排演此剧者，在使观众明了礼教与艺术之冲突，在艺术之中，认取人生真义。演时务求逼真，扮孔子者衣深衣，冠冕旒，貌极庄严。扮南子者，古装秀雅，举止大方。扮子路者，雄冠剑佩，颇有好勇之致。原呈所称："学生抹作孔子，丑末脚色，女教员装成南子，淫冶出神，其扮子路者，具有绿林气概"，真是信口胡云。若夫所唱歌词，均系三百篇旧文，亦原剧本所有。如谓《桑中》一篇，有渎圣明，则各本《诗经》，均存而不废，能受于庭下，吟于堂上，独不得高歌于大庭广众之中乎。原呈以《桑中》之篇，比之于《小寡妇上坟》及《大锯缸》，是否孔氏庭训之真义，异姓不得而知也。

又据原呈所称：犬养毅张继来本校演讲一节，系本校欢迎而来，并非秉承孔氏意旨，来校指斥谬误。本校训育主任，招集学生训话，系校内例行之事，并非偶然。关于犬养毅来中国之意义，应向学生说明。至谓"张继先生为西山会议派腐化份子"云云，系张氏讲演时，所自言之。至云："孔子为古今中外之罪人"，此类荒谬绝伦，不合逻辑之语，本校职员纵使学识浅薄，亦不至如此不通。况本校训育主任李灿堦，系本党忠实同志，历任南京特别市党部训练部指导科主任，绥远省党务指导委员会宣传部秘书，向来站在本党的立场上，发言谨慎，无可疵议。山东教育厅训令第六九三号，曾谓："训育主任李灿堦，对于党义有深切的研究，对于工作有丰富的经验，平时与学生接近，指导学生得法，能溶化学生思想归于党义教育之正轨，训育可谓得人矣。"该孔氏等随意诬蔑，是何居心。查犬养毅张继来曲，寓居衍圣公府，出入皆乘八抬大轿，校人传言，每馔价至二十六元。又云馈以古玩玉器等物，每人十数色。张继先生等一行离曲之翌日，而控还吾之呈文，即已置邮。此中线索，大可寻味。

总观原呈：满纸谎言，毫无实据。谓为"侮辱孔子"，欲加之罪，何患无辞。纵使所控属实，亦不出言论思想之范围，尽可公开讨论，无须小题大做。且"确定人民有集会结社言论出版居住信仰之完全自由权"，载在党纲，谁敢违背？该孔传堉等，捏辞诬陷，越级呈控，不获罪戾，而教部竟派参事来曲查办，似非民主政治之下，所应有之现象。

又据原呈所称全体六十户云云。查六十户者，实孔氏特殊之封建组织。孔氏族人大别为六十户，每户有户首，户首之上，有家长，家长户首处理各户之诉讼，每升堂，例陈黑红鸭嘴棍，诉讼者，则跪述事由，口称大老爷，且动遭肉刑，俨然专制时代之小朝廷。听讼则以情不以理，所谓情者大抵由金钱交易而来。案经判决，虽至冤屈，亦不敢诉诸公堂。曲阜县知事，对于孔族及其所属之诉讼，向来不敢过问。家长户首又可以勒捐功名。例如捐庙员者，每职三十千至五十千文，而勒捐之事，又层出不绝。户下孔氏，含冤忍屈，不见天日，已有年矣。衍圣公府又有百户官职，虽异姓平民，一为百户，即杀人凶犯，亦可逍遥法外。以致一般土劣，争出巨资，乞求是职。虽邻县邻省，认捐者亦不乏人。公府又有号丧户条帚户等名称，尤属离奇。是等官员，大都狐假虎威，欺压良善，不仅害及户下孔氏，直害及异姓民众，又不仅害及一县，且害及邻封。户下孔氏，受其殃咎，犹可说也！异姓民众，独何辜欤？青天白日旗下，尚容有是制乎？

本校设在曲阜，历任皆感困难。前校长孔祥桐以开罪同族，至被控去职，衔恨远引，发病而死。继任校长范炳辰，莅任一年之初，被控至十数次。本省教育厅设计委员会，主将本校迁至济宁，远避封建势力，不为无因。还吾到校以来，对于孔氏族人，向无不恭。又曾倡议重印孔氏遗书，如《微波榭丛书》以及《仪郑堂集》等，表扬先哲之思，不为无征。本校学生三百余人，隶曲阜县籍者将及十分之二。附属小学四百余人，除外县一二十人外，余尽属曲阜县籍，民众学校妇女部，完全为曲阜县学生。所谓曲阜县籍之学生，孔氏子女，迨居半数。本年经费困难万分，因曲阜县教育局取缔私塾，学生无处就学，本校附小本七班经费，又特开两班以资收容。对于地方社会，及孔子后裔，不谓不厚。本校常年经费五六万元，除薪俸支去半数外，余多消费于曲阜县内。学生每人每年，率各消费七八十元。曲阜县商业，所以尚能如今者，本校不为无力。此次署名控还吾者，并非六十户户首，多系乡居之人，对于所控各节未必知情，有无冒签假借等事，亦难确定，且有土劣混羼其中。经还吾询问：凡孔氏稍明事理者，类未参加此事。且谓孔传埻等此种举动，实为有识者所窃笑。纵能尽如彼等之意，将校长查明严办，昭示大众。后来者将难乎为继，势非将本校迁移济宁或兖州，无法办理。若然，则本校附小四百学生，将为之失学，曲阜商业，将为之萧条矣。前津浦路开修时，原议以曲阜县城为车站，衍圣公府迷信风水，力加反对，遂改道离城十八里外之姚村，至使商贾行旅，均感不便。驯至曲阜县城内社会，仍保持其中古状态，未能进化。由今视昔，事同一例。曲阜民众何负于孔传埻等，必使常在半开化之境，不能吸收近代之文明？即孔氏子弟亦何乐而为此，孔氏六十户中不乏开明之士，当不能坐视该孔传埻等之胡作非为，而瞑然无睹也。

更有进者。还吾自加入本党，信奉总理遗教，向未违背党纪。在武汉时，曾被共产党逮捕下狱两月有余，分共之后，方被释出。原呈所谓："言行均涉过激，绝非民党本色"云云者，不知果何据而云然？该孔传埻等并非本党同志，所谓过激本色之意义，恐未必深晓。今竟诬告本党同志，本党应有所以处置之法；不然效尤者接踵而起，不将从此多事乎？还吾自在北京大学毕业之后，从事教育，历有年所。十五年秋又入广州中国国民党学术院，受五个月之严格训练。此次任职，抱定三民主义教育宗旨，遵守上级机关法令，凡有例假，无不执行，对于院部功令，向未违背。且北伐成功以还，中央长教育行政者，前为蔡子民先生，今为蒋梦麟先生，在山东则为教育厅何仙槎厅长，均系十年前林琴南所视为"覆孔孟，铲伦常"者也。蔡先生复林琴南书，犹在《言行录》中，蒋先生主编《新教育》，何厅长著文《新潮》，还吾在当时景佩实深，追随十年，旧志未改，至于今日，对于院部本旨所在，亦不愿稍有出入。原呈："钧部管持全国教育，方针所在，施行划一，对于孔子从未有鄙夷侮辱之明文，该校长如此放纵，究系采取何种教育？禀承何项意旨？抑或别开生面，另有主义？"云云。显系有意陷害，无所不用其极。

还吾未尝出入孔教会之门，亦未尝至衍圣公府专诚拜谒，可谓赋性乖僻。又未尝日日读经，当然学术不纯。而本省教厅训令第六九三号内开："校长宋还吾态度和蔼，与教职员学生精神融洽，作事颇具热诚，校务支配，均甚适当，对于教员之聘请，尤为尽心"云云。不虞之誉，竟临藐躬，清夜自思，良不敢任。还吾籍隶山东旧曹州府城武县，确在北京大学毕业，与本省教育厅何厅长不无同乡同学之嫌，所谓："因有奥援"者，殆以此耶？但因与厅长有同乡同学之嫌，即不得充校长，不知依据何种法典？院部有无明令？至于是否滥长，官厅自可考查，社会亦有公论，无俟还吾喋喋矣。还吾奉职无状，得罪巨室，至使孔传堉等夤缘权要，越级呈控，混乱法规之程序。教育无法进行，学生因之徬徨。午夜疚心，莫知所从。本宜躬候裁处，静默无言，但恐社会不明真象，评判无所根据，故撮述大概如右。邦人君子，其共鉴之。

七月八日。

四　教育部朱参事及山东教育厅会衔呈文

呈为会衔呈复事。案奉钧部训令，以据孔氏六十户族人孔传堉等以山东省立第二师范校长宋还吾侮辱宗祖孔子呈请查办等情，饬厅查明核办，并派葆勤来鲁会同教育厅查办具报等因。奉此，遵由职厅饬派省督学张郁光随同葆勤驰赴曲阜，实地调查，对于本案经过情形，备悉梗概。查原呈所控各节，计有三点：一，为发布侮辱孔子标语及口号；二，为表演“孔子见南子”戏剧；三，为该校训育主任李灿埒召集学生训话，辱骂犬养毅张继及孔子。就第一点言之，除“打破民可使由之不可使知之的愚民政策”之标语，该校学生会确曾写贴外，其他如“孔丘为中国第一罪人”，“打倒孔老二”等标语，均查无实据。就第二点言之，“孔子见南子”一剧，确曾表演，惟查该剧本，并非该校自撰，完全根据《奔流》月刊第一卷第六号内林语堂所编成本，至扮演孔子脚色，衣冠端正，确非丑末。又查学生演剧之时，该校校长宋还吾正因公在省。就第三点言之，据由学生方面调查所得，该校早晚例有训话一次，当日欢迎犬养毅张继二先生散会后，该校训育主任于训话时，曾述及犬养氏之为人，及其来华任务，并无辱骂张氏，更无孔子为古今中外罪人之语。再原呈署名人据查多系乡居，孔氏族人之城居者，对于所控各节，多淡漠视之。总计调查所得情形，该校职教员学生似无故意侮辱孔子事实，只因地居阙里，数千年来，曾无人敢在该地，对于孔子有出乎敬礼崇拜之外者，一旦编入剧曲，摹拟容声，骇诧愤激，亦无足怪。惟对于该校校长宋还吾究应若何处分之处，职等未敢擅拟，谨根据原呈所控各节，将调查所得情形，连同《子见南子》剧本，会衔呈复，恭请钧部鉴核批示祗遵，实为公便。谨呈教育部部长蒋。附呈《奔流》月刊一册。参事朱葆勤，兼山东教育厅厅长何思源。

五 济南通信

曲阜第二师范，前因演《子见南子》新剧，惹起曲阜孔氏族人反对，向教育部呈控该校校长宋还吾。工商部长孔祥熙亦主严办，教育部当派参事朱葆勤来济，会同教育厅所派督学张郁光，赴曲阜调查结果，毫无实据，教厅已会同朱葆勤会呈教部核办。十一日孔祥熙随蒋主席过济时，对此事仍主严究。教长蒋梦麟监察院长蔡元培日前过济赴青岛时，曾有非正式表示，排演新剧，并无侮辱孔子情事，孔氏族人，不应小题大做。究竟结果如何，须待教部处理。

八月十六日《新闻报》

六 《子见南子》案内幕

▲衍圣公府陪要人大嚼

▲青皮讼棍为祖宗争光

昨接山东第二师范学生会来函，报告《子见南子》一剧讼案之内幕，虽未免有偏袒之辞，然而亦足以见此案症结之所在，故录刊之。

曲阜自有所谓孔氏族人孔传堉等二十一人，控告二师校长宋还吾侮辱"孔子"，经教部派员查办以后，各报虽有刊载其消息，惟多语焉不详。盖是案病根，因二师学生，于六月八日表演《子见南子》一剧；当时及事后，皆毫无动静。迨六月十八日，有中外名人犬养毅及张继，联翩来曲，圣公府大排盛宴，名人去后四日，于是忽有宋校长被控之事，此中草蛇灰线，固有迹象可寻也。至于原告廿一人等，并非六十户首，似尚不足以代表孔氏，盖此不过青皮讼棍之流，且又未必悉皆知情。据闻幕后系孔祥藻，孔繁朴等所主使，此案始因此而扩大。孔祥藻为曲阜之著名大青皮，孔繁朴是孔教会会长。按孔繁朴尝因广置田产，致逼兄吞烟而死，则其人品可知，而所谓孔教会者，仅彼一人之独角戏而已。彼欲扩张孔教会势力，非将二师迁移他处，实无良法，则此次之乘机而起，自属不可免者，故此案直可谓二师与孔教会之争也。至于其拉拢青皮讼棍，不过以示势众而已。现曲阜各机关，各民众团体，均抱不平，建设局，财政局，教育局，农民协会，妇女协会，商会，二师学生会，二师附小学生会等，俱有宣言呈文联合驳孔传堉等，而尤以县党部对于封建势力之嚣张，愤激最甚。孔传堉等亦无大反动力量，故此案不久即可告一段落也。

七月十八日《金钢钻》

七 小题大做

史梯耳

关于曲阜二师排演《子见南子》引起的风波

至圣孔子是我们中国"思想界的权威"，支配了数千年来的人心，并且从来没失势过。因此，才遗留下这旧礼教和封建思想！

历史是告诉我们，汉刘邦本是一员亭长，一个无赖棍徒，却一旦"贵为天子"，就会尊孔；朱元璋不过一牧牛儿，一修道和尚，一天"危坐龙庭"，也会尊孔；爱新觉罗氏入主中华，也要"存汉俗尊儒（孔）术"。这些"万岁皇爷"为什么这样志同道合呢？无非为了孔家思想能够训练得一般"民"们不敢反抗，不好"犯上作乱"而已！我们无怪乎从前的文人学士"八股"都做得"一百成"，却没有半点儿"活"气！

中山哲学是"知难行易"，侧重在"知"，遗嘱又要"唤起民众"，更要一般民众都"知"，至圣孔子却主张民只可使"由"不可使"知"，他说"民可使由之不可使知之"，是不是和中山主义相违！现在革命时代，于反动封建思想还容许他残留吗？

山东曲阜第二师范学校为了排演《子见南子》一剧，得罪了"圣裔"孔传堉等，邮呈国府教育部控告该校校长"侮辱宗祖孔子"的罪名，惊动了国府，派员查办。我因为现在尚未见到《奔流》上的原剧本，无从批判这幕剧是否侮辱孔子，但据二师校长说："本校排演此剧者，在使观众明了礼教与艺术之冲突，在艺术之中，认取人生真义"云云。夫如此，未必有什么过火的侮辱，不过对于旧礼教或致不满而已。谈到旧礼教，这是积数千年推演而成，并非孔子所手创，反对旧礼教不能认定是侮辱孔子，况且旧礼教桎梏人性锢蔽思想的罪恶，已经不容我们不反对了！如果我们认清现在的时代，还要不要尊孔，要不要铲除封建思想，要不要艺术产生，自然明白这次曲阜二师的风波是关系乎思想艺术的问题，是封建势力向思想界艺术界的进攻！

不过国府教育部为了这件演剧琐事，却派员查办啦，训令查复啦，未免有"小题大做"之嫌，我想。

一九二九，七，十八，于古都。

七月二十六日《华北日报》副刊所载

八　为"辱孔问题"答《大公报》记者

宋还吾

本年七月二十三日的《大公报》社评，有《近日曲阜之辱孔问题》一文，昨天才有朋友找来给我看；看过之后，非常高兴。这个问题，在山东虽然也引起各报的讨论，但讨论到两三次，便为别种原因而消沉了。《大公报》记者居然认为是个问题，而且著为社论，来批评我们；我们除感佩而外，还要对于这件事相当的声明一下，同时对于记者先生批评的几点，作简单的答复。

我们认为孔子见南子是一件事实，因为：一，"子见南子"出于《论语》，《论语》不是一部假书，又是七十子后学者所记，当然不是造孔子的谣言。二，孔子周游列国，意在得位行道，揆之"三日无君则吊"，"三月无君则遑遑如也"的古义，孔子见南子，是可以成为事实的。

《子见南子》是一本独幕悲喜剧。戏剧是艺术的一种。艺术的定义，最简单的是：人生的表现或再见。但没有发现的人，也表现不出什么来；没有生活经验的人，也发见不出什么来。有了发见之后，把他所发见的意识化了，才能表现于作品之中。《子见南子》，是作者在表现他所发见的南子的礼，与孔子的礼的不同；及周公主义，与南子主义的冲突。他所发见的有浅深，所表现的有好坏，这是我们可以批评的。如果说：他不应该把孔子扮成剧本中的脚色，不应该把"子见南子"这回事编成剧本，我们不应该在曲阜表演这样的一本独幕悲喜剧：这是我们要付讨论的。

《大公报》的记者说："批评须有其适当之态度：即须忠实，须谨慎，不能离开理论与史实。"这是立论的公式，不是作戏剧的公式，也不是我们演剧者所应服从的公式。

又说："子见南子，'见'而已矣，成何艺术？有何人生真义？又何从发见与礼教之冲突？"（在这里，我要附带着声明一下。我的答辩书原文是："在礼教与艺术之间，认取人生真义。"书手写时错误了。不过这些都无关宏恉。）"见而已矣！"固然！但在当时子路已经不说，孔子且曾发誓，是所谓"见"者，岂不大有文章？而且南子曾宣言：到卫国来见寡君的，必须见寡小君。孔子又曾陪南子出游，参乘过市。再连同南子的许多故事，辑在一块，表演起来，怎见得就不能成为艺术？艺术的表现，有作者自己在内，与作史是不同的呵！孔子有孔子的人生观，南子也自有她的人生观，把这两种不同的人生观，放在一幕里表演出来，让观众自己认识去，怎见得发见不出人生的真义？原剧所表演的南子，是尊重自我的，享乐主义的；孔子却是一个遵守礼法的，要得位行道的。这两个人根本态度便不同，又怎能没有冲突？至于说："普通界说之所谓孔教，乃宋儒以后之事，非原始的孔教。"我要请问：原始的礼教，究是什么样子？魏晋之间，所常说的"礼法之士"，是不是指的儒家者流？

又说："例以如演《子见南子》之剧，可以明艺术与人生。吾不知所谓艺术与人生者何若也！"上文说过：艺术是人生的表现，作者在表演人生，观者看了之后，各随其能感的程度，而有所见于人生，又有人专门跑到剧场中去看人类。所谓艺术与人生者就是这样，这有什么奇怪？难道说，凡所谓艺术与人生者，都应在孔教的范畴之中么？

记者先生又由孔学本身上观察说："自汉以来，孔子横被帝王利用，竟成偶像化，形式化，然其责孔子不负之。——真理所示，二千年前之先哲，初不负二千年后政治之责任。"我却以为不然。自汉以来，历代帝王，为什么单要利用孔子？最尊崇孔子的几个君主，都是什么样的人？他们尊崇孔子的意义是什么？如果孔子没有这一套东西，后世帝王又何从利用起？他们为什么不利用老庄与荀子？一般不耕而食，不织而衣，成为游民阶级的"士"，不都是在尊崇孔教的口号之下，产生出来的吗？历代政治权力者所豢养的士，不都是祖述孔子的吗？他们所祖述的孔子学说，不见得都是凭空捏造的吧？孟子说过："民为贵，社稷次之，君为轻"，几乎被朱元璋赶出圣庙去。张宗昌因为尊孔能收拾人心，除了认孔德成为"仁侄"之外，还刻印了十三经。封建势力善以孔子的学说为护符，其责孔子不负之谁负之？

又说："孔学之真价值，初不借政治势力为之保存，反因帝王利用而教义不显。"那么，记者先生对于我这次被告，应作何感想呢？

记者先生说我们研究不彻底，态度不谨严。记者先生忘记我们是在表演戏剧，不是背述史实；我们是在开游艺会，不是宣读论文。而且"自究极的意义言之"，演者在表演实人生时，不用向他说你要谨严谨严，他自然而然地会谨严起来；因为实人生是严肃的，演者面对着实人生时，他自会严肃起来的。同时，如果研究的不彻底，也绝对表演不好。在筹备演《子见南子》的时候，我曾教学生到孔庙里去看孔子及子路的塑像，而且要过细地看一下。对于《论语》，尤其是《乡党》一篇，要着实地研究一下。单为要演戏，还详细地讨论过"温良恭俭让"五个字的意味。我们研究的固然不算怎样彻底，但已尽其最善之努力了。记者先生还以为我们太草率么？我们应当读书十年之后，再演《子见南子》么？不必吧！记者先生既说："《子见南子》剧脚本，吾人未见；曲阜二师，如何演剧，更属不知。"还能说我们研究不彻底，态度不谨严么？何不买一《奔流》月刊第一卷第六号看看，到曲阜实地调查一下再说呢？这样，岂不研究的更彻底，态度更能谨严些么？而且我们演剧的背影是什么？曲阜的社会状况何若？一般民众的要求怎样？记者先生也许"更属不知"吧？那末，所根据的史实是什么呢？记者先生对于孔学本身，未曾论列；何谓礼教？何谓艺术？更少发挥。对于我个人，颇有敲打；对于我们演《子见南子》微词更多：不知根据的什么理论？

所谓"孔学的本身"，与"孔学的真价值"，到底是什么？请《大公报》的记者，具体的提出来。我们站在中华民国十八年的立场上，愿意陪着记者先生，再重新估量估量。

一九二九，七，二八，济南旅舍。

九　教育部训令第九五二号令山东教育厅

查该省省立第二师范校长宋还吾被控侮辱孔子一案，业令行该厅查办，并加派本部参事朱葆勤，会同该厅，严行查办各在案。兹据该参事厅长等，将查明各情，会同呈复前来。查该校校长宋还吾，既据该参事厅长等，会同查明，尚无侮辱孔子情事，自应免予置议。惟该校校长以后须对学生严加训诂，并对孔子极端尊崇，以符政府纪念及尊崇孔子本旨。除据情并将本部处理情形，呈请行政院鉴核转呈，暨指令外，合行令仰该厅知照，并转饬该校校长遵照，此令。

十　曲阜二师校长呈山东教育厅文

呈为呈请事。案据山东《民国日报》,《山东党报》二十八日登载教育部训令九五二号，内开"云云"。查办以来，引咎待罪，二十余日，竟蒙教育部昭鉴下情，免予置议，感激之余，亟思图报。惟关于训诰学生，尊崇孔子两点，尚无明文详细规定。恐再有不符政府纪念及尊崇孔子本旨，致重罪戾，又以八月二十七日孔子诞辰纪念，为期已迫，是以未及等候教厅载令到校，提前呈请。查孔家哲学之出发点，约略言之，不过一部《易经》。"上天下泽，履，君子以辩上下，定民志。"类此乾坤定位，贵贱陈列，以明君臣之大义，以立万世之常经的宇宙观，何等整齐。自民国肇造以来，由君主专制之政体，一变而为民主民治，由孔家哲学之观点论之，实不啻翻天倒泽，加履首上，上下不辩，民志不定，乾坤毁灭，阴阳错乱，"乾坤毁则无以见易，易不可见，则乾坤或几乎息矣。"如此则孔家全部哲学，尚何所根据乎？此后校长对学生，有所训诰，如不阐明孔子尊君之义，则训诰不严，难免违犯部令之罪，如阐明孔子尊君之义，则又抵触国体，将违犯刑法第一百零三条，及第一百六十条。校长在武汉被共党逮捕入狱，八十余日，饱尝铁窗风味，至今思之，犹觉寒心，何敢再触法网，重入囹圄。校长效力党国，如有罪戾，应请明令处置，如无罪戾，何为故使进退维谷？校长怀刑畏法，只此一端，已无以自处。窃谓应呈请部院，删除刑法第一百零三条，及第一百六十条，或明令解释讲演孔子尊君之义为不抵触国体，则校长将有所遵循，能不获罪。又查尊崇孔子最显著者莫过于祭孔典礼，民国以来，祭孔率行鞠躬礼，惟袁世凯筹备帝制时，则定为服祭天服，行跪拜礼，张宗昌在山东时亦用跪拜礼。至曲阜孔裔告祭林庙时，自袁世凯以来，以至今日，均系服祭天服，行跪拜礼，未尝稍改。本校设在曲阜，数年前全校师生赴孔庙参加祭孔典礼，曾因不随同跪拜，大受孔裔斥责，几起冲突。刻距现行历八月二十七日孔子诞辰，为期不足一月，若不预制祭天服，定行跪拜礼，倘被孔裔控告，为尊崇孔子，未能极端，则校长罪戾加重，当何词以自解？若预制祭天服，则限于预算，款无所出，实行跪拜礼，则院部尚无功令，冒然随同，将违背现行礼节，当然获罪。且查曲阜衍圣公府，输资设立明德中学，向无所谓星期，每旧历庚日，则休假一日，名曰旬休，旧历朔望，例须拜孔，行三跪九叩礼，又每逢祭孔之时，齐集庙内，执八佾舞于两阶。本校学生如不从同，则尊崇不能极端，如须从同，是否违背院部功令。凡此种种，均请钧厅转院部，明令示遵。临呈不胜迫切待命之至。谨呈山东省政府教育厅厅长何。山东省立第二师范校长宋还吾。七月二十八日。

十一　山东教育厅训令　第一二○四号

八月一日

省立第二师范校长宋还吾调厅另有任用，遗缺以张敦讷接充。此令。

十二　结语

有以上十一篇公私文字，已经可无须说明，明白山东曲阜第二师范学校演《子见南子》一案的表里。前几篇呈文（二至三），可借以见"圣裔"告状的手段和他们在圣地的威严；中间的会呈（四），是证明控告的说谎；其次的两段记事（五至六），则揭发此案的内幕和记载要人的主张的。待到教育部训令（九）一下，表面上似乎已经无事，而宋校长偏还强项，提出种种问题（十），于是只得调厅，另有任用（十一），其实就是"撤差"也矣。这即所谓"息事宁人"之举，也还是"强宗大姓"的完全胜利也。

　　　　　　　一九二九年八月二十一夜，鲁迅编讫谨记。

题注：

　　本篇最初发表于 1929 年 8 月 19 日《语丝》周刊第五卷第二十四期（愆期出版）。初未收集。《子见南子》，林语堂编写的独幕话剧。

柳无忌来信按语

鲁迅谨按——

　　我的《中国小说史略》，是先因为要教书糊口，这才陆续编成的，当时限于经济，所以搜集的书籍，都不是好本子，有的改了字面，有的缺了序跋。《玉娇梨》所见的也是翻本，作者，著作年代，都无从查考。那时我想，倘能够得到一本明刻原本，那么，从板式，印章，序文等，或者能够推知著作年代和作者的真姓名罢，然而这希望至今没有达到。

　　这三年来不再教书，关于小说史的材料也就不去留心了。因此并没有什么新材料。但现在研究小说史者已经很多，并且又开辟了各种新方面，所以现在便将柳无忌先生的信，借《语丝》公开，希望得有关于《玉娇梨》的资料的读者，惠给有益的文字。这，大约是《语丝》也很愿意发表的。

一九三〇年，二月十九日。

来信

鲁迅先生：

　　素不相识，请恕冒昧通信之罪。

　　为的是关于中国小说的一件事。在你的《小说史略》中，曾讲过明代的一部言情小说：《玉娇梨》，真如你所云，此书在中国虽不甚通行，在欧洲却颇有一时的运命。月前去访耶鲁大学的德文系主任，讲到歌德的事。他说：歌德曾批评过一部中国的小说，颇加称道；于是他就把校中"歌德藏书室"中的法德文译本的《玉娇梨》给我看。后来我又另在耶鲁图书馆中找到一册英译。

　　在学问方面，欧美作者关于歌德已差不多考证无遗，——独有在这一方面，讲到《玉娇梨》的文字，尚付阙如。因此我想，倘使能将我国人所有讲及此书的材料，搜集整理一下，公诸欧美研究歌德的学者，也许可算一点贡献，虽是十分些微的。但是苦于学问不足，在此又无工具可用，竟无从入手。因此想到先生于中国小说，研究有素，未知能否示我一点材料；关于原书的确切年代，作者的姓名及生活，后人对于此书的记载及批评，为帮忙查考？

　　此信拟由小峰先生转上，如能公开了，引起大众的兴趣，也是件"美德"。

　　祝学安

　　　　　柳无忌上。十九年一月二十一日。

题注:

　　本篇最初发表于 1930 年 1 月 20 日《语丝》周刊第五卷第四十五期（愆期出版）"通讯"栏，排在柳无忌来信之后。柳无忌，柳亚子之子，时在美国耶鲁大学读书。

开给许世瑛的书单

计有功　宋人　《唐诗纪事》四部丛刊本　又有单行本

辛文房　元人　《唐才子传》今有木活字单行本

严可均　《全上古……隋文》今有石印本，其中零碎不全之文甚多，可不看。

丁福保　《全上古……隋诗》排印本

吴荣光　《历代名人年谱》可知名人一生中的社会大事，因其书为表格之式也。可惜的是作者所认为历史上的大事者，未必真是"大事"。最好是参考日本三省堂出版之《模范最新世界年表》。

胡应麟　明人　《少室山房笔丛》广雅书局本　亦有石印本

《四库全书简明目录》其实是现有的较好的书籍之批评，但须注意其批评是"钦定"的。

《世说新语》刘义庆　晋人清谈之状

《唐摭言》五代王定保　《雅雨堂丛书》中有　唐文人取科名之状态

《抱朴子外篇》葛洪　有单行本　内论及晋末社会状态

《论衡》王充　内可见汉末之风俗迷信等

《今世说》　王晫　明末清初之名士习气

题注:

　　本篇据手稿编入，未发表。初未收集。许世瑛，字诗英，浙江绍兴人，许寿裳的长子。1930 年秋考入清华大学化学系，旋又改读中国文学系。许寿裳在所著的《亡友鲁迅印象记·和我的交谊》中曾录入本篇，并说：1914 年许世瑛 5 岁时，曾"敦请鲁迅做开蒙先生"。这次因为入国立清华大学中国文学系读书，复"请教鲁迅应该看些什么书，他便开示了一张书单"。许寿裳说："所列书目，虽仅寥寥几部，实在是初学文学者所必需翻阅之书，他的说解也简明扼要。"

由中国女人的脚，推定中国人之非中庸，又由此推定孔夫子有胃病

——"学匪"派考古学之一

　　古之儒者不作兴谈女人，但有时总喜欢谈到女人。例如"缠足"罢，从明朝到清朝的带些考据气息的著作中，往往有一篇关于这事起源的迟早的文章。为什么要考究这样下等事呢，现在不说他也罢，总而言之，是可以分为两大派的，一派说起源早，一派说起源迟。说早的一派，看他的语气，是赞成缠足的，事情愈古愈好，所以他一定要考出连孟子的母亲，也是小脚妇人的证据来。说迟的一派却相反，他不大恭维缠足，据说，至早，亦不过起于宋朝的末年。

　　其实，宋末，也可以算得古的了。不过不缠之足，样子却还要古，学者应该"贵古而贱今"，斥缠足者，爱古也。但也有先怀了反对缠足的成见，假造证据的，例如前明才子杨升庵先生，他甚至于替汉朝人做《杂事秘辛》，来证明那时的脚是"底平趾敛"。

　　于是又有人将这用作缠足起源之古的材料，说既然"趾敛"，可见是缠的了。但这是自甘于低能之谈，这里不加评论。

　　照我的意见来说，则以上两大派的话，是都错，也都对的。现在是古董出现的多了，我们不但能看见汉唐的图画，也可以看到晋唐古坟里发掘出来的泥人儿。那些东西上所表现的女人的脚上，有圆头

履，有方头履，可见是不缠足的。古人比今人聪明，她决不至于缠小脚而穿大鞋子，里面塞些棉花，使自己走得一步一拐。

但是，汉朝就确已有一种"利屣"，头是尖尖的，平常大约未必穿罢，舞的时候，却非此不可。不但走着爽利，"潭腿"似的踢开去之际，也不至于为裙子所碍，甚至于踢下裙子来。那时太太们固然也未始不舞，但舞的究以倡女为多，所以倡伎就大抵穿着"利屣"，穿得久了，也免不了要"趾敛"的。然而伎女的装束，是闺秀们的大成至圣先师，这在现在还是如此，常穿利屣，即等于现在之穿高跟皮鞋，可以俨然居炎汉"摩登女郎"之列，于是乎虽是名门淑女，脚尖也就不免尖了起来。先是倡伎尖，后是摩登女郎尖，再后是大家闺秀尖，最后才是"小家碧玉"一齐尖。待到这些"碧玉"们成了祖母时，就入于利屣制度统一脚坛的时代了。

当民国初年，"不佞"观光北京的时候，听人说，北京女人看男人是否漂亮（自按：盖即今之所谓"摩登"也）的时候，是从脚起，上看到头的。所以男人的鞋袜，也得留心，脚样更不消说，当然要弄得齐齐整整，这就是天下之所以有"包脚布"的原因。仓颉造字，我们是知道的，谁造这布的呢，却还没有研究出。但至少是"古已有之"，唐朝张鷟作的《朝野佥载》罢，他说武后朝有一位某男士，将脚裹得窄窄的，人们见了都发笑。可见盛唐之世，就已有了这一种玩意儿，不过还不是很极端，或者还没有很普及。然而好像终于普及了。由宋至清，绵绵不绝，民元革命以后，革了与否，我不知道，因为我是专攻考"古"学的。

然而奇怪得很，不知道怎的（自按：此处似略失学者态度），女士们之对于脚，尖还不够，并且勒令它"小"起来了，最高模范，还竟至于以三寸为度。这么一来，可以不必兼买利屣和方头履两种，从经济的观点来看，是不算坏的，可是从卫生的观点来看，却未免有些"过火"，换一句话，就是"走了极端"。

我中华民族虽然常常的自命为爱"中庸"，行"中庸"的人民，其实是颇不免于过激的。譬如对于敌人罢，有时是压服不够，还要"除恶务尽"，杀掉不够，还要"食肉寝皮"。但有时候，却又谦虚到"侵略者要进来，让他们进来。也许他们会杀了十万中国人。不要紧，中国人有的是，我们再有人上去"。这真教人会猜不出是真痴还是假呆。而女人的脚尤其是一个铁证，不小则已，小则必求其三寸，宁可走不成路，摆摆摇摇。慨自辫子肃清以后，缠足本已一同解放的了，老新党的母亲们，鉴于自己在皮鞋里塞棉花之麻烦，一时也确给她的女儿留了天足。然而我们中华民族是究竟有些"极端"的，不多久，老病复发，有些女士们已在别想花样，用一枝细黑柱子将脚跟支起，叫它离开地球。她到底非要她的脚变把戏不可。由过去以测将来，则四朝（假如仍旧有朝代的话）之后，全国女人的脚趾都和小腿成一直线，是可以有八九成把握的。

然则圣人为什么大呼"中庸"呢？曰：这正因为大家并不中庸的缘故。人必有所缺，这才想起他所需。穷教员养不活老婆了，于是觉到女子自食其力说之合理，并且附带地向男女平权论点头；富翁胖到要发哮喘病了，才去打高而富球，从此主张运动的紧要。我们平时，是决不记得自己有一个头，或一个肚子，应该加以优待的，然而一旦头痛肚泻，这才记起了他们，并且大有休息要紧，饮食小心的议论。倘有谁听了这些议论之后，便贸贸然决定这议论者为卫生家，可就失之十丈，差以亿里了。

倒相反，他是不卫生家，议论卫生，正是他向来的不卫生的结果的表现。孔子曰，"不得中行而与之，必也狂狷乎，狂者进取，狷者有所不为也！"以孔子交游之广，事实上没法子只好寻狂狷相与，这便是他在理想上之所以哼着"中庸，中庸"的原因。

以上的推定假使没有错，那么，我们就可以进而推定孔子晚年，是生了胃病的了。"割不正不食"，这是他老先生的古板规矩，但"食不厌精，脍不厌细"的条令却有些稀奇。他并非百万富翁或能收许多版税的文学家，想不至于这么奢侈的，除了只为卫生，意在容易消化之外，别无解法。况且"不撤姜食"，又简直是省不掉暖胃药了。何必如此独厚于胃，念念不忘呢？曰，以其有胃病之故也。

倘说：坐在家里，不大走动的人们很容易生胃病，孔子周游列国，运动王公，该可以不生病证的了。那就是犯了知今而不知古的错误。盖当时花旗白面，尚未输入，土磨麦粉，多含灰沙，所以分量较今面为重；国道尚未修成，泥路甚多凹凸，孔子如果肯走，那是不大要紧的，而不幸他偏有一车两马。胃里袋着沉重的面食，坐在车子里走着七高八低的道路，一颠一顿，一掀一坠，胃就被坠得大起来，消化力随之减少，时时作痛；每餐非吃"生姜"不可了。所以那病的名目，该是"胃扩张"；那时候，则是"晚年"，约在周敬王十年以后。

以上的推定，虽然简略，却都是"读书得间"的成功。但若急于近功，妄加猜测，即很容易陷于"多疑"的谬误。例如罢，二月十四日《申报》载南京专电云："中执委会令各级党部及人民团体制'忠孝仁爱信义和平'匾额，悬挂礼堂中央，以资启迪。"看了之后，切不可便推定为各要人讥大家为"忘八"；三月一日《大晚报》载新闻云："孙总理夫人宋庆龄女士自归国寓沪后，关于政治方面，不闻不问，惟对社会团体之组织非常热心。据本报记者所得报告，前日有人由邮政局致宋女士之索诈信□（自按：原缺）件，业经本市当局派驻邮局检查处检查员查获，当将索诈信截留，转辗呈报市府。"看了之后，也切不可便推定虽为总理夫人宋女士的信件，也常在邮局被当局派员所检查。

盖虽"学匪派考古学"，亦当不离于"学"，而以"考古"为限的。

三月四日夜。

题注：

本文最初发表于上海《论语》半月刊第十三期（1933 年 3 月 16 日），署名何干。收入《南腔北调集》。当时林语堂创办的《论语》正在提倡幽默和闲适小品，本文系仿其风格而作，内容讽刺以"公正""中庸"自居者和"第三种人"。

谚语

粗略的一想，谚语固然好像一时代一国民的意思的结晶，但其实，却不过是一部分的人们的意思。现在就以"各人自扫门前雪，莫管他家瓦上霜"来做例子罢，这乃是被压迫者们的格言，教人要奉公，纳税，输捐，安分，不可怠慢，不可不平，尤其是不要管闲事；而压迫者是不算在内的。

专制者的反面就是奴才，有权时无所不为，失势时即奴性十足。孙皓是特等的暴君，但降晋之后，简直像一个帮闲；宋徽宗在位时，不可一世，而被掳后偏会含垢忍辱。做主子时以一切别人为奴才，则有了主子，一定以奴才自命：这是天经地义，无可动摇的。

所以被压制时，信奉着"各人自扫门前雪，莫管他家瓦上霜"的格言的人物，一旦得势，足以凌人的时候，他的行为就截然不同，变为"各人不扫门前雪，却管他家瓦上霜"了。

二十年来，我们常常看见：武将原是练兵打仗的，且不问他这兵是用以安内或攘外，总之他的"门前雪"是治军，然而他偏来干涉教育，主持道德；教育家原是办学的，无论他成绩如何，总之他的"门前雪"是学务，然而他偏去膜拜"活佛"，绍介国医。小百姓随军充伏，童子军沿门募款。头儿胡行于上，蚁民乱碰于下，结果是各人的门前都不成样，各家的瓦上也一团糟。

女人露出了臂膊和小腿，好像竟打动了贤人们的心，我记得曾有许多人絮絮叨叨，主张禁止过，后来也确有明文禁止了。不料到得今年，却又"衣服蔽体已足，何必前拖后曳，消耗布匹，……顾念时艰，后患何堪设想"起来，四川的营山县长于是就令公安局派队——剪掉行人的长衣的下截。长衣原是累赘的东西，但以为不穿长衣，或剪去下截，即于"时艰"有补，却是一种特别的经济学。《汉书》上有一句云，"口含天宪"，此之谓也。

某一种人，一定只有这某一种人的思想和眼光，不能越出他本阶级之外。说起来，好像又在提倡什么犯讳的阶级了，然而事实是如此的。谣谚并非全国民的意思，就为了这缘故。古之秀才，自以为无所不晓，于是有"秀才不出门，而知天下事"这自负的漫天大谎，小百姓信以为真，也就渐渐的成了谚语，流行开来。其实是"秀才虽出门，不知天下事"的。秀才只有秀才头脑和秀才眼睛，对于天下事，那里看得分明，想得清楚。清末，因为想"维新"，常派些"人才"出洋去考察，我们现在看看他们的笔记罢，他们最以为奇的是什么馆里的蜡人能够和活人对面下棋。南海圣人康有为，佼佼者也，他周游十一国，一直到得巴尔干，这才悟出外国之所以常有"弒君"之故来了，曰：因为宫墙太矮的缘故。

六月十三日。

题注：

本篇最初发表于上海《申报月刊》第二卷第七号（1933 年 7 月 15

日），署名洛文。收入《南腔北调集》。本文承前一日《经验》一文而来。《经验》中谈到古谚"各人自扫门前雪，莫管他家瓦上霜"，由此引起感想。本文中所说禁止女人露出臂膊和小腿，指广西民政厅 1933 年 5 月公布法令：凡女子服装袖不过肘，裙不过膝者，均在取缔之列。而四川军阀杨森则提倡"短衣运动"，营山县县长罗象翥曾发布《禁穿长衫令》，本文中的引文及派公安队剪掉行人衣服下截，即出于该禁令。关于蜡人能够和活人对面下棋的事，清朝礼部尚书戴鸿慈的《出使九国日记》有参观巴黎蜡像馆的记载："一蜡像前置棋枰，能与人对弈。"关于康有为的感想，出于康有为《欧东阿连五国游记》，其中说："王宫三层，黄色颇丽，然临街，仅如一富家屋耳。往闻塞耳维亚内乱弑君后，惊其易，今观之，乱民一拥入室，即可行弑……"

四库全书珍本

丰之余

现在除兵争，政争等类之外，还有一种倘非闲人，就不大注意的影印《四库全书》中的"珍本"之争。官商要照原式，及早印成，学界却以为库本有删改，有错误，倘有别本可得，就应该用别的"善本"来替代。

但是，学界的主张，是不会通过的，结果总非依照《钦定四库全书》不可。这理由很分明，就因为要赶快。四省不见，九岛出脱，不说也罢，单是黄河的出轨举动，也就令人觉得岌岌乎不可终日，要做生意就得赶快。况且"钦定"二字，至今也还是有一点威光，"御医""贡缎"，就是与众不同的意思。便是早已共和了的法国，拿破仑的藏书在拍卖场上还是比平民的藏书值钱；欧洲的有些著名的"支那学者"，讲中国就会引用《钦定图书集成》，这是中国的考据家所不肯玩的玩艺。但是，也可见印了"钦定"过的"珍本"，在外国，生意总可以比"善本"好一些。

即使在中国，恐怕生意也还是"珍本"好。因为这可以做摆饰，而"善本"却不过能合于实用。能买这样的书的，决非穷措大也可想，则买去之后，必将供在客厅上也亦可知。这类的买主，会买一个商周的古鼎，摆起来；不得已时，也许买一个假古鼎，摆起来；但他决不肯买一个沙锅或铁镬，摆在紫檀桌子上。因为他的目的是在"珍"而并不在"善"，更不在是否能合于实用的。

明末人好名，刻古书也是一种风气，然而往往自己看不懂，以为错字，随手乱改。不改尚可，一改，可就反而改错了，所以使后来的考据家为之摇头叹气，说是"明人好刻古书而古书亡"。这回的《四库全书》中的"珍本"是影印的，决无改错的弊病，然而那原本就有无意的错字，有故意的删改，并且因为新本的流布，更能使善本湮没下去，将来的认真的读者如果偶尔得到这样的本子，恐怕总免不了要有摇头叹气第二回。

然而结果总非依照《钦定四库全书》不可。因为"将来"的事，和现在的官商是不相干了。

八月二十四日。

题注：

本篇最初发表于 1933 年 8 月 31 日《申报·自由谈》。收入《准风月谈》。1933 年 6 月，国民政府教育部令中央图书馆筹备处与上海商务印书馆订立合同，影印文渊阁藏《四库全书》缮写本。当时学术界蔡元培、陈垣等认为，该本是经过清朝官方删改过的，主张采用未经删改的旧刻本或手抄本，但遭教育部长王世杰反对。正如鲁迅所预见，1934 年商务印书馆最终选文渊阁藏《四库全书》影印，选书 231 种，总名《四库全书珍本初集》。本篇为鲁迅对当时争论的看法。

男人的进化

虞明

    说禽兽交合是恋爱未免有点亵渎。但是，禽兽也有性生活，那是不能否认的。它们在春情发动期，雌的和雄的碰在一起，难免"卿卿我我"的来一阵。固然，雌的有时候也会装腔做势，逃几步又回头看，还要叫几声，直到实行"同居之爱"为止。禽兽的种类虽然多，它们的"恋爱"方式虽然复杂，可是有一件事是没有疑问的：就是雄的不见得有什么特权。

    人为万物之灵，首先就是男人的本领大。最初原是马马虎虎的，可是因为"知有母不知有父"的缘故，娘儿们曾经"统治"过一个时期，那时的祖老太太大概比后来的族长还要威风。后来不知怎的，女人就倒了霉：项颈上，手上，脚上，全都锁上了链条，扣上了圈儿，环儿，——虽则过了几千年这些圈儿环儿大都已经变成了金的银的，镶上了珍珠宝钻，然而这些项圈，镯子，戒指等等，到现在还是女奴的象征。既然女人成了奴隶，那就男人不必征求她的同意再去"爱"她了。古代部落之间的战争，结果俘虏会变成奴隶，女俘虏就会被强奸。那时候，大概春情发动期早就"取消"了，随时随地男主人都可以强奸女俘虏，女奴隶。现代强盗恶棍之流的不把女人当人，其实是

171

大有酋长式武士道的遗风的。

　　但是，强奸的本领虽然已经是人比禽兽"进化"的一步，究竟还只是半开化。你想，女的哭哭啼啼，扭手扭脚，能有多大兴趣？自从金钱这宝贝出现之后，男人的进化就真的了不得了。天下的一切都可以买卖，性欲自然并非例外。男人化几个臭钱，就可以得到他在女人身上所要得到的东西。而且他可以给她说：我并非强奸你，这是你自愿的，你愿意拿几个钱，你就得如此这般，百依百顺，咱们是公平交易！蹂躏了她，还要她说一声"谢谢你，大少"。这是禽兽干得来的么？所以嫖妓是男人进化的颇高的阶段了。

　　同时，父母之命媒妁之言的旧式婚姻，却要比嫖妓更高明。这制度之下，男人得到永久的终身的活财产。当新妇被人放到新郎的床上的时候，她只有义务，她连讲价钱的自由也没有，何况恋爱。不管你爱不爱，在周公孔圣人的名义之下，你得从一而终，你得守贞操。男人可以随时使用她，而她却要遵守圣贤的礼教，即使"只在心里动了恶念，也要算犯奸淫"的。如果雄狗对雌狗用起这样巧妙而严厉的手段来，雌的一定要急得"跳墙"。然而人却只会跳井，当节妇，贞女，烈女去。礼教婚姻的进化意义，也就可想而知了。

　　至于男人会用"最科学的"学说，使得女人虽无礼教，也能心甘情愿地从一而终，而且深信性欲是"兽欲"，不应当作为恋爱的基本条件；因此发明"科学的贞操"，——那当然是文明进化的顶点了。

　　呜呼，人——男人——之所以异于禽兽者！

　　　　自注：这篇文章是卫道的文章。

　　　　　　　　　　　　　　　　　　　　九月三日。

172

题注:

本篇最初发表于1933年9月16日《申报·自由谈》，原署名虞明，发表时改署旅隼，收入本集时又改署虞明。收入《准风月谈》。中国妇女解放的问题，是鲁迅所关注的中国国民性问题中的一个重要组成部分。1918年，鲁迅在《我之节烈观》中就揭露并批判了中国传统文化对妇女的摧残和压迫。之后，他又在《娜拉走后怎样》《寡妇主义》等文章中继续阐明对中国妇女解放问题的看法。本篇是鲁迅针对20世纪30年代中国的现状所写的又一篇关于妇女解放的文章。这一年鲁迅还写有《关于女人》和《关于妇女解放》两篇文章，可参阅。

礼

苇 索

看报，是有益的，虽然有时也沉闷。例如罢，中国是世界上国耻纪念最多的国家，到这一天，报上照例得有几块记载，几篇文章。但这事真也闹得太重叠，太长久了，就很容易千篇一律，这一回可用，下一回也可用，去年用过了，明年也许还可用，只要没有新事情。即使有了，成文恐怕也仍然可以用，因为反正总只能说这几句话。所以倘不是健忘的人，就会觉得沉闷，看不出新的启示来。

然而我还是看。今天偶然看见北京追悼抗日英雄邓文的记事，首先是报告，其次是演讲，最末，是"礼成，奏乐散会"。

我于是得了新的启示：凡纪念，"礼"而已矣。

中国原是"礼义之邦"，关于礼的书，就有三大部，连在外国也译出了，我真特别佩服《仪礼》的翻译者。事君，现在可以不谈了；事亲，当然要尽孝，但殁后的办法，则已归入祭礼中，各有仪：就是现在的拜忌日，做阴寿之类。新的忌日加添出来，旧的忌日就淡一点，"新鬼大，故鬼小"也。我们的纪念日也是对于旧的几个比较的不起劲，而新的几个之归于淡漠，则只好以俟将来，和人家的拜忌辰是一样的。有人说，中国的国家以家族为基础，真是有识见。

中国又原是"礼让为国"的，既有礼，就必能让，而愈能让，礼也就愈繁了。总之，这一节不说也罢。

古时候，或以黄老治天下，或以孝治天下。现在呢，恐怕是入于以礼治天下的时期了，明乎此，就知道责备民众的对于纪念日的淡漠是错的，《礼》曰："礼不下庶人"；舍不得物质上的什么东西也是错的，孔子不云乎："赐也尔爱其羊，我爱其礼！"

"非礼勿视，非礼勿听，非礼勿言，非礼勿动"，静静的等着别人的"多行不义，必自毙"，礼也。

九月二十日。

题注：

本篇最初发表于1933年9月22日《申报·自由谈》。收入《准风月谈》。1933年9月18日是国民政府规定的国耻纪念日，这一天鲁迅曾作《九一八》，辑录了当日报刊有关纪念"九一八"以及"禁止民众游行""防反动"等报道，但未能发表。邓文是东北军马占山部的骑兵旅长，"九一八"事变时曾率部抵抗，1933年7月31日被暗杀，9月19日国民政府在南京为他举行追悼会，但好像只是"礼"而已，鲁迅因而作本文。两年前鲁迅有《宣传与做戏》一文，可参阅。

禁用和自造

孺牛

据报上说，因为铅笔和墨水笔进口之多，有些地方已在禁用，改用毛笔了。

我们且不说飞机大炮，美棉美麦，都非国货之类的迂谈，单来说纸笔。

我们也不说写大字，画国画的名人，单来说真实的办事者。在这类人，毛笔却是很不便当的。砚和墨可以不带，改用墨汁罢，墨汁也何尝有国货。而且据我的经验，墨汁也并非可以常用的东西，写过几千字，毛笔便被胶得不能施展。倘若安砚磨墨，展纸舔笔，则即以学生的抄讲义而论，速度恐怕总要比用墨水笔减少三分之一，他只好不抄，或者要教员讲得慢，也就是大家的时间，被白费了三分之一了。

所谓"便当"，并不是偷懒，是说在同一时间内，可以由此做成较多的事情。这就是节省时间，也就是使一个人的有限的生命，更加有效，而也即等于延长了人的生命。古人说，"非人磨墨墨磨人"，就在悲愤人生之消磨于纸墨中，而墨水笔之制成，是正可以弥这缺憾的。

但它的存在，却必须在宝贵时间，宝贵生命的地方。中国不然，

176

这当然不会是国货。进出口货，中国是有了帐簿的了，人民的数目却还没有一本帐簿。一个人的生养教育，父母化去的是多少物力和气力呢，而青年男女，每每不知所终，谁也不加注意。区区时间，当然更不成什么问题了，能活着弄弄毛笔的，或者倒是幸福也难说。

和我们中国一样，一向用毛笔的，还有一个日本。然而在日本，毛笔几乎绝迹了，代用的是铅笔和墨水笔，连用这些笔的习字帖也很多。为什么呢？就因为这便当，省时间。然而他们不怕"漏卮"么？不，他们自己来制造，而且还要运到中国来。

优良而非国货的时候，中国禁用，日本仿造，这是两国截然不同的地方。

九月三十日。

题注：

本篇最初发表于 1933 年 10 月 1 日《申报·自由谈》。收入《准风月谈》。1933 年 9 月 22 日上海《大晚报》刊载题为《粤桂当局挽回利权禁用外国笔》的电讯，其中说："自来水笔每年输入广州者，达六十万元之巨"，广东教育当局为"抵制外国文具之侵略"，正"谋请省政府，取缔用自来墨水笔，并谕令学生写汉文，必用毛笔"。同时，广西教育当局"亦注意及此"，并议定办法两条：一是除写洋文外，禁止学生使用铅笔、钢笔；二是汉文信件等一切公文，都须用中国纸和毛笔书写。据此电讯，鲁迅作本篇。

看变戏法

游 光

我爱看"变戏法"。

他们是走江湖的,所以各处的戏法都一样。为了敛钱,一定有两种必要的东西:一只黑熊,一个小孩子。

黑熊饿得真瘦,几乎连动弹的力气也快没有了。自然,这是不能使它强壮的,因为一强壮,就不能驾驭。现在是半死不活,却还要用铁圈穿了鼻子,再用索子牵着做戏。有时给吃一点东西,是一小块水泡的馒头皮,但还将勺子擎得高高的,要它站起来,伸头张嘴,许多工夫才得落肚,而变戏法的则因此集了一些钱。

这熊的来源,中国没有人提到过。据西洋人的调查,说是从小时候,由山里捉来的;大的不能用,因为一大,就总改不了野性。但虽是小的,也还须"训练",这"训练"的方法,是"打"和"饿";而后来,则是因虐待而死亡。我以为这话是的确的,我们看它还在活着做戏的时候,就瘦得连熊气息也没有了,有些地方,竟称之为"狗熊",其被蔑视至如此。

孩子在场面上也要吃苦,或者大人踏在他肚子上,或者将他的两手扭过来,他就显出很苦楚,很为难,很吃重的相貌,要看客解救。

六个，五个，再四个，三个……而变戏法的就又集了一些钱。

他自然也曾经训练过，但这苦痛是装出来的，和大人串通的勾当，不过也无碍于赚钱。

下午敲锣开场，这样的做到夜，收场，看客走散，有化了钱的，有终于不化钱的。

每当收场，我一面走，一面想：两种生财家伙，一种是要被虐待至死的，再寻幼小的来；一种是大了之后，另寻一个小孩子和一只小熊，仍旧来变照样的戏法。

事情真是简单得很，想一下，就好像令人索然无味。然而我还是常常看。此外叫我看什么呢，诸君？

十月一日。

题注：

本篇最初发表于 1933 年 10 月 4 日《申报·自由谈》。收入《准风月谈》。在街上设摊变戏法，在当时是常见的。鲁迅在这常人熟视无睹的场景中却看到了两种奴才相，即"两种生财家伙"：一种是被折磨至将死的奴隶，一种是与主人串通一气的奴才。又，在作本篇一个月前，鲁迅发表了《帮闲法发隐》一文，对帮闲者的伎俩作了揭示。

重三感旧

——一九三三年忆光绪朝末

丰之余

我想赞美几句一些过去的人，这恐怕并不是"骸骨的迷恋"。

所谓过去的人，是指光绪末年的所谓"新党"，民国初年，就叫他们"老新党"。甲午战败，他们自以为觉悟了，于是要"维新"，便是三四十岁的中年人，也看《学算笔谈》，看《化学鉴原》；还要学英文，学日文，硬着舌头，怪声怪气的朗诵着，对人毫无愧色，那目的是要看"洋书"，看洋书的缘故是要给中国图"富强"，现在的旧书摊上，还偶有"富强丛书"出现，就如目下的"描写字典""基本英语"一样，正是那时应运而生的东西。连八股出身的张之洞，他托缪荃孙代做的《书目答问》也竭力添进各种译本去，可见这"维新"风潮之烈了。

然而现在是别一种现象了。有些新青年，境遇正和"老新党"相反，八股毒是丝毫没有染过的，出身又是学校，也并非国学的专家，但是，学起篆字来了，填起词来了，劝人看《庄子》《文选》了，信封也有自刻的印板了，新诗也写成方块了，除掉做新诗的嗜好之外，简直就如光绪初年的雅人一样，所不同者，缺少辫子和有时穿穿洋服而已。

近来有一句常谈，是"旧瓶不能装新酒"。这其实是不确的。旧瓶可以装新酒，新瓶也可以装旧酒，倘若不信，将一瓶五加皮和一瓶白兰地互换起来试试看，五加皮装在白兰地瓶子里，也还是五加皮。这一种简单的试验，不但明示着"五更调""攒十字"的格调，也可以放进新的内容去，且又证实了新式青年的躯壳里，大可以埋伏下"桐城谬种"或"选学妖孽"的喽罗。

"老新党"们的见识虽然浅陋，但是有一个目的：图富强。所以他们坚决，切实；学洋话虽然怪声怪气，但是有一个目的：求富强之术。所以他们认真，热心。待到排满学说播布开来，许多人就成为革命党了，还是因为要给中国图富强，而以为此事必自排满始。

排满久已成功，五四早经过去，于是篆字，词，《庄子》，《文选》，古式信封，方块新诗，现在是我们又有了新的企图，要以"古雅"立足于天地之间了。假使真能立足，那倒是给"生存竞争"添一条新例的。

十月一日。

题注：

本篇最初发表于1933年10月6日《申报·自由谈》，原题《感旧》，无副题。收入《准风月谈》。1933年9月，上海《大晚报》向一些作家发出有关读书的征询信，征询结果在10月初的《大晚报》上公布。施蛰存在回答征询信中"要介绍给青年的书"的问题时，推荐了《庄子》和《文选》（即《昭明文选》）两本书，说此两本书"为青年文学修养之助"。当时，国民党当局也在大力推广孔孟的道德准则。鲁迅因此作本篇。后施蛰存发文反驳，鲁迅又写了《"感旧"以后》《扑空》等文与之论争。重三，即农历三月初三。

"感旧"以后(上)

丰之余

又不小心,感了一下子旧,就引出了一篇施蛰存先生的《〈庄子〉与〈文选〉》来,以为我那些话,是为他而发的,但又希望并不是为他而发的。

我愿意有几句声明:那篇《感旧》,是并非为施先生而作的,然而可以有施先生在里面。

倘使专对个人而发的话,照现在的摩登文例,应该调查了对手的籍贯,出身,相貌,甚而至于他家乡有什么出产,他老子开过什么铺子,影射他几句才算合式。我的那一篇里可是毫没有这些的。内中所指,是一大队遗少群的风气,并不指定着谁和谁;但也因为所指的是一群,所以被触着的当然也不会少,即使不是整个,也是那里的一肢一节,即使并不永远属于那一队,但有时是属于那一队的。现在施先生自说了劝过青年去读《庄子》与《文选》,"为文学修养之助",就自然和我所指摘的有点相关,但以为这文为他而作,却诚然是"神经过敏",我实在并没有这意思。

不过这是在施先生没有说明他的意见之前的话,现在却连这"相关"也有些疏远了,因为我所指摘的,倒是比较顽固的遗少群,标准

182

还要高一点。

现在看了施先生自己的解释，（一）才知道他当时的情形，是因为稿纸太小了，"倘再宽阔一点的话"，他"是想多写几部书进去的"；（二）才知道他先前的履历，是"从国文教员转到编杂志"，觉得"青年人的文章太拙直，字汇太少"了，所以推举了这两部古书，使他们去学文法，寻字汇，"虽然其中有许多字是已死了的"，然而也只好去寻觅。我想，假如庄子生在今日，则被劈棺之后，恐怕要劝一切有志于结婚的女子，都去看《烈女传》的罢。

还有一点另外的话——

（一）施先生说我用瓶和酒来比"文学修养"是不对的，但我并未这么比方过，我是说有些新青年可以有旧思想，有些旧形式也可以藏新内容。我也以为"新文学"和"旧文学"这中间不能有截然的分界，然而有蜕变，有比较的偏向，而且正因为不能以"何者为分界"，所以也没有了"第三种人"的立场。

（二）施先生说写篆字等类，都是个人的事情，只要不去勉强别人也做一样的事情就好，这似乎是很对的。然而中学生和投稿者，是他们自己个人的文章太拙直，字汇太少，却并没有勉强别人都去做字汇少而文法拙直的文章，施先生为什么竟大有所感，因此来劝"有志于文学的青年"该看《庄子》与《文选》了呢？做了考官，以词取士，施先生是不以为然的，但一做教员和编辑，却以《庄子》与《文选》劝青年，我真不懂这中间有怎样的分界。

（三）施先生还举出一个"鲁迅先生"来，好像他承接了庄子的新道统，一切文章，都是读《庄子》与《文选》读出来的一般。"我以为这也有点武断"的。他的文章中，诚然有许多字为《庄子》与《文选》中所有，例如"之乎者也"之类，但这些字眼，想来别的书上也不见得没有罢。再说得露骨一点，则从这样的书里去找活字汇，简直是胡涂虫，恐怕施先生自己也未必。

十月十二日。

【备考】：

《庄子》与《文选》

施蛰存

上个月《大晚报》的编辑寄了一张印着表格的邮片来，要我填注两项：（一）目下在读什么书，（二）要介绍给青年的书。

在第二项中，我写着：《庄子》，《文选》，并且附加了一句注脚："为青年文学修养之助"。

今天看见《自由谈》上丰之余先生的《感旧》一文，不觉有点神经过敏起来，以为丰先生这篇文章是为我而作的了。

但是现在我并不想对于丰先生有什么辩难，我只想趁此机会替自己作一个解释。

第一，我应当说明我为什么希望青年人读《庄子》和《文选》。近数年来，我的生活，从国文教师转到编杂志，与青年人的文章接触的机会实在太多了。我总感觉到这些青年人的文章太拙直，字汇太少，所以在《大晚报》编辑寄来的狭狭的行格里推荐了这两部书。我以为从这两部书中可以参悟一点做文章的方法，同时也可以扩大一点字汇（虽然其中有许多字是已死了的）。但是我当然并不希望青年人都去做《庄子》,《文选》一类的"古文"。

第二，我应当说明我只是希望有志于文学的青年能够读一读这两部书。我以为每一个文学者必须要有所借助于他上代的文学，我不懂得"新文学"和"旧文学"这中间究竟是以何者为分界的。在文学上，我以为"旧瓶装新酒"与"新瓶装旧酒"这譬喻是不对的。倘若我们把一个人的文学修养比之为酒，那么我们可以这样说：酒瓶的新旧没有关系，但这酒必须是酿造出来的。

我劝文学青年读《庄子》与《文选》，目的在要他们"酿造"，倘若《大晚报》编辑寄来的表格再宽阔一点的话，我是想再多写几部书进去的。

这里，我们不妨举鲁迅先生来说，像鲁迅先生那样的新文学家，似乎可以算是十足的新瓶了。但是他的酒呢？纯粹的白兰地吗？我就不能相信。没有经过古文学的修养，鲁迅先生的新文章决不会写到现在那样好。所以，我敢说：在鲁迅先生那样的瓶子里，也免不了有许多五加皮或绍兴老酒的成分。

至于丰之余先生以为写篆字，填词，用自刻印板的信封，都是不出身于学校，或国学专家们的事情，我以为这也有点武断。这些其实只是个人的事情，如果写篆字的人，不以篆字写信，如果填词的人做了官不以词取士，如果用自刻印板信封的人不勉强别人也去刻一个专用信封，那也无须丰先生口诛笔伐地去认为"谬种"和"妖孽"了。

新文学家中，也有玩木刻，考究版本，收罗藏书票，以骈体文为白话书信作序，甚至写字台上陈列了小摆设的，照丰先生的意见说来，难道他们是"要以'今雅'立足于天地之间"吗？我想他们也未必有此企图。

临了，我希望丰先生那篇文章并不是为我而作的。

十月八日，《自由谈》。

题注：

　　本篇最初发表于 1933 年 10 月 15 日《申报·自由谈》。收入《准风月谈》。1933 年 10 月 6 日鲁迅《重三感旧》发表后，10 月 8 日施蛰存在《申报·自由谈》上发表《〈庄子〉与〈文选〉》进行反驳，还将鲁迅"以骈体文为白话书信作序"作为反驳材料。鲁迅因此作本篇。施蛰存说鲁迅作序事，是指 1932 年鲁迅以骈体文为《淑姿的信》作序。后来鲁迅在致杨霁云信中谈及此事时说："那一篇四不像的骈文，是序《淑姿的信》，报章虽云淑姿是我的小姨，实则和他们夫妇皆素昧平生，无话可说，故以骈文含胡之。"（1934 年 12 月 9 日）鲁迅在编本集时将施蛰存的这篇文章附于本篇之后。

"感旧"以后（下）

丰之余

还要写一点。但得声明在先，这是由施蛰存先生的话所引起，却并非为他而作的。对于个人，我原稿上常是举出名字来，然而一到印出，却往往化为"某"字，或是一切阔人姓名，危险字样，生殖机关的俗语的共同符号"××"了。我希望这一篇中的有几个字，没有这样变化，以免误解。

我现在要说的是：说话难，不说亦不易。弄笔的人们，总要写文章，一写文章，就难免惹灾祸，黄河的水向薄弱的堤上攻，于是露臂膊的女人和写错字的青年，就成了嘲笑的对象了，他们也真是无拳无勇，只好忍受，恰如乡下人到上海租界，除了拼出被称为"阿木林"之外，没有办法一样。

然而有些是冤枉的，随手举一个例，就是登在《论语》二十六期上的刘半农先生"自注自批"的《桐花芝豆堂诗集》这打油诗。北京大学招考，他是阅卷官，从国文卷子上发见一个可笑的错字，就来做诗，那些人被挖苦得真是要钻地洞，那些刚毕业的中学生。自然，他是教授，凡所指摘，都不至于不对的，不过我以为有些却还可有磋商的余地。集中有一个"自注"道——

"有写'倡明文化'者，余曰：倡即'娼'字，凡文化发达
之处，娼妓必多，谓文化由娼妓而明，亦言之成理也。"

　　娼妓的娼，我们现在是不写作"倡"的，但先前两字通用，大约
刘先生引据的是古书。不过要引古书，我记得《诗经》里有一句"倡予
和女"，好像至今还没有人解作"自己也做了婊子来应和别人"的意思。
所以那一个错字，错而已矣，可笑可鄙却不属于它的。还有一句是——

　　"幸'萌科学思想之芽'。"

　　"萌"字和"芽"字旁边都加着一个夹圈，大约是指明着可笑之
处在这里的罢，但我以为"萌芽"，"萌蘗"，固然是一个名词，而"萌
动"，"萌发"，就成了动词，将"萌"字作动词用，似乎也并无错误。
　　五四运动时候，提倡（刘先生或者会解作"提起婊子"来的罢）
白话的人们，写错几个字，用错几个古典，是不以为奇的，但因为有
些反对者说提倡白话者都是不知古书，信口胡说的人，所以往往也做
几句古文，以塞他们的嘴。但自然，因为从旧垒中来，积习太深，一
时不能摆脱，因此带着古文气息的作者，也不能说是没有的。
　　当时的白话运动是胜利了，有些战士，还因此爬了上去，但也因
为爬了上去，就不但不再为白话战斗，并且将它踏在脚下，拿出古字
来嘲笑后进的青年了。因为还正在用古书古字来笑人，有些青年便又
以看古书为必不可省的工夫，以常用文言的作者为应该模仿的格式，
不再从新的道路上去企图发展，打出新的局面来了。
　　现在有两个人在这里：一个是中学生，文中写"留学生"为"流
学生"，错了一个字；一个是大学教授，就得意洋洋的做了一首诗，

曰："先生犯了弥天罪，罚往西洋把学流，应是九流加一等，面筋熬尽一锅油。"我们看罢，可笑是在那一面呢？

十月十二日。

题注：

　　本篇最初发表于 1933 年 10 月 16 日《申报·自由谈》。收入《准风月谈》。当时北京大学教授刘半农在《论语》上连续发表总题为《桐花芝豆堂诗集》的打油诗。在 1933 年 10 月 1 日《论语》第二十六期上，刘半农发表了《阅卷杂诗》6 首，大多是讽刺考大学的学生在考卷上写错别字的。鲁迅因此作本篇。文中所引的"有写'倡明文化'者"句是《阅卷杂诗》第一首的"自注"；"幸'萌科学思想之芽'"句出于其第六首诗；"先生犯了弥天罪"句出于其第二首诗。刘半农在第二首诗的"自注"中说："古时候九流，最远不出国境，今流往外洋，是加一等治罪矣。昔吴稚老言：外国为大油锅，留学生为油面筋，谓其去时小而归来大也。据此，流学生不特流而已也，且入油锅地狱焉，阿要痛煞！"鲁迅认为，拿学生的错别字大做文章，才是真的可笑。

野兽训练法

余 铭

最近还有极有益的讲演，是海京伯马戏团的经理施威德在中华学艺社的三楼上给我们讲"如何训练动物？"可惜我没福参加旁听，只在报上看见一点笔记。但在那里面，就已经够多着警辟的话了——

> "有人以为野兽可以用武力拳头去对付它，压迫它，那便错了，因为这是从前野蛮人对付野兽的办法，现在训练的方法，便不是这样。"
> "现在我们所用的方法，是用爱的力量，获取它们对于人的信任，用爱的力量，温和的心情去感动它们。……"

这一些话，虽然出自日耳曼人之口，但和我们圣贤的古训，也是十分相合的。用武力拳头去对付，就是所谓"霸道"。然而"以力服人者，非心服也"，所以文明人就得用"王道"，以取得"信任"："民无信不立"。

但是，有了"信任"以后，野兽可要变把戏了——

> "教练者在取得它们的信任以后，然后可以从事教练它们

了：第一步，可以使它们认清坐的，站的位置；再可以使它们跳浜，站起来……"

训兽之法，通于牧民，所以我们的古人，也称治民的大人物曰"牧"。然而所"牧"者，牛羊也，比野兽怯弱，因此也就无须乎专靠"信任"，不妨兼用着拳头，这就是冠冕堂皇的"威信"。

由"威信"治成的动物，"跳浜，站起来"是不够的，结果非贡献毛角血肉不可，至少是天天挤出奶汁来，——如牛奶，羊奶之流。

然而这是古法，我不觉得也可以包括现代。

施威德讲演之后，听说还有余兴，如"东方大乐"及"踢毽子"等，报上语焉不详，无从知道底细了，否则，我想，恐怕也很有意义。

十月二十七日。

题注：

本篇最初发表于1933年10月30日《申报·自由谈》。收入《准风月谈》。1933年10月德国海京伯马戏团到上海演出，26日应中华学艺社等邀请参加演讲活动。据10月27日《申报》报道，26日在中华学艺社演讲的应是该马戏团的惠格纳，马戏团总经理施威德因年老没有出席。中华学艺社原名丙辰学社，1932年6月改名，出版有综合性刊物《学艺》。1925年，鲁迅在《灯下漫笔》中写道："假如有一种暴力，'将人不当人'，不但不当人，还不及牛马，不算什么东西；待到人们羡慕牛马，发生'乱离人，不及太平犬'的叹息的时候，然后给与他略等于牛马的价格，有如元朝定律，打死别人的奴隶，赔一头牛，则人们便要心悦诚服，恭颂太平的盛世。"可参阅。

中国文与中国人

余铭

最近出版了一本很好的翻译：高本汉著的《中国语和中国文》。高本汉先生是个瑞典人，他的真姓是珂罗倔伦（Karlgren）。他为什么"贵姓"高呢？那无疑的是因为中国化了。他的确对于中国语文学有很大的供献。

但是，他对于中国人似乎更有研究，因此，他很崇拜文言，崇拜中国字，以为对中国人是不可少的。

他说："近来——按高氏这书是一九二三年在伦敦出版的——某几种报纸，曾经试用白话，可是并没有多大的成功；因此也许还要触怒多数定报人，以为这样，就是讽示著他们不能看懂文言报呢！"

"西洋各国里有许多伶人，在他们表演中，他们几乎随时可以插入许多'打诨'，也有许多作者，滥引文书；但是大家都认这种是劣等的风味。这在中国恰好相反，正认为高妙的文雅而表示绝艺的地方。"

中国文的"含混的地方，中国人不但不因之感受了困难，反而愿意养成它。"

但高先生自己却因此受够了侮辱："本书的著者和亲爱的中国人谈话，所说给他的，很能完全了解；但是，他们彼此谈话的时候，他几乎一句也不懂。"这自然是那些"亲爱的中国人"在"讽示"他不懂上流社会的话，因为"外国人到了中国来，只要注意一点，他就可以觉得：他自己虽然熟悉了普通人的语言，而对于上流社会的谈话，还是莫名其妙的。"

于是他就说："中国文字好像一个美丽可爱的贵妇，西洋文字好像一个有用而不美的贱婢。"

美丽可爱而无用的贵妇的"绝艺"，就在于"插诨"的含混。这使得西洋第一等的学者，至多也不过抵得上中国的普通人，休想爬进上流社会里来。这样，我们"精神上胜利了"。为要保持这种胜利，必须有高妙文雅的字汇，而且要丰富！五四白话运动的"没有多大成功"，原因大抵就在上流社会怕人讽示他们不懂文言。

虽然，"此亦一是非，彼亦一是非"——我们还是含混些好了。否则，反而要感受困难的。

十月二十五日。

题注：

本篇最初发表于 1933 年 10 月 28 日《申报·自由谈》。收入《准风月谈》。本篇是当时在上海养病的瞿秋白所作。当时鲁迅与瞿秋白经常讨论有关国内外政治和文化方面的问题，瞿秋白还将讨论的问题写成文章通过鲁迅在报刊上发表，此篇即其中之一。高本汉，瑞典语言学家、汉学家，1909 年至 1912 年旅居中国，他所著的《中国语与中国文》于 1923 年在伦敦出版，1931 年商务印书馆出版由张世禄翻译的中译本。本篇是对《中国语与中国文》一书的评论。

古书中寻活字汇

罗忼

古书中寻活字汇，是说得出，做不到的，他在那古书中，寻不出一个活字汇。

假如有"可看《文选》的青年"在这里，就是高中学生中的几个罢，他翻开《文选》来，一心要寻活字汇，当然明知道那里面有些字是已经死了的。然而他怎样分别那些字的死活呢？大概只能以自己的懂不懂为标准。但是，看了六臣注之后才懂的字不能算，因为这原是死尸，由六臣背进他脑里，这才算是活人的，在他脑里即使复活了，在未"可看《文选》的青年"的眼前却还是死家伙。所以他必须看白文。

诚然，不看注，也有懂得的，这就是活字汇。然而他怎会先就懂得的呢？这一定是曾经在别的书上看见过，或是到现在还在应用的字汇，所以他懂得。那么，从一部《文选》里，又寻到了什么？

然而施先生说，要描写宫殿之类的时候有用处。这很不错，《文选》里有许多赋是讲到宫殿的，并且有什么殿的专赋。倘有青年要做汉晋的历史小说，描写那时的宫殿，找《文选》是极应该的，还非看"四史"《晋书》之类不可。然而所取的僻字也不过将死尸抬出来，说得神秘点便名之曰"复活"。如果要描写的是清故宫，那可和《文选》的瓜葛就极少了。

倘使连清故宫也不想描写，而预备工夫却用得这么广泛，那实在是徒劳而仍不足。因为还有《易经》和《仪礼》，里面的字汇，在描写周朝的卜课和婚丧大事时候是有用处的，也得作为"文学修养之根基"，这才更像"文学青年"的样子。

十一月六日。

题注：

本篇最初发表于1933年11月9日《申报·自由谈》。收入《准风月谈》。本文是鲁迅对施蛰存《突围之四（答曹聚仁）》和《突围之五（答致丘）》两篇文章进行批驳的又一篇文章，也是收入本集中的关于"《庄子》与《文选》"论争的最后一篇文章。1933年11月10日、24日，鲁迅先后作《作文秘诀》《选本》等文，都涉及此论争。1933年11月5日，鲁迅在致姚克信中谈及这场论争时说："我看施君也未必真研究过《文选》，不过以此取悦当道，假使真有研究，决不会劝青年到那里面去寻新字汇的。此君盖出自商家，偶见古书，遂视为奇宝，正如暴发户之偏喜摆士人架子一样，试看他的文章，何尝有一些'《庄子》与《文选》'气。"可参阅。

难得糊涂

子明

因为有人谈起写篆字，我倒记起郑板桥有一块图章，刻着"难得糊涂"。那四个篆字刻得叉手叉脚的，颇能表现一点名士的牢骚气。足见刻图章写篆字也还反映着一定的风格，正像"玩"木刻之类，未必"只是个人的事情"："谬种"和"妖孽"就是写起篆字来，也带着些"妖谬"的。

然而风格和情绪，倾向之类，不但因人而异，而且因事而异，因时而异。郑板桥说"难得糊涂"，其实他还能够糊涂的。现在，到了"求仕不获无足悲，求隐而不得其地以审者，毋亦天下之至哀欤"的时代，却实在求糊涂而不可得了。

糊涂主义，唯无是非观等等——本来是中国的高尚道德。你说他是解脱，达观罢，也未必。他其实在固执着，坚持着什么，例如道德上的正统，文学上的正宗之类。这终于说出来了：——道德要孔孟加上"佛家报应之说"（老庄另帐登记），而说别人"鄙薄"佛教影响就是"想为儒家争正统"，原来同善社的三教同源论早已是正统了。文学呢？要用生涩字，用词藻，秾纤的作品，而且是新文学的作品，虽则他"否认新文学和旧文学的分界"；而大

196

众文学"固然赞成","但那是文学中的一个旁支"。正统和正宗，是明显的。

对于人生的倦怠并不糊涂！活的生活已经那么"穷乏"，要请青年在"佛家报应之说"，在"《文选》，《庄子》，《论语》，《孟子》"里去求得修养。后来，修养又不见了，只剩得字汇。"自然景物，个人情感，宫室建筑，……之类，还不妨从《文选》之类的书中去找来用。"从前严几道从甚么古书里——大概也是《庄子》罢——找着了"幺匿"两个字来译 Unit，又古雅，又音义双关的。但是后来通行的却是"单位"。严老先生的这类"字汇"很多，大抵无法复活转来。现在却有人以为"汉以后的词，秦以前的字，西方文化所带来的字和词，可以拼成功我们的光芒的新文学"。这光芒要是只在字和词，那大概像古墓里的贵妇人似的，满身都是珠光宝气了。人生却不在拼凑，而在创造，几千百万的活人在创造。可恨的是人生那么骚扰忙乱，使一些人"不得其地以窜"，想要逃进字和词里去，以求"庶免是非"，然而又不可得。真要写篆字刻图章了！

十一月六日。

题注:

本篇最初发表于 1933 年 11 月 24 日《申报·自由谈》。收入《准风月谈》。1933 年 10 月底，施蛰存在《申报·自由谈》上发表《突围之四（答曹聚仁）》和《突围之五（答致立）》两文。在《突围之四》中，他说："我赞成大众文学，尽可能地以浅显的文字供给大众阅读，但那是文学中的一个旁支。"在《突围之五》中又说："我想至少还有许多自然景物，个人感情，宫室建筑，以及在某种情形之下专用的名词或形容词之类，还不妨从《文选》之类的书中去找来用。"据此鲁迅作本篇。文中所引之"求仕不获无足悲"句，语出章太炎为《庐山志》所作《题辞》。《庐山志》由吴宗慈著，章太炎《题辞》曾刊于1933年10月12日《申报·自由谈》。

北人与南人

栾廷石

这是看了"京派"与"海派"的议论之后，牵连想到的——

北人的卑视南人，已经是一种传统。这也并非因为风俗习惯的不同，我想，那大原因，是在历来的侵入者多从北方来，先征服中国之北部，又携了北人南征，所以南人在北人的眼中，也是被征服者。

二陆入晋，北方人士在欢欣之中，分明带着轻薄，举证太烦，姑且不谈罢。容易看的是，羊衒之的《洛阳伽蓝记》中，就常诋南人，并不视为同类。至于元，则人民截然分为四等，一蒙古人，二色目人，三汉人即北人，第四等才是南人，因为他是最后投降的一伙。最后投降，从这边说，是矢尽援绝，这才罢战的南方之强，从那边说，却是不识顺逆，久梗王师的贼。孑遗自然还是投降的，然而为奴隶的资格因此就最浅，因为浅，所以班次就最下，谁都不妨加以卑视了。到清朝，又重理了这一篇账，至今还流衍着余波；如果此后的历史是不再回旋的，那真不独是南人的如天之福。

当然，南人是有缺点的。权贵南迁，就带了腐败颓废的风气来，北方倒反而干净。性情也不同，有缺点，也有特长，正如北人的兼具二者一样。据我所见，北人的优点是厚重，南人的优点是机灵。但厚重之弊也愚，机灵之弊也狡，所以某先生曾经指出缺点道：北方人是"饱食终日，无所用心"；南方人是"群居终日，言不及义"。就有闲阶级而言，我以为大体是的确的。

缺点可以改正，优点可以相师。相书上有一条说，北人南相，南人北相者贵。我看这并不是妄语。北人南相者，是厚重而又机灵，南人北相者，不消说是机灵而又能厚重。昔人之所谓"贵"，不过是当时的成功，在现在，那就是做成有益的事业了。这是中国人的一种小小的自新之路。

不过做文章的是南人多，北方却受了影响。北京的报纸上，油嘴滑舌，吞吞吐吐，顾影自怜的文字不是比六七年前多了吗？这倘和北方固有的"贫嘴"一结婚，产生出来的一定是一种不祥的新劣种！

一月三十日。

题注：

本篇最初发表于 1934 年 2 月 4 日《申报·自由谈》。收入《花边文学》。1934 年 1 月 30 日，鲁迅除写作《"京派"与"海派"》外，又写了本文，继续就"京派"与"海派"的争论发表自己的看法，认为南北人士各有优劣，优点可以相师，缺点可以改正。

《如此广州》读后感

越客

前几天，《自由谈》上有一篇《如此广州》，引据那边的报章，记店家做起玄坛和李逵的大像来，眼睛里嵌上电灯，以镇压对面的老虎招牌，真写得有声有色。自然，那目的，是在对于广州人的迷信，加以讥刺的。

广东人的迷信似乎确也很不小，走过上海五方杂处的衖堂，只要看毕毕剥剥在那里放鞭炮的，大门外的地上点着香烛的，十之九总是广东人，这很可以使新党叹气。然而广东人的迷信却迷信得认真，有魄力，即如那玄坛和李逵大像，恐怕就非百来块钱不办。汉求明珠，吴征大象，中原人历来总到广东去刮宝贝，好像到现在也还没有被刮穷，为了对付假老虎，也能出这许多力。要不然，那就是拚命，这却又可见那迷信之认真。

其实，中国人谁没有迷信，只是那迷信迷得没出息了，所以别人倒不注意。譬如罢，对面有了老虎招牌，大抵的店家，是总要不舒服的。不过，倘在江浙，恐怕就不肯这样的出死力来斗争，他们会只化一个铜元买一条红纸，写上"姜太公在此百无禁忌"或"泰山石敢当"，悄悄的贴起来，就如此的安身立命。迷信还是迷信，但迷得

201

多少小家子相，毫无生气，奄奄一息，他连做《自由谈》的材料也不给你。

与其迷信，模胡不如认真。倘若相信鬼还要用钱，我赞成北宋人似的索性将铜钱埋到地里去，现在那么的烧几个纸锭，却已经不但是骗别人，骗自己，而且简直是骗鬼了。中国有许多事情都只剩下一个空名和假样，就为了不认真的缘故。

广州人的迷信，是不足为法的，但那认真，是可以取法，值得佩服的。

二月四日。

题注：

本篇最初发表于 1934 年 2 月 7 日《申报·自由谈》。收入《花边文学》。1934 年 1 月 29 日，味荔（沈炼之）在《申报·自由谈》上发表《如此广州》一文，指广州人文化落后，并有迷信的陋习。据援引的报道称，长堤海珠路新落成的药店绘制三只猛虎悬于骑楼边，对门的店家对此大为不满，即供奉骑坐黑虎的道教"正一玄坛元帅"、财神赵公明，以示"玄坛伏虎"之意。数日后药店又增绘几只猛虎并在虎眼中镶上电灯泡，日夜亮着，以助声威。路口茶店的生意清淡，也开罪于药店，认为白虎当头，将有不利，遂在招牌间订制两个手执板斧的李逵，大有厮杀之态。诸方不惜破费，相互斗法。鲁迅读后有感而发，遂成此文。

过年

张承禄

今年上海的过旧年，比去年热闹。

文字上和口头上的称呼，往往有些不同：或者谓之"废历"，轻之也；或者谓之"古历"，爱之也。但对于这"历"的待遇是一样的：结账，祀神，祭祖，放鞭炮，打马将，拜年，"恭喜发财"！

虽过年而不停刊的报章上，也已经有了感慨；但是，感慨而已，到底胜不过事实。有些英雄的作家，也曾经叫人终年奋发，悲愤，纪念。但是，叫而已矣，到底也胜不过事实。中国的可哀的纪念太多了，这照例至少应该沉默；可喜的纪念也不算少，然而又怕有"反动分子乘机捣乱"，所以大家的高兴也不能发扬。几经防遏，几经淘汰，什么佳节都被绞死，于是就觉得只有这仅存残喘的"废历"或"古历"还是自家的东西，更加可爱了。那就格外的庆贺——这是不能以"封建的余意"一句话，轻轻了事的。

叫人整年的悲愤，劳作的英雄们，一定是自己毫不知道悲愤，劳作的人物。在实际上，悲愤者和劳作者，是时时需要休息和高兴的。古埃及的奴隶们，有时也会冷然一笑。这是蔑视一切的笑。不懂得这笑的意义者，只有主子和自安于奴才生活，而劳作较少，并且失了悲愤的奴才。

　　我不过旧历年已经二十三年了，这回却连放了三夜的花爆，使隔壁的外国人也"嘘"了起来：这却和花爆都成了我一年中仅有的高兴。

　　　　　　　　　　　　　　　　　　　　　　二月十五日。

题注：

　　本篇最初发表于1934年2月17日《申报·自由谈》。收入《花边文学》。1930年后，在各种纪念日出动军警戒备，已成常态。1933年5月5日"革命政府成立十二周年纪念"大会"，同年10月10日"国庆纪念节"，1934年"一·二八事变"两周年纪念，政府都"恐反动分子乘机捣乱治安，特训令各区所队施行严厉戒备"。1934年春节前，当局发布通令，严禁燃放爆竹。1934年2月4日，天津《大公报》和上海《人言》周刊第一卷第一期报道："因年来时局多变，惟恐宵小乘机滋事，故以通令所属，转知市民不得燃放爆竹，并一面函请各租界工部局查照，协同取缔云。"这年过年，鲁迅故意连放三夜花爆。

运命

倪朔尔

电影"《姊妹花》中的穷老太婆对她的穷女儿说：'穷人终是穷人，你要忍耐些！'"宗汉先生慨然指出，名之曰"穷人哲学"（见《大晚报》）。

自然，这是教人安贫的，那根据是"运命"。古今圣贤的主张此说者已经不在少数了，但是不安贫的穷人也"终是"很不少。"智者千虑，必有一失"，这里的"失"，是在非到盖棺之后，一个人的运命"终是"不可知。

预言运命者也未尝没有人，看相的，排八字的，到处都是。然而他们对于主顾，肯断定他穷到底的是很少的，即使有，大家的学说又不能相一致，甲说当穷，乙却说当富，这就使穷人不能确信他将来的一定的运命。

不信运命，就不能"安分"，穷人买奖券，便是一种"非分之想"。但这于国家，现在是不能说没有益处的。不过"有一利必有一弊"，运命既然不可知，穷人又何妨想做皇帝，这就使中国出现了《推背图》。据宋人说，五代时候，许多人都看了这图给自己的儿子取名字，希望应着将来的吉兆，直到宋太宗（？）抽乱了一百本，与别本一同流通，读者见次序多不相同，莫衷一是，这才不再珍藏了。然而九一八那时，上海却还大卖着《推背图》的新印本。

"安贫"诚然是天下太平的要道，但倘使无法指定究竟的运命，总不能令人死心塌地。现在的优生学，本可以说是科学的了，中国也正有人提倡着，冀以济运命说之穷，而历史又偏偏不挣气，汉高祖的父亲并非皇帝，李白的儿子也不是诗人；还有立志传，絮絮叨叨的在对人讲西洋的谁以冒险成功，谁又以空手致富。

运命说之毫不足以治国平天下，是有明明白白的履历的。倘若还要用它来做工具，那中国的运命可真要"穷"极无聊了。

二月二十三日。

题注：

本篇最初发表于1934年2月26日《申报·自由谈》。收入《花边文学》。1934年2月，由郑正秋改编和导演、胡蝶主演的电影《姊妹花》在沪公演。影片描写孪生姊妹大宝和二宝自幼在军阀混战中分离，因所处的环境关系，二宝成了军阀的姨太太，大宝成了囚犯。最后姊妹相认，阖家团圆。1934年2月20日，《大晚报·日日谈》上发表了宗汉的文章《穷人哲学》。他将电影《姊妹花》中孪生姊妹的母亲暴露的宿命论思想称为"穷人哲学"。关于宿命论，鲁迅在《推背图》中也曾论及。

古人并不纯厚

翁隼

老辈往往说：古人比今人纯厚，心好，寿长。我先前也有些相信，现在这信仰可是动摇了。达赖啦嘛总该比平常人心好，虽然"不幸短命死矣"，但广州开的耆英会，却明明收集过一大批寿翁寿媪，活了一百零六岁的老太太还能穿针，有照片为证。

古今的心的好坏，较为难以比较，只好求教于诗文。古之诗人，是有名的"温柔敦厚"的，而有的竟说："时日曷丧，予及汝偕亡！"你看够多么恶毒？更奇怪的是孔子"校阅"之后，竟没有删，还说什么"诗三百，一言以蔽之，曰：思无邪"哩，好像圣人也并不以为可恶。

还有现存的最通行的《文选》，听说如果青年作家要丰富语汇，或描写建筑，是总得看它的，但我们倘一调查里面的作家，却至少有一半不得好死，当然，就因为心不好。经昭明太子一挑选，固然好像变成语汇祖师了，但在那时，恐怕还有个人的主张，偏激的文字。否则，这人是不传的，试翻唐以前的史上的文苑传，大抵是禀承意旨，草檄作颂的人，然而那些作者的文章，流传至今者偏偏少得很。

由此看来，翻印整部的古书，也就不无危险了。近来偶尔看见一部石印的《平斋文集》，作者，宋人也，不可谓之不古，但其诗就不可为训。如咏《狐鼠》云："狐鼠擅一窟，虎蛇行九逵，不论天有眼，但管地无皮……。"又咏《荆公》云："养就祸胎身始去，依然钟阜向人青"。那指斥当路的口气，就为今人所看不惯。"八大家"中的欧阳修，是不能算作偏激的文学家的罢，然而那《读李翱文》中却有云："呜呼，在位而不肯自忧，又禁它人使皆不得忧，可叹也夫！"也就悻悻得很。

但是，经后人一番选择，却就纯厚起来了。后人能使古人纯厚，则比古人更为纯厚也可见。清朝曾有钦定的《唐宋文醇》和《唐宋诗醇》，便是由皇帝将古人做得纯厚的好标本，不久也许会有人翻印，以"挽狂澜于既倒"的。

四月十五日。

题注：

本篇最初发表于 1934 年 4 月 26 日《中华日报·动向》。收入《花边文学》。1934 年 1 月 1 日《申报·图画特刊》刊载了十三世达赖喇嘛土登嘉措的照片，他于 1933 年 12 月 17 日圆寂。3 月 19 日，该刊又登了 106 岁的张苏氏穿针引线的照片。她是在 1934 年 2 月 15 日为新建市署落成举行的广州"耆英会"上的 200 余名寿翁寿媪中年事最高的一位。这些材料说明"心好"与"寿长"无必然联系。这些是鲁迅写作本文的原因之一。同时，鲁迅顺便通过《文选》等古籍，指出古人其实并不"纯厚"，之所以被认为"纯厚"，只能说明选者的眼光。

法会和歌剧

孟弧

《时轮金刚法会募捐缘起》中有这样的句子："古人一遇灾祲，上者罪己，下者修身……今则人心浸以衰矣，非仗佛力之加被，末由消除此浩劫。"恐怕现在也还有人记得的罢。这真说得令人觉得自己和别人都半文不值，治水除蝗，完全无益，倘要"或消自业，或淡他灾"，只好请班禅大师来求佛菩萨保佑了。

坚信的人们一定是有的，要不然，怎么能募集一笔巨款。

然而究竟好像是"人心浸以衰矣"了，中央社十七日杭州电云："时轮金刚法会将于本月二十八日在杭州启建，并决定邀梅兰芳，徐来，胡蝶，在会期内表演歌剧五天。"梵呗圆音，竟将为轻歌曼舞所"加被"，岂不出于意表也哉！

盖闻昔者我佛说法，曾有天女散花，现在杭州启会，我佛大概未必亲临，则恭请梅郎权扮天女，自然尚无不可。但与摩登女郎们又有什么关系呢？莫非电影明星与标准美人唱起歌来，也可以"消除此浩劫"的么？

大约，人心快要"浸衰"之前，拜佛的人，就已经喜欢兼看玩艺的了，款项有限，法会不大的时候，和尚们便自己来飞钹，唱歌，给善男子，善女人们满足，但也很使道学先生们摇头。班禅大师只"印可"开会而不唱《毛毛雨》，原是很合佛旨的，可不料同时也唱起歌剧来了。

原人和现代人的心，也许很有些不同，倘相去不过几百年，那恐怕即使有些差异，也微乎其微的。赛会做戏文，香市看娇娇，正是"古已有之"的把戏。既积无量之福，又极视听之娱，现在未来，都有好处，这是向来兴行佛事的号召的力量。否则，黄胖和尚念经，参加者就未必踊跃，浩劫一定没有消除的希望了。

但这种安排，虽然出于婆心，却仍是"人心浸以衰矣"的征候。这能够令人怀疑：我们自己是不配"消除此浩劫"的了，但此后该靠班禅大师呢，还是梅兰芳博士，或是密斯徐来，密斯胡蝶呢？

四月二十日。

题注：

本篇最初发表于 1934 年 5 月 20 日《中华日报·动向》。收入《花边文学》。法会是说法和佛施舍僧人的集会。1934 年，国内遭逢灾荒，南旱北涝，蝗虫成灾。1934 年 4 月，段祺瑞、戴季陶等请九世班禅在杭州灵隐寺举行时轮金刚法会。据《时轮金刚法会募捐缘起》称，1932 年秋，北平曾在太和殿举行时轮金刚法会。国民党中央通讯社 17 日杭州电所说的"决定邀请"梅兰芳等，实际并未实现，当时电影明星徐来、胡蝶正在杭州浙江大舞台为公益警卫募捐义演，梅兰芳也没有为法会演出。

洋服的没落

韦士繇

几十年来，我们常常恨着自己没有合意的衣服穿。清朝末年，带些革命色采的英雄不但恨辫子，也恨马褂和袍子，因为这是满洲服。一位老先生到日本去游历，看见那边的服装，高兴的了不得，做了一篇文章登在杂志上，叫作《不图今日重见汉官仪》。他是赞成恢复古装的。

然而革命之后，采用的却是洋装，这是因为大家要维新，要便捷，要腰骨笔挺。少年英俊之徒，不但自己必洋装，还厌恶别人穿袍子。那时听说竟有人去责问樊山老人，问他为什么要穿满洲的衣裳。樊山回问道："你穿的是那里的服饰呢？"少年答道："我穿的是外国服。"樊山道："我穿的也是外国服。"

这故事颇为传诵一时，给袍褂党扬眉吐气。不过其中是带一点反对革命的意味的，和近日的因为卫生，因为经济的大两样。后来，洋服终于和华人渐渐的反目了，不但袁世凯朝，就定袍子马褂为常礼服，五四运动之后，北京大学要整饬校风，规定制服了，请学生们公议，那议决的也是：袍子和马褂！

这回的不取洋服的原因却正如林语堂先生所说，因其不合于卫生。造化赋给我们的腰和脖子，本是可以弯曲的，弯腰曲背，在中国是一种常态，逆来尚须顺受，顺来自然更当顺受了。所以我们是最能研究人体，顺其自然而用之的人民。脖子最细，发明了砍头；膝关节能弯，发明了下跪；臀部多肉，又不致命，就发明了打屁股。违反自然的洋服，于是便渐渐的自然而然的没落了。

这洋服的遗迹，现在已只残留在摩登男女的身上，恰如辫子小脚，不过偶然还见于顽固男女的身上一般。不料竟又来了一道催命符，是镪水悄悄从背后洒过来了。

这怎么办呢？

恢复古制罢，自黄帝以至宋明的衣裳，一时实难以明白；学戏台上的装束罢，蟒袍玉带，粉底皂靴，坐了摩托车吃番菜，实在也不免有些滑稽。所以改来改去，大约总还是袍子马褂牢稳。虽然也是外国服，但恐怕是不会脱下的了——这实在有些稀奇。

四月二十一日。

题注：

本篇最初发表于 1934 年 4 月 25 日《申报·自由谈》。收入《花边文学》。1934 年 2 月 19 日，国民政府规定 8 月 27 日为孔子诞生纪念日。同日，蒋介石在南昌发起"新生活运动"，提倡将"礼义廉耻"应用于衣食住行。1934 年 4 月 16 日，林语堂在《论语》第三十九期发表《论西装》一文，称袍子马褂"是唯一合理的，人类的服装"，西装是"非人的衣服"，"在伦理上，美感上，卫生上是决无立足根据的"。4 月 14 日，《新生》周刊第一卷第十期报道："杭（州）市发见摩登破坏铁血团，以硝镪水毁人摩登衣服，并发警告服用洋货的摩登士女书。"4月9日，鲁迅在致姚克的信中也提到此事："今又有一班小英雄，以强水洒洋服，令人改穿袍子马褂而后快，然竟忘此乃满洲服也。此种谬妄，我于短评中已曾屡次道及，然无效，盖此辈本不读者耳。"

朋友

黄凯音

我在小学的时候，看同学们变小戏法，"耳中听字"呀，"纸人出血"呀，很以为有趣。庙会时就有传授这些戏法的人，几枚铜元一件，学得来时，倒从此索然无味了。进中学是在城里，于是兴致勃勃的看大戏法，但后来有人告诉了我戏法的秘密，我就不再高兴走近圈子的旁边。去年到上海来，才又得到消遣无聊的处所，那便是看电影。

但不久就在书上看到一点电影片子的制造法，知道了看去好像千丈悬崖者，其实离地不过几尺，奇禽怪兽，无非是纸做的。这使我从此不很觉得电影的神奇，倒往往只留心它的破绽，自己也无聊起来，第三回失掉了消遣无聊的处所。有时候，还自悔去看那一本书，甚至于恨到那作者不该写出制造法来了。

暴露者揭发种种隐秘，自以为有益于人们，然而无聊的人，为消遣无聊计，是甘于受欺，并且安于自欺的，否则就更无聊赖。因为这，所以使戏法长存于天地之间，也所以使暴露幽暗不但为欺人者所深恶，亦且为被欺者所深恶。

暴露者只在有为的人们中有益，在无聊的人们中便要灭亡。自救之道，只在虽知一切隐秘，却不动声色，帮同欺人，欺那自甘受欺的无聊的人们，任它无聊的戏法一套一套的，终于反反复复的变下去。周围是总有这些人会看的。

变戏法的时时拱手道："……出家靠朋友！"有几分就是对着明白戏法的底细者而发的，为的是要他不来戳穿西洋镜。

"朋友，以义合者也"，但我们向来常常不作如此解。

四月二十二日。

题注：

本篇最初发表于 1934 年 5 月 1 日《申报·自由谈》。收入《花边文学》。鲁迅曾屡次作杂文揭露当权者所玩弄的各种争权夺势、收钱敛财的骗人把戏，并将这种行径比喻为变戏法，可参阅《伪自由书·现代史》《准风月谈·看变戏法》等文章。变戏法的与台上的和下野的官僚、政客、军阀的做法相似，他们粉墨登场，朋比为奸，欺骗百姓，变着一套又一套的戏法，反反复复，就是因为有"朋友"。鲁迅洞察这些社会现象，因此有本文的问世。

小品文的生机

崇巽

　　去年是"幽默"大走鸿运的时候,《论语》以外,也是开口幽默,闭口幽默,这人是幽默家,那人也是幽默家。不料今年就大塌其台,这不对,那又不对,一切罪恶,全归幽默,甚至于比之文场的丑脚。骂幽默竟好像是洗澡,只要来一下,自己就会干净似的了。

　　倘若真的是"天地大戏场",那么,文场上当然也一定有丑脚——然而也一定有黑头。丑脚唱着丑脚戏,是很平常的,黑头改唱了丑脚戏,那就怪得很,但大戏场上却有时真会有这等事。这就使直心眼人跟着歪心眼人嘲骂,热情人愤怒,脆情人心酸。为的是唱得不内行,不招人笑吗?并不是的,他比真的丑脚还可笑。

　　那愤怒和心酸,为的是黑头改唱了丑脚之后,事情还没有完。串戏总得有几个脚色:生,旦,末,丑,净,还有黑头。要不然,这戏也唱不久。为了一种原因,黑头只得改唱丑脚的时候,照成例,是一定丑脚倒来改唱黑头的。不但唱工,单是黑头涎脸扮丑脚,丑脚挺胸学黑头,戏场上只见白鼻子的和黑脸孔的丑脚多起来,也就滑天下之大稽。然而,滑稽而已,并非幽默。或人曰:"中国无幽默。"这正是一个注脚。

更可叹的是被谥为"幽默大师"的林先生，竟也在《自由谈》上引了古人之言，曰："夫饮酒猖狂，或沉寂无闻，亦不过洁身自好耳。今世癫鳖，欲使洁身自好者负亡国之罪，若然则'今日乌合，明日鸟散，今日倒戈，明日凭轼，今日为君子，明日为小人，今日为小人，明日复为君子'之辈可无罪。"虽引据仍不离乎小品，但去"幽默"或"闲适"之道远矣。这又是一个注脚。

但林先生以谓新近各报上之攻击《人间世》，是系统的化名的把戏，却是错误的，证据是不同的论旨，不同的作风。其中固然有虽曾附骥，终未登龙的"名人"，或扮作黑头，而实是真正的丑脚的打诨，但也有热心人的说论。世态是这么的纠纷，可见虽是小品，也正有待于分析和攻战的了，这或者倒是《人间世》的一线生机罢。

四月二十六日。

题注：

本篇最初发表于 1934 年 4 月 30 日《申报·自由谈》。收入《花边文学》。1934 年 4 月初，林语堂主编的《人间世》创刊，倡言"宇宙之大，苍蝇之微，皆可取材"，并发表了周作人的《五秩自寿诗》，提倡闲适小品。4 月 11 日，埜容（廖沫沙）在《自由谈》发表《人间何世？》，严厉批评其"只见苍蝇，不见宇宙"，"玩物丧志，轻描淡写"。4 月 16 日，林语堂在《自由谈》上发表《论以白眼看苍蝇之辈》，声言"我却鄙视宇宙，好谈苍蝇"，又发表《周作人诗读法》（4 月 26 日《自由谈》）和《方巾气研究》（4 月 28 日《自由谈》）等，但遭到多数人批评，仅《自由谈》在 4 月中旬至下旬就有胡风的《过去的幽灵》（16、17 日）、由的《谈小品文和幽默》（21 日）、古董的《论文坛上的摩登风气》（23 日）、曹聚仁的《周作人先生的自寿诗》（24 日）、大野的《关于小孩》（26 日）等。此外，还有人化名在《人言周刊》《十日谈》《矛盾月刊》《中华日报》《太白》等报刊发表文章，大都对《人间世》提倡的"闲适"倾向提出批评。鲁迅发表本文后，又于 5 月 17 日发表《一思而行》，可参阅。

清明时节

孟 弧

清明时节，是扫墓的时节，有的要进关内来祭祖，有的是到陕西去上坟，或则激论沸天，或则欢声动地，真好像上坟可以亡国，也可以救国似的。

坟有这么大关系，那么，掘坟当然是要不得的了。

元朝的国师八合思巴罢，他就深相信掘坟的利害。他掘开宋陵，要把人骨和猪狗骨同埋在一起，以使宋室倒楣。后来幸而给一位义士盗走了，没有达到目的，然而宋朝还是亡。曹操设了"摸金校尉"之类的职员，专门盗墓，他的儿子却做了皇帝，自己竟被谥为"武帝"，好不威风。这样看来，死人的安危，和生人的祸福，又仿佛没有关系似的。

相传曹操怕死后被人掘坟，造了七十二疑冢，令人无从下手。于是后之诗人曰："遍掘七十二疑冢，必有一冢葬君尸。"于是后之论者又曰：阿瞒老奸巨猾，安知其尸实不在此七十二冢之内乎。真是没有法子想。

阿瞒虽是老奸巨猾，我想，疑冢之流倒未必安排的，不过古来的冢墓，却大抵被发掘者居多，冢中人的主名，的确者也很少，洛阳邙山，清末掘墓者极多，虽在名公巨卿的墓中，所得也大抵是一块志石和凌乱的陶器，大约并非原没有贵重的殉葬品，乃是早经有人掘过，拿走了，什么时候呢，无从知道。总之是葬后以至清末的偷掘那一天之间罢。

至于墓中人究竟是什么人，非掘后往往不知道。即使有相传的主名的，也大抵靠不住。中国人一向喜欢造些和大人物相关的名胜，石门有"子路止宿处"，泰山上有"孔子小天下处"；一个小山洞，是埋着大禹，几堆大土堆，便葬着文武和周公。

如果扫墓的确可以救国，那么，扫就要扫得真确，要扫文武周公的陵，不要扫着别人的土包子，还得查考自己是否周朝的子孙。于是乎要有考古的工作，就是掘开坟来，看看有无葬着文王武王周公旦的证据，如果有遗骨，还可照《洗冤录》的方法来滴血。但是，这又和扫墓救国说相反，很伤孝子顺孙的心了。不得已，就只好闭了眼睛，硬着头皮，乱拜一阵。

"非其鬼而祭之，谄也！"单是扫墓救国术没有灵验，还不过是一个小笑话而已。

四月二十六日。

题注：

本篇最初发表于 1934 年 5 月 24 日《中华日报·动向》。收入《花边文学》。1934 年 4 月 4 日《大晚报》报道，3 月 1 日在长春改称"满洲帝国皇帝"的溥仪要求入关祭扫清朝皇室陵墓。之前，日本关东军提出要国民政府对清皇陵"加以保护"，"如不负责，即由日军自行保护"。此举引起舆论的强烈抗议，"激论沸天"。4 月 7 日《申报》报道，清明时节，考试院院长戴季陶偕西安各界代表、军政要人到咸阳祭扫周文王墓，到兴平祭扫汉武帝墓。4月11日，戴季陶曾以"救国救民"，"培国本而厚国力"为名发出通电，严禁"研究国学科学诸家发掘古墓"，"凡一切公然发墓取物者，无论何种理由，一律按刑律专条严办"。鲁迅因此写本文。

儒术

元遗山在金元之际，为文宗，为遗献，为愿修野史，保存旧章的有心人，明清以来，颇为一部分人士所爱重。然而他生平有一宗疑案，就是为叛将崔立颂德者，是否确实与他无涉，或竟是出于他的手笔的文章。

金天兴元年（一二三二），蒙古兵围洛阳；次年，安平都尉京城西面元帅崔立杀二丞相，自立为郑王，降于元。惧或加以恶名，群小承旨，议立碑颂功德，于是在文臣间，遂发生了极大的惶恐，因为这与一生的名节相关，在个人是十分重要的。

当时的情状，《金史·王若虚传》这样说——

> "天兴元年，哀宗走归德。明年春，崔立变，群小附和，请为立建功德碑。翟奕以尚书省命，召若虚为文。时奕辈恃势作威，人或少忤，则谗构立见屠灭。若虚自分必死，私谓左右司员外郎元好问曰，'今召我作碑，不从则死，作之则名节扫地，不若死之为愈。虽然，我姑以理谕之。'……奕辈不能夺，乃召太学生刘祁麻革辈赴省，好问张信之谕以立碑事曰，'众议属二君，

且已白郑王矣！二君其无让。'祁等固辞而别。数日，促迫不已，祁即为草定，以付好问。好问意未惬，乃自为之，既成，以示若虚，乃共删定数字，然止直叙其事而已。后兵入城，不果立也。"

碑虽然"不果立"，但当时却已经发生了"名节"的问题，或谓元好问作，或谓刘祁作，文证具在清凌廷堪所辑的《元遗山先生年谱》中，兹不多录。经其推勘，已知前出的《王若虚传》文，上半据元好问《内翰王公墓表》，后半却全取刘祁自作的《归潜志》，被诬攀之说所蒙蔽了。凌氏辩之云，"夫当时立碑撰文，不过畏崔立之祸，非必取文辞之工，有京叔属草，已足塞立之请，何取更为之耶？"然则刘祁之未尝决死如王若虚，固为一生大玷，但不能更有所推诿，以致成为"塞责"之具，却也可以说是十分晦气的。

然而，元遗山生平还有一宗大事，见于《元史·张德辉传》——

"世祖在潜邸，……访中国人材。德辉举魏璠，元裕，李冶等二十余人。……壬子，德辉与元裕北觐，请世祖为儒教大宗师，世祖悦而受之。因启：累朝有旨蠲儒户兵赋，乞令有司遵行。从之。"

以拓跋魏的后人，与德辉请蒙古小酋长为"汉儿"的"儒教大宗师"，在现在看来，未免有些滑稽，但当时却似乎并无訾议。盖蠲除兵赋，"儒户"均沾利益，清议操之于士，利益既沾，虽已将"儒教"呈献，也不想再来开口了。

由此士大夫便渐渐的进身，然终因不切实用，又渐渐的见弃。但仕路日塞，而南北之士的相争却也日甚了。余阙的《青阳先生文集》

卷四《杨君显民诗集序》云——

　　"我国初有金宋，天下之人，惟才是用之，无所专主，然用儒者为居多也。自至元以下，始浸用吏，虽执政大臣，亦以吏为之，……而中州之士，见用者遂浸寡。况南方之地远，士多不能自至于京师，其抱才缊者，又往往不屑为吏，故其见用者尤寡也。及其久也，则南北之士亦自町畦以相訾，甚若晋之与秦，不可与同中国，故夫南方之士微矣。"

然在南方，士人其实亦并不冷落。同书《送范立中赴襄阳诗序》云：

　　"宋高宗南迁，合淝遂为边地，守臣多以武臣为之。……故民之豪杰者，皆去而为将校，累功多至节制。郡中衣冠之族，惟范氏，商氏，葛氏三家而已。……皇元受命，包裹兵革，……诸武臣之子弟，无所用其能，多伏匿而不出。春秋月朔，郡太守有事于学，衣深衣，戴乌角巾，执笾豆罍爵，唱赞道引者，皆三家之子孙也，故其材皆有所成就，至学校官，累累有焉。……虽天道忌满恶盈，而儒者之泽深且远，从古然也。"

这是"中国人才"们献教，卖经以来，"儒户"所食的佳果。虽不能为王者师，且次于吏者数等，而究亦胜于将门和平民者一等，"唱赞道引"，非"伏匿"者所敢望了。

中华民国二十三年五月二十日及次日，上海无线电播音由冯明权先生讲给我们一种奇书：《抱经堂勉学家训》（据《大美晚报》）。这是

224

从未前闻的书，但看见下署"颜之推"，便可以悟出是颜之推《家训》中的《勉学篇》了。曰"抱经堂"者，当是因为曾被卢文弨印入《抱经堂丛书》中的缘故。所讲有这样的一段——

> "有学艺者，触地而安。自荒乱已来，诸见俘虏，虽百世小人，知读《论语》《孝经》者，尚为人师；虽千载冠冕，不晓书记者，莫不耕田养马。以此观之，汝可不自勉耶？若能常保数百卷书，千载终不为小人也。……谚曰，'积财千万，不如薄伎在身。'伎之易习而可贵者，无过读书也。"

这说得很透彻：易习之伎，莫如读书，但知读《论语》《孝经》，则虽被俘虏，犹能为人师，居一切别的俘虏之上。这种教训，是从当时的事实推断出来的，但施之于金元而准，按之于明清之际而亦准。现在忽由播音，以"训"听众，莫非选讲者已大有感于方来，遂绸缪于未雨么？

"儒者之泽深且远"，即小见大，我们由此可以明白"儒术"，知道"儒效"了。

五月二十七日。

题注：

本篇最初发表于北平《文史》月刊第一卷第二期（1934 年 6 月），署名唐俟。收入《且介亭杂文》。五四新文化运动提出"打倒孔家店"的口号，鲁迅在《狂人日记》中亦揭露"礼教吃人"的本质，对以儒教为核心的封建文化予以猛烈的批判。鲁迅在《在现代中国的孔夫子》

一文中说："总而言之，孔夫子之在中国，是权势者们捧起来的，是那些权势者或想做权势者们的圣人，和一般的民众并无什么关系。"1934年5月12日、13日上海电台播出了提倡读《论语》《孝经》等儒家经书的内容，鲁迅听后有感而发，写作了本文。

正是时候

张承禄

"山梁雌雉，时哉时哉！"东西是自有其时候的。

圣经，佛典，受一部分人们的奚落已经十多年了，"觉今是而昨非"，现在就是复兴的时候。关岳，是清朝屡经封赠的神明，被民元革命所闲却；从新记得，是袁世凯的晚年，但又和袁世凯一同盖了棺；而第二次从新记得，则是在现在。

这时候，当然要重文言，掉文袋，标雅致，看古书。

如果是小家子弟，则纵使外面怎样大风雨，也还要勇往直前，拚命挣扎的，因为他没有安稳的老巢可归，只得向前干。虽然成家立业之后，他也许修家谱，造祠堂，俨然以旧家子弟自居，但这究竟是后话。倘是旧家子弟呢，为了逞雄，好奇，趋时，吃饭，固然也未必不出门，然而只因为一点小成功，或者一点小挫折，都能够使他立刻退缩。这一缩而且缩得不小，简直退回家，更坏的是他的家乃是一所古老破烂的大宅子。

这大宅子里有仓中的旧货，有壁角的灰尘，一时实在搬不尽。倘有坐食的余闲，还可以东寻西觅，那就修破书，擦古瓶，读家谱，怀祖德，来消磨他若干岁月。如果是穷极无聊了，那就更要修破书，擦古瓶，读家谱，怀祖德，甚而至于翻肮脏的墙根，开空虚的抽屉，想发见连他自己也莫名其妙的宝贝，来救这无法可想的贫穷。这两种人，小康和穷乏，是不同的，悠闲和急迫，是不同的，因而收场的缓促，也不同的，但当这时候，却都正在古董中讨生活，所以那主张和行为，便无不同，而声势也好像见得浩大了。

于是就又影响了一部分的青年们，以为在古董中真可以寻出自己的救星。他看看小康者，是这么闲适，看看急迫者，是这么专精，这，就总应该有些道理。会有仿效的人，是当然的。然而，时光也绝不留情，他将终于得到一个空虚，急迫者是妄想，小康者是玩笑。主张者倘无特操，无灼见，则说古董应该供在香案上或掷在茅厕里，其实，都不过在尽一时的自欺欺人的任务，要寻前例，是随处皆是的。

六月二十三日。

题注：

本篇最初发表于 1934 年 6 月 26 日《申报·自由谈》。收入《花边文学》。1934 年 2 月，国民党当局下令尊孔，同年 5 月又下令保存文言、提倡读经，一股复古主义的逆流猖獗一时。3 月 28 日，广东军阀陈济棠举行"仲春上戊祀关岳典礼"，并自任"正献官"。6 月 24 日，又祭祀关岳。联想到 1914 年袁世凯曾主持过相类似的祀典，政府提倡尊孔读经之际，正是旧文化的沉滓泛起之机，因此鲁迅讽之以"正是时候"。

安贫乐道法

史贲

孩子是要别人教的，毛病是要别人医的，即使自己是教员或医生。但做人处世的法子，却恐怕要自己斟酌，许多别人开来的良方，往往不过是废纸。

劝人安贫乐道是古今治国平天下的大经络，开过的方子也很多，但都没有十全大补的功效。因此新方子也开不完，新近就看见了两种，但我想：恐怕都不大妥当。

一种是教人对于职业要发生兴趣，一有兴趣，就无论什么事，都乐此不倦了。当然，言之成理的，但到底须是轻松一点的职业。且不说掘煤，挑粪那些事，就是上海工厂里做工至少每天十点的工人，到晚快边就一定筋疲力倦，受伤的事情是大抵出在那时候的。"健全的精神，宿于健全的身体之中"，连自己的身体也顾不转了，怎么还会有兴趣？——除非他爱兴趣比性命还利害。倘若问他们自己罢，我想，一定说是减少工作的时间，做梦也想不到发生兴趣法的。

还有一种是极其彻底的：说是大热天气，阔人还忙于应酬，汗流浃背，穷人却挟了一条破席，铺在路上，脱衣服，浴凉风，其乐无穷，这叫作"席卷天下"。这也是一张少见的富有诗趣的药方，不过也有煞风景在后面。快要秋凉了，一早到马路上去走走，看见手捧肚子，口吐黄水的就是那些"席卷天下"的前任活神仙。大约眼前有福，偏不去享的大愚人，世上究竟是不多的，如果精穷真是这么有趣，现在的阔人一定首先躺在马路上，而现在的穷人的席子也没有地方铺开来了。

上海中学会考的优良成绩发表了，有《衣取蔽寒食取充腹论》，其中有一段——

"……若德业已立，则虽饔飧不继，捉襟肘见，而其名德足传于后，精神生活，将充分发展，又何患物质生活之不足耶？人生真谛，固在彼而不在此也。……"（由《新语林》第三期转录）

这比题旨更进了一步，说是连不能"充腹"也不要紧的。但中学生所开的良方，对于大学生就不适用，同时还是出现了要求职业的一大群。

事实是毫无情面的东西，它能将空言打得粉碎。有这么的彰明较著，其实，据我的愚见，是大可以不必再玩"之乎者也"了——横竖永远是没有用的。

八月十三日。

题注：

本篇最初发表于 1934 年 8 月 16 日《申报·自由谈》。收入《花边文学》。1934 年，国民党统治下社会问题十分严重，政治黑暗，经济凋敝，失业现象普遍。据楚容（廖沫沙）在 1934 年 8 月 5 日《新语林》

第三期上发表的《拥护会考》一文转录，这一年上海中学会考的作文题目是《衣取蔽寒食取充腹论》，许多学生在试卷中提出了要求就业。报上就青年就业问题展开了讨论。6月24日，胡适在《大公报》上发表《赠今年的大学毕业生》一文，说青年"才力弱，眼界高"，要"自己反省"，"不要责备社会"。尤墨君在8月6日《申报·自由谈》上发表《青年就业问题》一文，说"关键完全在于青年的本身"，应该"安贫"。针对这种"安贫乐道法"，鲁迅作本文。

门外文谈

一　开头

听说今年上海的热，是六十年来所未有的。白天出去混饭，晚上低头回家，屋子里还是热，并且加上蚊子。这时候，只有门外是天堂。因为海边的缘故罢，总有些风，用不着挥扇。虽然彼此有些认识，却不常见面的寓在四近的亭子间或搁楼里的邻人也都坐出来了，他们有的是店员，有的是书局里的校对员，有的是制图工人的好手。大家都已经做得筋疲力尽，叹着苦，但这时总还算有闲的，所以也谈闲天。

闲天的范围也并不小：谈旱灾，谈求雨，谈吊膀子，谈三寸怪人干，谈洋米，谈裸腿，也谈古文，谈白话，谈大众语。因为我写过几篇白话文，所以关于古文之类他们特别要听我的话，我也只好特别说的多。这样的过了两三夜，才给别的话岔开，也总算谈完了。不料过了几天之后，有几个还要我写出来。

他们里面，有的是因为我看过几本古书，所以相信我的，有的是因为我看过一点洋书，有的又因为我看古书也看洋书；但有几位却因此反不相信我，说我是蝙蝠。我说到古文，他就笑道，你不是唐宋八大家，能信么？我谈到大众语，他又笑道：你又不是劳苦大众，讲什么海话呢？

这也是真的。我们讲旱灾的时候，就讲到一位老爷下乡查灾，说有些地方是本可以不成灾的，现在成灾，是因为农民懒，不戽水。但一种报上，却记着一个六十老翁，因儿子戽水乏力而死，灾象如故，无路可走，自杀了。老爷和乡下人，意见是真有这么的不同的。那么，我的夜谈，恐怕也终不过是一个门外闲人的空话罢了。

飓风过后，天气也凉爽了一些，但我终于照着希望我写的几个人的希望，写出来了，比口语简单得多，大致却无异，算是抄给我们一流人看的。当时只凭记忆，乱引古书，说话是耳边风，错点不打紧，写在纸上，却使我很踌躇，但自己又苦于没有原书可对，这只好请读者随时指正了。

一九三四年，八月十六夜，写完并记。

二　字是什么人造的？

字是什么人造的？

我们听惯了一件东西，总是古时候一位圣贤所造的故事，对于文字，也当然要有这质问。但立刻就有忘记了来源的答话：字是仓颉造的。

这是一般的学者的主张，他自然有他的出典。我还见过一幅这位仓颉的画像，是生着四只眼睛的老头陀。可见要造文字，相貌先得出奇，我们这种只有两只眼睛的人，是不但本领不够，连相貌也不配的。

　　然而做《易经》的人（我不知道是谁），却比较的聪明，他说："上古结绳而治，后世圣人易之以书契。"他不说仓颉，只说"后世圣人"，不说创造，只说掉换，真是谨慎得很；也许他无意中就不相信古代会有一个独自造出许多文字来的人的了，所以就只是这么含含胡胡的来一句。

　　但是，用书契来代结绳的人，又是什么脚色呢？文学家？不错，从现在的所谓文学家的最要卖弄文字，夺掉笔杆便一无所能的事实看起来，的确首先就要想到他；他也的确应该给自己的吃饭家伙出点力。然而并不是的。有史以前的人们，虽然劳动也唱歌，求爱也唱歌，他却并不起草，或者留稿子，因为他做梦也想不到卖诗稿，编全集，而且那时的社会里，也没有报馆和书铺子，文字毫无用处。据有些学者告诉我们的话来看，这在文字上用了一番工夫的，想来该是史官了。

　　原始社会里，大约先前只有巫，待到渐次进化，事情繁复了，有些事情，如祭祀，狩猎，战争……之类，渐有记住的必要，巫就只好在他那本职的"降神"之外，一面也想法子来记事，这就是"史"的开头。况且"升中于天"，他在本职上，也得将记载酋长和他的治下的大事的册子，烧给上帝看，因此一样的要做文章——虽然这大约是后起的事。再后来，职掌分得更清楚了，于是就有专门记事的史官。文字就是史官必要的工具，古人说："仓颉，黄帝史。"第一句未可信，但指出了史和文字的关系，却是很有意思的。至于后来的"文学家"用它来写"阿呀呀，我的爱哟，我要死了！"那些佳句，那不过是享享现成的罢了，"何足道哉"！

三 字是怎么来的？

照《易经》说，书契之前明明是结绳；我们那里的乡下人，碰到明天要做一件紧要事，怕得忘记时，也常常说："裤带上打一个结！"那么，我们的古圣人，是否也用一条长绳，有一件事就打一个结呢？恐怕是不行的。只有几个结还记得，一多可就糟了。或者那正是伏羲皇上的"八卦"之流，三条绳一组，都不打结是"乾"，中间各打一结是"坤"罢？恐怕也不对。八组尚可，六十四组就难记，何况还会有五百十二组呢。只有在秘鲁还有存留的"打结字"（Quippus），用一条横绳，挂上许多直绳，拉来拉去的结起来，网不像网，倒似乎还可以表现较多的意思。我们上古的结绳，恐怕也是如此的罢。但它既然被书契掉换，又不是书契的祖宗，我们也不妨暂且不去管它了。

夏禹的"岣嵝碑"是道士们假造的；现在我们能在实物上看见的最古的文字，只有商朝的甲骨和钟鼎文。但这些，都已经很进步了，几乎找不出一个原始形态。只在铜器上，有时还可以看见一点写实的图形，如鹿，如象，而从这图形上，又能发见和文字相关的线索：中国文字的基础是"象形"。

画在西班牙的亚勒泰米拉（Altamira）洞里的野牛，是有名的原始人的遗迹，许多艺术史家说，这正是"为艺术的艺术"，原始人画着玩玩的。但这解释未免过于"摩登"，因为原始人没有十九世纪的文艺家那么有闲，他的画一只牛，是有缘故的，为的是关于野牛，或者是猎取野牛，禁咒野牛的事。现在上海墙壁上的香烟和电影的广告画，尚且常有人张着嘴巴看，在少见多怪的原始社会里，有了这么一个奇迹，那轰动一时，就可想而知了。他们一面看，知道了野牛这东西，原来可以用线条移在别的平面上，同时仿佛也认识了一个"牛"

字，一面也佩服这作者的才能，但没有人请他作自传赚钱，所以姓氏也就湮没了。但在社会里，仓颉也不止一个，有的在刀柄上刻一点图，有的在门户上画一些画，心心相印，口口相传，文字就多起来，史官一采集，便可以敷衍记事了。中国文字的由来，恐怕也逃不出这例子的。

自然，后来还该有不断的增补，这是史官自己可以办到的，新字夹在熟字中，又是象形，别人也容易推测到那字的意义。直到现在，中国还在生出新字来。但是，硬做新仓颉，却要失败的，吴的朱育，唐的武则天，都曾经造过古怪字，也都白费力。现在最会造字的是中国化学家，许多原质和化合物的名目，很不容易认得，连音也难以读出来了。老实说，我是一看见就头痛的，觉得远不如就用万国通用的拉丁名来得爽快，如果二十来个字母都认不得，请恕我直说：那么，化学也大抵学不好的。

四　写字就是画画

《周礼》和《说文解字》上都说文字的构成法有六种，这里且不谈罢，只说些和"象形"有关的东西。

象形，"近取诸身，远取诸物"，就是画一只眼睛是"目"，画一个圆圈，放几条毫光是"日"，那自然很明白，便当的。但有时要碰壁，譬如要画刀口，怎么办呢？不画刀背，也显不出刀口来，这时就只好别出心裁，在刀口上加一条短棍，算是指明"这个地方"的意思，造了"刃"。这已经颇有些办事棘手的模样了，何况还有无形可象的事件，于是只得来"象意"，也叫作"会意"。一只手放在树上是"采"，一颗心放在屋子和饭碗之间是"宨"，有吃有住，安宨了。但要写"宁可"的宁，却又得在碗下面放一条线，表明这不过是用了"宨"的声音的意思。"会意"比"象形"更麻烦，它至少要画两样。如"寶"字，则要画一个屋顶，一串玉，一个缶，一个贝，计四样；我看"缶"字还是杵臼两形合成的，那么一共有五样。单单为了画这一个字，就很要破费些工夫。

不过还是走不通，因为有些事物是画不出，有些事物是画不来，譬如松柏，叶样不同，原是可以分出来的，但写字究竟是写字，不能像绘画那样精工，到底还是硬挺不下去。来打开这僵局的是"谐声"，意义和形象离开了关系。这已经是"记音"了，所以有人说，这是中国文字的进步。不错，也可以说是进步，然而那基础也还是画画儿。例如"菜，从草，采声"，画一窠草，一个爪，一株树：三样；"海，从水，每声"，画一条河，一位戴帽（？）的太太，也三样。总之：你如果要写字，就非永远画画不成。

但古人是并不愚蠢的，他们早就将形象改得简单，远离了写实。篆字圆折，还有图画的余痕，从隶书到现在的楷书，和形象就天差地远。不过那基础并未改变，天差地远之后，就成为不象形的象形字，写起来虽然比较的简单，认起来却非常困难了，要凭空一个一个的记住。而且有些字，也至今并不简单，例如"鸞"或"鑿"，去叫孩子写，非练习半年六月，是很难写在半寸见方的格子里面的。

还有一层，是"谐声"字也因为古今字音的变迁，很有些和"声"不大"谐"的了。现在还有谁读"滑"为"骨"，读"海"为"每"呢？

古人传文字给我们，原是一份重大的遗产，应该感谢的。但在成了不象形的象形字，不十分谐声的谐声字的现在，这感谢却只好踌躇一下了。

五　古时候言文一致么？

到这里，我想来猜一下古时候言文是否一致的问题。

对于这问题，现在的学者们虽然并没有分明的结论，但听他们口气，好像大概是以为一致的；越古，就越一致。不过我却很有些怀疑，因为文字愈容易写，就愈容易写得和口语一致，但中国却是那么难画的象形字，也许我们的古人，向来就将不关重要的词摘去了的。

《书经》有那么难读，似乎正可作照写口语的证据，但商周人的的确的口语，现在还没有研究出，还要繁也说不定的。至于周秦古书，虽然作者也用一点他本地的方言，而文字大致相类，即使和口语还相近罢，用的也是周秦白话，并非周秦大众语。汉朝更不必说了，虽是肯将《书经》里难懂的字眼，翻成今字的司马迁，也不过在特别情况之下，采用一点俗语，例如陈涉的老朋友看见他为王，惊异道："夥颐，涉之为王沉沉者"，而其中的"涉之为王"四个字，我还疑心太史公加过修剪的。

那么，古书里采录的童谣，谚语，民歌，该是那时的老牌俗语罢。我看也很难说。中国的文学家，是颇有爱改别人文章的脾气的。最明显的例子是汉民间的《淮南王歌》，同一地方的同一首歌，《汉书》和《前汉纪》记的就两样。

一面是——

一尺布，尚可缝；
一斗粟，尚可舂。
兄弟二人，不能相容。

一面却是——

　　一尺布，暖童童；

　　一斗粟，饱蓬蓬。

　　兄弟二人不相容。

　　比较起来，好像后者是本来面目，但已经删掉了一些也说不定的：只是一个提要。后来宋人的语录，话本，元人的杂剧和传奇里的科白，也都是提要，只是它用字较为平常，删去的文字较少，就令人觉得"明白如话"了。

　　我的臆测，是以为中国的言文，一向就并不一致的，大原因便是字难写，只好节省些。当时的口语的摘要，是古人的文；古代的口语的摘要，是后人的古文。所以我们的做古文，是在用了已经并不象形的象形字，未必一定谐声的谐声字，在纸上描出今人谁也不说，懂的也不多的，古人的口语的摘要来。你想，这难不难呢？

六　于是文章成为奇货了

　　文字在人民间萌芽，后来却一定为特权者所收揽。据《易经》的作者所推测，"上古结绳而治"，则连结绳就已是治人者的东西。待到落在巫史的手里的时候，更不必说了，他们都是酋长之下，万民之上的人。社会改变下去，学习文字的人们的范围也扩大起来，但大抵限于特权者。至于平民，那是不识字的，并非缺少学费，只因为限于资格，他不配。而且连书籍也看不见。中国在刻版还未发达的时候，有一部好书，往往是"藏之秘阁，副在三馆"，连做了士子，也还是不知道写着什么的。

因为文字是特权者的东西，所以它就有了尊严性，并且有了神秘性。中国的字，到现在还很尊严，我们在墙壁上，就常常看见挂着写上"敬惜字纸"的篓子；至于符的驱邪治病，那是靠了它的神秘性的。文字既然含着尊严性，那么，知道文字，这人也就连带的尊严起来了。新的尊严者日出不穷，对于旧的尊严者就不利，而且知道文字的人们一多，也会损伤神秘性的。符的威力，就因为这好像是字的东西，除道士以外，谁也不认识的缘故。所以，对于文字，他们一定要把持。

欧洲中世，文章学问，都在道院里；克罗蒂亚（Kroatia），是到了十九世纪，识字的还只有教士的，人民的口语，退步到对于旧生活刚够用。他们革新的时候，就只好从外国借进许多新语来。

我们中国的文字，对于大众，除了身分，经济这些限制之外，却还要加上一条高门槛：难。单是这条门槛，倘不费他十来年工夫，就不容易跨过。跨过了的，就是士大夫，而这些士大夫，又竭力的要使文字更加难起来，因为这可以使他特别的尊严，超出别的一切平常的士大夫之上。汉朝的杨雄的喜欢奇字，就有这毛病的，刘歆想借他的《方言》稿子，他几乎要跳黄浦。唐朝呢，樊宗师的文章做到别人点不断，李贺的诗做到别人看不懂，也都为了这缘故。还有一种方法是将字写得别人不认识，下焉者，是从《康熙字典》上查出几个古字来，夹进文章里面去；上焉者是钱坫的用篆字来写刘熙的《释名》，最近还有钱玄同先生的照《说文》字样给太炎先生抄《小学答问》。

文字难，文章难，这还都是原来的；这些上面，又加以士大夫故意特制的难，却还想它和大众有缘，怎么办得到。但士大夫们也正愿其如此，如果文字易识，大家都会，文字就不尊严，他也跟着不尊严了。说白话不如文言的人，就从这里出发的；现在论大众语，说大众只要教给"千字课"就够的人，那意思的根柢也还是在这里。

七 不识字的作家

用那么艰难的文字写出来的古语摘要，我们先前也叫"文"，现在新派一点的叫"文学"，这不是从"文学子游子夏"上割下来的，是从日本输入，他们的对于英文 Literature 的译名。会写写这样的"文"的，现在是写白话也可以了，就叫作"文学家"，或者叫"作家"。

文学的存在条件首先要会写字，那么，不识字的文盲群里，当然不会有文学家的了。然而作家却有的。你们不要太早的笑我，我还有话说。我想，人类是在未有文字之前，就有了创作的，可惜没有人记下，也没有法子记下。我们的祖先的原始人，原是连话也不会说的，为了共同劳作，必需发表意见，才渐渐的练出复杂的声音来，假如那时大家抬木头，都觉得吃力了，却想不到发表，其中有一个叫道"杭育杭育"，那么，这就是创作；大家也要佩服，应用的，这就等于出版；倘若用什么记号留存了下来，这就是文学；他当然就是作家，也是文学家，是"杭育杭育派"。不要笑，这作品确也幼稚得很，但古人不及今人的地方是很多的，这正是其一。就是周朝的什么"关关雎鸠，在河之洲，窈窕淑女，君子好逑"罢，它是《诗经》里的头一篇，所以吓得我们只好磕头佩服，假如先前未曾有过这样的一篇诗，现在的新诗人用这意思做一首白话诗，到无论什么副刊上去投稿试试罢，我看十分之九是要被编辑者塞进字纸篓去的。"漂亮的好小姐呀，是少爷的好一对儿！"什么话呢？

就是《诗经》的《国风》里的东西，好许多也是不识字的无名氏作品，因为比较的优秀，大家口口相传的。史官们检出它可作行政上参考的记录了下来，此外消灭的正不知有多少。希腊人荷马——我们姑且当作有这样一个人——的两大史诗，也原是口吟，现存的是别人的记录。东晋到齐陈的《子夜歌》和《读曲歌》之类，唐朝的《竹枝词》和《柳枝词》之类，原都是无名氏的创作，经文人的采录和润色之后，留传下来的。这一润色，留传固然留传了，但可惜的是一定失去了许多本来面目。到现在，到处还有民谣，山歌，渔歌等，这就是不识字的诗人的作品；也传述着童话和故事，这就是不识字的小说家的作品；他们，就都是不识字的作家。

但是，因为没有记录作品的东西，又很容易消灭，流布的范围也不能很广大，知道的人们也就很少了。偶有一点为文人所见，往往倒吃惊，吸入自己的作品中，作为新的养料。旧文学衰颓时，因为摄取民间文学或外国文学而起一个新的转变，这例子是常见于文学史上的。不识字的作家虽然不及文人的细腻，但他却刚健，清新。

要这样的作品为大家所共有，首先也就是要这作家能写字，同时也还要读者们能识字以至能写字，一句话：将文字交给一切人。

八　怎么交代？

将文字交给大众的事实，从清朝末年就已经有了的。

"莫打鼓，莫打锣，听我唱个太平歌……"是钦颁的教育大众的俗歌；此外，士大夫也办过一些白话报，但那主意，是只要大家听得懂，不必一定写得出。《平民千字课》就带了一点写得出的可能，但也只够记账，写信。倘要写出心里所想的东西，它那限定的字数是不够的。譬如牢监，的确是给了人一块地，不过它有限制，只能在这圈子里行立坐卧，断不能跑出设定了的铁栅外面去。

劳乃宣和王照他两位都有简字，进步得很，可以照音写字了。民国初年，教育部要制字母，他们俩都是会员，劳先生派了一位代表，王先生是亲到的，为了入声存废问题，曾和吴稚晖先生大战，战得吴先生肚子一凹，棉裤也落了下来。但结果总算几经斟酌，制成了一种东西，叫作"注音字母"。那时很有些人，以为可以替代汉字了，但实际上还是不行，因为它究竟不过简单的方块字，恰如日本的"假名"一样，夹上几个，或者注在汉字的旁边还可以，要它拜帅，能力就不够了。写起来会混杂，看起来要眼花。那时的会员们称它为"注音字母"，是深知道它的能力范围的。再看日本，他们有主张减少汉字的，有主张拉丁拼音的，但主张只用"假名"的却没有。

再好一点的是用罗马字拼法，研究得最精的是赵元任先生罢，我不大明白。用世界通用的罗马字拼起来——现在是连土耳其也采用了——一词一串，非常清晰，是好的。但教我似的门外汉来说，好像那拼法还太繁。要精密，当然不得不繁，但繁得很，就又变了"难"，有些妨碍普及了。最好是另有一种简而不陋的东西。

这里我们可以研究一下新的"拉丁化"法，《每日国际文选》里有一小本《中国语书法之拉丁化》，《世界》第二年第六七号合刊附录的一份《言语科学》，就都是绍介这东西的。价钱便宜，有心的人可以买来看。它只有二十八个字母，拼法也容易学。"人"就是 Rhen，"房子"就是 Fangz，"我吃果子"是 Wo ch goz，"他是工人"是 Ta sh gungrhen。现在在华侨里实验，见了成绩的，还只是北方话。但我想，中国究竟还是讲北方话——不是北京话——的人们多，将来如果真有一种到处通行的大众语，那主力也恐怕还是北方话罢。为今之计，只要酌量增减一点，使它合于各该地方所特有的音，也就可以用到无论什么穷乡僻壤去了。

那么，只要认识二十八个字母，学一点拼法和写法，除懒虫和低能外，就谁都能够写得出，看得懂了。况且它还有一个好处，是写得快。美国人说，时间就是金钱；但我想：时间就是性命。无端的空耗别人的时间，其实是无异于谋财害命的。不过像我们这样坐着乘风凉，谈闲天的人们，可又是例外。

九　专化呢，普遍化呢？

到了这里，就又碰着了一个大问题：中国的言语，各处很不同，单给一个粗枝大叶的区别，就有北方话，江浙话，两湖川贵话，福建话，广东话这五种，而这五种中，还有小区别。现在用拉丁字来写，写普通话，还是写土话呢？要写普通话，人们不会；倘写土话，别处的人们就看不懂，反而隔阂起来，不及全国通行的汉字了。这是一个大弊病！

我的意思是：在开首的启蒙时期，各地方各写它的土话，用不着顾到和别地意思不相通。当未用拉丁写法之前，我们的不识字的人们，原没有用汉字互通着声气，所以新添的坏处是一点也没有的，倒有新的益处，至少是在同一语言的区域里，可以彼此交换意见，吸收智识了——那当然，一面也得有人写些有益的书。问题倒在这各处的大众语文，将来究竟要它专化呢，还是普通化？

方言土语里，很有些意味深长的话，我们那里叫"炼话"，用起来是很有意思的，恰如文言的用古典，听者也觉得趣味津津。各就各处的方言，将语法和词汇，更加提炼，使他发达上去的，就是专化。这于文学，是很有益处的，它可以做得比仅用泛泛的话头的文章更加有意思。但专化又有专化的危险。言语学我不知道，看生物，是一到专化，往往要灭亡的。未有人类以前的许多动植物，就因为太专化了，失其可变性，环境一改，无法应付，只好灭亡。——幸而我们人类还不算专化的动物，请你们不要愁。大众，是有文学，要文学的，但决不该为文学做牺牲，要不然，他的荒谬和为了保存汉字，要十分之八的中国人做文盲来殉难的活圣贤就并不两样。所以，我想，启蒙时候用方言，但一面又要渐渐的加入普通的语法和词汇去。先用固有的，是一地方的语文的大众化，加入新的去，是全国的语文的大众化。

几个读书人在书房里商量出来的方案，固然大抵行不通，但一切都听其自然，却也不是好办法。现在在码头上，公共机关中，大学校里，确已有着一种好像普通话模样的东西，大家说话，既非"国语"，又不是京话，各各带着乡音，乡调，却又不是方言，即使说的吃力，听的也吃力，然而总归说得出，听得懂。如果加以整理，使它发达，也是大众语中的一支，说不定将来还简直是主力。我说要在方言里"加入新的去"，那"新的"的来源就在这地方。待到这一种出于自然，又加人工的话一普遍，我们的大众语文就算大致统一了。

此后当然还要做。年深月久之后，语文更加一致，和"炼话"一样好，比"古典"还要活的东西，也渐渐的形成，文学就更加精采了。马上是办不到的。你们想，国粹家当作宝贝的汉字，不是化了三四千年工夫，这才有这么一堆古怪成绩么？

至于开手要谁来做的问题，那不消说：是觉悟的读书人。有人说："大众的事情，要大众自己来做！"那当然不错的，不过得看看说的是什么脚色。如果说的是大众，那有一点是对的，对的是要自己来，错的是推开了帮手。倘使说的是读书人呢，那可全不同了：他在用漂亮话把持文字，保护自己的尊荣。

十　不必恐慌

但是，这还不必实做，只要一说，就又使另一些人发生恐慌了。

首先是说提倡大众语文的，乃是"文艺的政治宣传员如宋阳之流"，本意在于造反。给带上一顶有色帽，是极简单的反对法。不过一面也就是说，为了自己的太平，宁可中国有百分之八十的文盲。那么，倘使口头宣传呢，就应该使中国有百分之八十的聋子了。但这不属于"谈文"的范围，这里也无须多说。

专为着文学发愁的，我现在看见有两种。一种是怕大众如果都会读，写，就大家都变成文学家了。这真是怕天掉下来的好人。上次说过，在不识字的大众里，是一向就有作家的。我久不到乡下去了，先前是，农民们还有一点余闲，譬如乘凉，就有人讲故事。不过这讲手，大抵是特定的人，他比较的见识多，说话巧，能够使人听下去，懂明白，并且觉得有趣。这就是作家，抄出他的话来，也就是作品。倘有语言无味，偏爱多嘴的人，大家是不要听的，还要送给他许多冷话——讥刺。我们弄了几千年文言，十来年白话，凡是能写的人，何尝个个是文学家呢？即使都变成文学家，又不是军阀或土匪，于大众也并无害处的，不过彼此互看作品而已。

还有一种是怕文学的低落。大众并无旧文学的修养，比起士大夫文学的细致来，或者会显得所谓"低落"的，但也未染旧文学的痼疾，所以它又刚健，清新。无名氏文学如《子夜歌》之流，曾给旧文学一种新力量，我先前已经说过了；现在也有人绍介了许多民歌和故事。还有戏剧，例如《朝花夕拾》所引《目连救母》里的无常鬼的自传，说是因为同情一个鬼魂，暂放还阳半日，不料被阎罗责罚，从此不再宽纵了——

"那怕你铜墙铁壁！

那怕你皇亲国戚！……"

何等有人情，又何等知过，何等守法，又何等果决，我们的文学家做得出来么？

这是真的农民和手业工人的作品，由他们闲中扮演。借目连的巡行来贯串许多故事，除《小尼姑下山》外，和刻本的《目连救母记》是完全不同的。其中有一段《武松打虎》，是甲乙两人，一强一弱，扮着戏玩。先是甲扮武松，乙扮老虎，被甲打得要命，乙埋怨他了。甲道："你是老虎，不打，不是给你咬死了？"乙只得要求互换，却又被甲咬得要命。乙说怨话，甲便道："你是武松，不咬，不是给你打死了？"我想：比起希腊的伊索，俄国的梭罗古勃的寓言来，这是毫无逊色的。

如果到全国的各处去收集，这一类的作品恐怕还很多。但自然，缺点是有的。是一向受着难文字，难文章的封锁，和现代思潮隔绝。所以，倘要中国的文化一同向上，就必须提倡大众语，大众文，而且书法更必须拉丁化。

十一　大众并不如读书人所想像的愚蠢

但是，这一回，大众语文刚一提出，就有些猛将趁势出现了，来路是并不一样的，可是都向白话，翻译，欧化语法，新字眼进攻。他们都打着"大众"的旗，说这些东西，都为大众所不懂，所以要不得。其中有的是原是文言余孽，借此先来打击当面的白话和翻译的，就是祖传的"远交近攻"的老法术；有的是本是懒惰分子，未尝用功，要大众语未成，白话先倒，让他在这空场上夸海口的，其实也还是文言文的好朋友，我都不想在这里多谈。现在要说的只是那些好意的，然而错误的人，因为他们不是看轻了大众，就是看轻了自己，仍旧犯着古之读书人的老毛病。

读书人常常看轻别人，以为较新，较难的字句，自己能懂，大众却不能懂，所以为大众计，是必须彻底扫荡的；说话作文，越俗，就越好。这意见发展开来，他就要不自觉的成为新国粹派。或则希图大众语文在大众中推行得快，主张什么都要配大众的胃口，甚至于说要"迎合大众"，故意多骂几句，以博大众的欢心。这当然自有他的苦心孤诣，但这样下去，可要成为大众的新帮闲的。

说起大众来，界限宽泛得很，其中包括着各式各样的人，但即使"目不识丁"的文盲，由我看来，其实也并不如读书人所推想的那么愚蠢。他们是要智识，要新的智识，要学习，能摄取的。当然，如果满口新语法，新名词，他们是什么也不懂；但逐渐的检必要的灌输进去，他们却会接受；那消化的力量，也许还赛过成见更多的读书人。初生的孩子，都是文盲，但到两岁，就懂许多话，能说许多话了，这在他，全部是新名词，新语法。他那里是从《马氏文通》或《辞源》里查来的呢，也没有教师给他解释，他是听过几回之后，从比较而明白了意义的。大众的会摄取新词汇和语法，也就是这样子，他们会这样的前进。所以，新国粹派的主张，虽然好像为大众设想，实际上倒尽了拖住的任务。不过也不能听大众的自然，因为有些见识，他们究竟还在觉悟的读书人之下，如果不给他们随时拣选，也许会误拿了无益的，甚而至于有害的东西。所以，"迎合大众"的新帮闲，是绝对的要不得的。

由历史所指示，凡有改革，最初，总是觉悟的智识者的任务。但这些智识者，却必须有研究，能思索，有决断，而且有毅力。他也用权，却不是骗人，他利导，却并非迎合。他不看轻自己，以为是大家的戏子，也不看轻别人，当作自己的喽罗。他只是大众中的一个人，我想，这才可以做大众的事业。

十二　煞尾

话已经说得不少了。总之，单是话不行，要紧的是做。要许多人做：大众和先驱；要各式的人做：教育家，文学家，言语学家……这已经迫于必要了，即使目下还有点逆水行舟，也只好拉纤；顺水固然好得很，然而还是少不得把舵的。

这拉纤或把舵的好方法，虽然也可以口谈，但大抵得益于实验，无论怎么看风看水，目的只是一个：向前。

各人大概都有些自己的意见，现在还是给我听听你们诸位的高论罢。

题注：

    本篇最初发表于 1934 年 8 月 24 日至 9 月 10 日的《申报·自由谈》，署名华圉。收入《且介亭杂文》。在当时关于"大众语"的论争中，一些人反对大众语，而在主张大众语的知识分子中，也存在着对中国语言文字的发展历史和劳动人民与文化的关系方面的模糊认识和错误观点。鲁迅为支持大众语运动，先后写了十多篇有关的文章，本文即其中最重要的一篇。在致萧军、萧红的信（1934 年 11 月 12 日）中，鲁迅亦表明他对大众语运动的意见："我是赞成大众语的，《太白》二期所录华圉作的《门外文谈》，就是我做的。"可参阅。鲁迅曾将本文连同其他 4 篇有关语文改革的文章辑为《门外文谈》一书，1935 年 9 月由上海天马书店出版。

不知肉味和不知水味

今年的尊孔，是民国以来第二次的盛典，凡是可以施展出来的，几乎全都施展出来了。上海的华界虽然接近夷（亦作彝）场，也听到了当年孔子听得"三月不知肉味"的"韶乐"。八月三十日的《申报》报告我们说——

"廿七日本市各界在文庙举行孔诞纪念会，到党政机关，及各界代表一千余人。有大同乐会演奏中和韶乐二章，所用乐器因欲扩大音量起见，不分古今，凡属国乐器，一律配入，共四十种。其谱一仍旧贯，并未变动。聆其节奏，庄严肃穆，不同凡响，令人悠然起敬，如亲三代以上之承平雅颂，亦即我国民族性酷爱和平之表示也。……"

乐器不分古今，一律配入，盖和周朝的韶乐，该已很有不同。但为"扩大音量起见"，也只能这么办，而且和现在的尊孔的精神，也似乎十分合拍的。"孔子，圣之时者也"，"亦即圣之摩登者也"，要三月不知鱼翅燕窝味，乐器大约决非"共四十种"不可；况且那时候，中国虽然已有外患，却还没有夷场。

不过因此也可见时势究竟有些不同了，纵使"扩大音量"，终于还扩不到乡间，同日的《中华日报》上，就记着一则颇伤"承平雅颂，亦即我国民族性酷爱和平之表示"的体面的新闻，最不凑巧的是事情也出在二十七——

"（宁波通讯）余姚入夏以来，因天时亢旱，河水干涸，住民饮料，大半均在河畔开凿土井，借以汲取，故往往因争先后，而起冲突。廿七日上午，距姚城四十里之朗霞镇后方屋地方，居民杨厚坤与姚士莲，又因争井水，发生冲突，互相加殴。姚士莲以烟筒头猛击杨头部，杨当即昏倒在地。继姚又以木棍石块击杨中要害，竟遭殴毙。迨邻近闻声施救，杨早已气绝。而姚士莲见已闯祸，知必不能免，即乘机逃避……"

闻韶，是一个世界，口渴，是一个世界。食肉而不知味，是一个世界，口渴而争水，又是一个世界。自然，这中间大有君子小人之分，但"非小人无以养君子"，到底还不可任凭他们互相打死，渴死的。

听说在阿拉伯，有些地方，水已经是宝贝，为了喝水，要用血去换。"我国民族性"是"酷爱和平"的，想必不至于如此。但余姚的实例却未免有点怕人，所以我们除食肉者听了而不知肉味的"韶乐"之外，还要不知水味者听了而不想水喝的"韶乐"。

八月二十九日。

题注:

　　本篇最初发表于上海《太白》半月刊第一卷第一期（1934年9月20日），署名公汗。收入《且介亭杂文》。1934年7月，南京国民政府规定8月27日孔子生日为"国定纪念日"，一时尊孔复古之声四起。鲁迅在致姚克信（1934年8月31日）中说："近来热闹完了，代之而兴的是祭孔，但恐怕也不久的。衮衮诸公的脑子，我看实在也想不出什么更好的玩艺来……"后来，鲁迅在《且介亭杂文》的"附记"中说："《不知肉味和不知水味》是写给《太白》的，登出来时，后半篇都不见了，我看这是'中央宣传部书报检查委员会'的政绩……现仍补足，并用黑点为记，使读者可以知道我其实是在说什么。"本篇文末所署写作时间有误。文中所引两条消息均见1934年8月30日报纸，而鲁迅8月31日日记记有"上午寄望道信并稿一篇"，"望道"是当时《太白》的编辑陈望道，"稿一篇"疑即本文。

中国语文的新生

中国现在的所谓中国字和中国文，已经不是中国大家的东西了。

古时候，无论那一国，能用文字的原是只有少数的人的，但到现在，教育普及起来，凡是称为文明国者，文字已为大家所公有。但我们中国，识字的却大概只占全人口的十分之二，能作文的当然还要少。这还能说文字和我们大家有关系么？

也许有人要说，这十分之二的特别国民，是怀抱着中国文化，代表着中国大众的。我觉得这话并不对。这样的少数，并不足以代表中国人。正如中国人中，有吃燕窝鱼翅的人，有卖红丸的人，有拿回扣的人，但不能因此就说一切中国人，都在吃燕窝鱼翅，卖红丸，拿回扣一样。要不然，一个郑孝胥，真可以把全副"王道"挑到满洲去。

我们倒应该以最大多数为根据，说中国现在等于并没有文字。

这样的一个连文字也没有的国度，是在一天一天的坏下去了。我想，这可以无须我举例。

单在没有文字这一点上，智识者是早就感到模胡的不安的。清末的办白话报，五四时候的叫"文学革命"，就为此。但还只知道了文章难，没有悟出中国等于并没有文字。今年的提倡复兴文言文，也为

254

此，他明知道现在的机关枪是利器，却因历来偷懒，未曾振作，临危又想侥幸，就只好梦想大刀队成事了。

大刀队的失败已经显然，只有两年，已没有谁来打九十九把钢刀去送给军队。但文言队的显出不中用来，是很慢，很隐的，它还有寿命。

和提倡文言文的开倒车相反，是目前的大众语文的提倡，但也还没有碰到根本的问题：中国等于并没有文字。待到拉丁化的提议出现，这才抓住了解决问题的紧要关键。

反对，当然大大的要有的，特殊人物的成规，动他不得。格理莱倡地动说，达尔文说进化论，摇动了宗教，道德的基础，被攻击原是毫不足怪的；但哈飞发见了血液在人身中环流，这和一切社会制度有什么关系呢，却也被攻击了一世。然而结果怎样？结果是：血液在人身中环流！

中国人要在这世界上生存，那些识得《十三经》的名目的学者，"灯红"会对"酒绿"的文人，并无用处，却全靠大家的切实的智力，是明明白白的。那么，倘要生存，首先就必须除去阻碍传布智力的结核：非语文和方块字。如果不想大家来给旧文字做牺牲，就得牺牲掉旧文字。走那一面呢，这并非如冷笑家所指摘，只是拉丁化提倡者的成败，乃是关于中国大众的存亡的。要得实证，我看也不必等候怎么久。

至于拉丁化的较详的意见，我是大体和《自由谈》连载的华圉作《门外文谈》相近的，这里不多说。我也同意于一切冷笑家所冷嘲的大众语的前途的艰难；但以为即使艰难，也还要做；愈艰难，就愈要做。改革，是向来没有一帆风顺的，冷笑家的赞成，是在见了成效之后，如果不信，可看提倡白话文的当时。

九月二十四日。

题注：

本篇最初发表于上海《新生》周刊第一卷第三十六期（1934 年 10 月 13 日），署名公汗。收入《且介亭杂文》。鲁迅写作本文时，"大众语"论争仍在继续中。废除方块汉字、采用拉丁化拼音文字是论争中提出的主张。文中提到"一个郑孝胥，真可以把全副'王道'挑到满洲去"，是指清末曾任广东按察使、布政使的郑孝胥，在辛亥革命后以"遗老"自居，1932 年 3 月伪满洲国成立后，任国务总理兼文教部总长等伪职，鼓吹"王道政治"。

考场三丑

黄棘

古时候，考试八股的时候，有三样卷子，考生是很失面子的，后来改考策论了，恐怕也还是这样子。第一样是"缴白卷"，只写上题目，做不出文章，或者简直连题目也不写。然而这最干净，因为别的再没有什么枝节了。第二样是"钞刊文"，他先已有了侥幸之心，读熟或带进些刊本的八股去，倘或题目相合，便即照钞，想瞒过考官的眼。品行当然比"缴白卷"的差了，但文章大抵是好的，所以也没有什么另外的枝节。第三样，最坏的是瞎写，不及格不必说，还要从瞎写的文章里，给人寻出许多笑话来。人们在茶余酒后作为谈资的，大概是这一种。

"不通"还不在其内，因为即使不通，他究竟是在看题目做文章了；况且做文章做到不通的境地也就不容易，我们对于中国古今文学家，敢保证谁决没有一句不通的文章呢？有些人自以为"通"，那是因为他连"通""不通"都不了然的缘故。

今年的考官之流，颇在讲些中学生的考卷的笑柄。其实这病源就在于瞎写。那些题目，是只要能够钞刊文，就都及格的。例如问"十三经"是什么，文天祥是那朝人，全用不着自己来挖空心思做，

257

一做，倒糟糕。于是使文人学士大叹国学之衰落，青年之不行，好像惟有他们是文林中的硕果似的，像煞有介事了。

但是，钞刊文可也不容易。假使将那些考官们锁在考场里，骤然问他几条较为陌生的古典，大约即使不瞎写，也未必不缴白卷的。我说这话，意思并不在轻议已成的文人学士，只以为古典多，记不清不足奇，都记得倒古怪。古书不是很有些曾经后人加过注解的么？那都是坐在自己的书斋里，查群籍，翻类书，穷年累月，这才脱稿的，然而仍然有"未详"，有错误。现在的青年当然是无力指摘它了，但作证的却有别人的什么"补正"在；而且补而又补，正而又正者，也时或有之。

由此看来，如果能钞刊文，而又敷衍得过去，这人便是现在的大人物；青年学生有一些错，不过是常人的本分而已，但竟为世诟病，我很诧异他们竟没有人呼冤。

九月二十五日。

题注：

本篇最初发表于 1934 年 10 月 20 日《太白》第一卷第三期。收入《花边文学》。国民党推行尊孔读经，教育界在考试中以四书五经来考学生。1934 年 7 月 2 日《大公报》载《泰安中学会试，国文考试中一笑话》说："闻此次考试国文试题有文言译白话一题：'季子不理于其嫂'，某生竟译为'季子对其嫂无条理'，阅者粲然。"鲁迅由此发表了本篇议论。

在现代中国的孔夫子

　　新近的上海的报纸，报告着因为日本的汤岛，孔子的圣庙落成了，湖南省主席何键将军就寄赠了一幅向来珍藏的孔子的画像。老实说，中国的一般的人民，关于孔子是怎样的相貌，倒几乎是毫无所知的。自古以来，虽然每一县一定有圣庙，即文庙，但那里面大抵并没有圣像。凡是绘画，或者雕塑应该崇敬的人物时，一般是以大于常人为原则的，但一到最应崇敬的人物，例如孔夫子那样的圣人，却好像连形象也成为亵渎，反不如没有的好。这也不是没有道理的。孔夫子没有留下像片来，自然不能明白真正的相貌，文献中虽然偶有记载，但是胡说白道也说不定。若是重新雕塑的话，则除了任凭雕塑者的空想而外，毫无办法，更加放心不下。于是儒者们也终于只好采取"全部，或全无"的勃兰特式的态度了。

　　然而倘是画像，却也会间或遇见的。我曾经见过三次：一次是《孔子家语》里的插画；一次是梁启超氏亡命日本时，作为横滨出版的《清议报》上的卷头画，从日本倒输入中国来的；还有一次是刻在汉朝墓石上的孔子见老子的画像。说起从这些图画上所得的孔夫子的模样的印象来，则这位先生是一位很瘦的老头子，身穿大袖口的长袍子，腰带上佩着一把剑，或者腋下挟着一枝杖，然而从来不笑，非常威风凛凛的。假使在他的旁边侍坐，那就一定得把腰骨挺的笔直，经过两三点钟，就骨节酸痛，倘是平常人，大约总不免急于逃走的了。

后来我曾到山东旅行。在为道路的不平所苦的时候，忽然想到了我们的孔夫子。一想起那具有俨然道貌的圣人，先前便是坐着简陋的车子，颠颠簸簸，在这些地方奔忙的事来，颇有滑稽之感。这种感想，自然是不好的，要而言之，颇近于不敬，倘是孔子之徒，恐怕是决不应该发生的。但在那时候，怀着我似的不规矩的心情的青年，可是多得很。

我出世的时候是清朝的末年，孔夫子已经有了"大成至圣文宣王"这一个阔得可怕的头衔，不消说，正是圣道支配了全国的时代。政府对于读书的人们，使读一定的书，即四书和五经；使遵从一定的注释；使写一定的文章，即所谓"八股文"；并且使发一定的议论。然而这些千篇一律的儒者们，倘是四方的大地，那是很知道的，但一到圆形的地球，却什么也不知道，于是和四书上并无记载的法兰西和英吉利等打仗而失败了。不知道为了觉得与其拜着孔夫子而死，倒不如保存自己们之为得计呢，还是为了什么，总而言之，这回是拚命尊孔的政府和官僚先就动摇起来，用官帑翻译起洋鬼子的书籍来。属于科学上的古典之作的，则有侯失勒的《谈天》，雷侠儿的《地学浅释》，代那的《金石识别》，到现在也还作为那时的遗物，间或躺在旧书铺子里。

然而一定有反动。清末之所谓儒者的结晶，也是代表的大学士徐桐氏出现了。他连算学也斥为洋鬼子的学问；他虽然承认世界上有法兰西和英吉利这些国度，但西班牙和葡萄牙的存在，是决不相信的，他以为这是法国和英国常常来讨利益，连自己也不好意思了，所以随便胡诌出来的国名。他又是一九〇〇年的有名的义和团事件的幕后的发动者，也是指挥者。但是义和团完全失败，徐桐氏也自杀了。政府就又以为外国的政治法律和学问技术颇有可取之处了。我的渴望到日本去留学，也就在那时候。达了目的，入学的地方，是嘉纳先生所设立的东京弘文学院；在这里，三泽力太郎先生教我水是养气和轻气所合成，山内繁雄先生教我贝壳里的什么地方其名为"外套"。这是有一天的事情。学监大久保先生集合起大家来，说：因为你们都是孔子之徒，今天到御茶之水的孔庙里去行礼罢！我大吃了一惊。现在还记得那时心里想，正因为绝望于孔夫子和他的之徒，所以到日本来的，然而又是拜么？一时觉得很奇怪。而发生这样感觉的，我想绝不止我一个人。

但是，孔夫子在本国的际遇不佳，也并不是始于二十世纪的。孟子批评他为"圣之时者也"，倘翻成现代语，除了"摩登圣人"实在也没有别的法。为他自己计，这固然是没有危险的尊号，但也不是十分值得欢迎的头衔。不过在实际上，却也许并不这样子。孔夫子的做定了"摩登圣人"是死了以后的事，活着的时候却是颇吃苦头的。跑来跑去，虽然曾经贵为鲁国的警视总监，而又立刻下野，失业了；并且为权臣所轻蔑，为野人所嘲弄，甚至于为暴民所包围，饿扁了肚子。弟子虽然收了三千名，中用的却只有七十二，然而真可以相信的又只有一个人。有一天，孔夫子愤慨道："道不行，乘桴浮于海，从我者，其由与？"从这消极的打算上，就可以窥见那消息。然而连这一位由，后来也因为和敌人战斗，被击断了冠缨，但真不愧为由呀，到这时候也还不忘记从夫子听来的教训，说道"君子死，冠不免"，一面系着冠缨，一面被人砍成肉酱了。连唯一可信的弟子也已经失掉，孔子自然是非常悲痛的，据说他一听到这信息，就吩咐去倒掉厨房里的肉酱云。

孔夫子到死了以后，我以为可以说是运气比较的好一点。因为他不会噜苏了，种种的权势者便用种种的白粉给他来化妆，一直抬到吓人的高度。但比起后来输入的释迦牟尼来，却实在可怜得很。诚然，每一县固然都有圣庙即文庙，可是一副寂寞的冷落的样子，一般的庶民，是决不去参拜的，要去，则是佛寺，或者是神庙。若向老百姓们问孔夫子是什么人，他们自然回答是圣人，然而这不过是权势者的留声机。他们也敬惜字纸，然而这是因为倘不敬惜字纸，会遭雷殛的迷信的缘故；南京的夫子庙固然是热闹的地方，然而这是因为另有各种玩耍和茶店的缘故。虽说孔子作《春秋》而乱臣贼子惧，然而现在的人们，却几乎谁也不知道一个笔伐了的乱臣贼子的名字。说到乱臣贼子，大概以为是曹操，但那并非圣人所教，却是写了小说和剧本的无名作家所教的。

总而言之，孔夫子之在中国，是权势者们捧起来的，是那些权势者或想做权势者们的圣人，和一般的民众并无什么关系。然而对于圣庙，那些权势者也不过一时的热心。因为尊孔的时候已经怀着别样的目的，所以目的一达，这器具就无用，如果不达呢，那可更加无用了。在三四十年以前，凡有企图获得权势的人，就是希望做官的人，都是读"四书"和"五经"，做"八股"，别一些人就将这些书籍和文章，统名之为"敲门砖"。这就是说，文官考试一及第，这些东西也就同时被忘却，恰如敲门时所用的砖头一样，门一开，这砖头也就被抛掉了。孔子这人，其实是自从死了以后，也总是当着"敲门砖"的差使的。

一看最近的例子，就更加明白。从二十世纪的开始以来，孔夫子的运气是很坏的，但到袁世凯时代，却又被从新记得，不但恢复了祭典，还新做了古怪的祭服，使奉祀的人们穿起来。跟着这事而出现的便是帝制。然而那一道门终于没有敲开，袁氏在门外死掉了。余剩的是北洋军阀，当觉得渐近末路时，也用它来敲过另外的幸福之门。盘据着江苏和浙江，在路上随便砍杀百姓的孙传芳将军，一面复兴了投壶之礼；钻进山东，连自己也数不清金钱和兵丁和姨太太的数目了的张宗昌将军，则重刻了《十三经》，而且把圣道看作可以由肉体关系来传染的花柳病一样的东西，拿一个孔子后裔的谁来做了自己的女婿。然而幸福之门，却仍然对谁也没有开。

这三个人，都把孔夫子当作砖头用，但是时代不同了，所以都明明白白的失败了。岂但自己失败而已呢，还带累孔子也更加陷入了悲境。他们都是连字也不大认识的人物，然而偏要大谈什么《十三经》之类，所以使人们觉得滑稽；言行也太不一致了，就更加令人讨厌。既已厌恶和尚，恨及袈裟，而孔夫子之被利用为或一目的的器具，也从新看得格外清楚起来，于是要打倒他的情绪，也就越法高涨。所以把孔子装饰得十分尊严时，就一定有找他缺点的论文和作品出现。即使是孔夫子，缺点总也有的，在平时谁也不理会，因为圣人也是人，本是可以原谅的。然而如果圣人之徒出来胡说一通，以为圣人是这样，是那样，所以大家也非这样不可的话，人们可就禁不住要笑起来了。五六年前，曾经因为公演了《子见南子》这剧本，引起过问题，在那个剧本里，有孔夫子登场，以圣人而论，固然不免略有欠稳重和呆头呆脑的地方，然而作为一个人，倒是可爱的好人物。但是圣裔们非常愤慨，把问题一直闹到官厅里去了。因为公演的地点，恰巧是孔夫子的故乡，在那地方，圣裔们繁殖得非常多，成着使释迦牟尼和苏格拉第都自愧弗如的特权阶级。然而，那也许又正是使那里的非圣裔的青年们，不禁特地要演《子见南子》的原因罢。

中国的一般的民众，尤其是所谓愚民，虽称孔子为圣人，却不觉得他是圣人；对于他，是恭谨的，却不亲密。但我想，能像中国的愚民那样，懂得孔夫子的，恐怕世界上是再也没有的了。不错，孔夫子曾经计划过出色的治国的方法，但那都是为了治民众者，即权势者设想的方法，为民众本身的，却一点也没有。这就是"礼不下庶人"。成为权势者们的圣人，终于变了"敲门砖"，实在也叫不得冤枉。和民众并无关系，是不能说的，但倘说毫无亲密之处，我以为怕要算是非常客气的说法了。不去亲近那毫不亲密的圣人，正是当然的事，什么时候都可以，试去穿了破衣，赤着脚，走上大成殿去看看罢，恐怕会像误进上海的上等影戏院或者头等电车一样，立刻要受斥逐的。谁都知道这是大人老爷们的物事，虽是"愚民"，却还没有愚到这步田地的。

四月二十九日。

题注：

本文原为日文，最初发表于日本《改造》月刊（1935 年 6 月号）。由亦光译出的中译文，发表于 1935 年 7 月在日本东京出版的《杂文》月刊第二期，题为《孔夫子在现代中国》。鲁迅据译文改定，收入《且介亭杂文二集》时改为现题。20 世纪 30 年代中前期，日本军国主义为实现侵华目的，大搞"尊孔祀圣"活动，并在东京的汤岛重建孔庙。在 1935 年 4 月 4 日举行的落成典礼上，鼓吹用"孔子之教"建立"东亚新秩序"。与此同时，中国国内也出现了一股尊孔思潮，湖南军阀何健甚至给日本寄去"向来珍藏"的孔子画像，以示"志同道合"。针对当时中日当权者的"尊孔"活动，鲁迅撰写了本文。鲁迅在1935年4月28日致萧军信中说，"正在为日本杂志做一篇文章，骂孔子的，因为他们正在尊孔"，即指本文。

关于中国的两三件事

一　关于中国的火

希腊人所用的火，听说是在一直先前，普洛美修斯从天上偷来的，但中国的却和它不同，是燧人氏自家所发见——或者该说是发明罢。因为并非偷儿，所以拴在山上，给老雕去啄的灾难是免掉了，然而也没有普洛美修斯那样的被传扬，被崇拜。

中国也有火神的。但那可不是燧人氏，而是随意放火的莫名其妙的东西。

自从燧人氏发见，或者发明了火以来，能够很有味的吃火锅，点起灯来，夜里也可以工作了，但是，真如先哲之所谓"有一利必有一弊"罢，同时也开始了火灾，故意点上火，烧掉那有巢氏所发明的巢的了不起的人物也出现了。

和善的燧人氏是该被忘却的。即使伤了食，这回是属于神农氏的领域了，所以那神农氏，至今还被人们所记得。至于火灾，虽然不知道那发明家究竟是什么人，但祖师总归是有的，于是没有法，只好漫称之曰火神，而献以敬畏。看他的画像，是红面孔，红胡须，不过祭祀的时候，却须避去一切红色的东西，而代之以绿色。他大约像西班牙的牛一样，一看见红色，便会亢奋起来，做出一种可怕的行动的。

他因此受着崇祀。在中国，这样的恶神还很多。

然而，在人世间，倒似乎因了他们而热闹。赛会也只有火神的，燧人氏的却没有。倘有火灾，则被灾的和邻近的没有被灾的人们，都要祭火神，以表感谢之意。被了灾还要来表感谢之意，虽然未免有些出于意外，但若不祭，据说是第二回还会烧，所以还是感谢了的安全。而且也不但对于火神，就是对于人，有时也一样的这么办，我想，大约也是礼仪的一种罢。

其实，放火，是很可怕的，然而比起烧饭来，却也许更有趣。外国的事情我不知道，若在中国，则无论查检怎样的历史，总寻不出烧饭和点灯的人们的列传来。在社会上，即使怎样的善于烧饭，善于点灯，也毫没有成为名人的希望。然而秦始皇一烧书，至今还俨然做着名人，至于引为希特拉烧书事件的先例。假使希特拉太太善于开电灯，烤面包罢，那么，要在历史上寻一点先例，恐怕可就难了。但是，幸而那样的事，是不会哄动一世的。

烧掉房子的事，据宋人的笔记说，是开始于蒙古人的。因为他们住着帐篷，不知道住房子，所以就一路的放火。然而，这是诳话。蒙古人中，懂得汉文的很少，所以不来更正的。其实，秦的末年就有着放火的名人项羽在，一烧阿房宫，便天下闻名，至今还会在戏台上出现，连在日本也很有名。然而，在未烧以前的阿房宫里每天点灯的人们，又有谁知道他们的名姓呢？

现在是爆裂弹呀，烧夷弹呀之类的东西已经做出，加以飞机也很进步，如果要做名人，就更加容易了。而且如果放火比先前放得大，那么，那人就也更加受尊敬，从远处看去，恰如救世主一样，而那火光，便令人以为是光明。

二　关于中国的王道

在前年，曾经拜读过中里介山氏的大作《给支那及支那国民的信》。只记得那里面说，周汉都有着侵略者的资质。而支那人都讴歌他，欢迎他了。连对于朔北的元和清，也加以讴歌了。只要那侵略，有着安定国家之力，保护民生之实，那便是支那人民所渴望的王道，于是对于支那人的执迷不悟之点，愤慨得非常。

那"信"，在满洲出版的杂志上，是被译载了的，但因为未曾输入中国，所以像是回信的东西，至今一篇也没有见。只在去年的上海报上所载的胡适博士的谈话里，有的说，"只有一个方法可以征服中国，即彻底停止侵略，反过来征服中国民族的心。"不消说，那不过是偶然的，但也有些令人觉得好像是对于那信的答复。

征服中国民族的心，这是胡适博士给中国之所谓王道所下的定义，然而我想，他自己恐怕也未必相信自己的话的罢。在中国，其实是彻底的未曾有过王道，"有历史癖和考据癖"的胡博士，该是不至于不知道的。

不错，中国也有过讴歌了元和清的人们，但那是感谢火神之类，并非连心也全被征服了的证据。如果给与一个暗示，说是倘不讴歌，便将更加虐待，那么，即使加以或一程度的虐待，也还可以使人们来讴歌。四五年前，我曾经加盟于一个要求自由的团体，而那时的上海教育局长陈德征氏勃然大怒道，在三民主义的统治之下，还觉得不满么？那可连现在所给与着的一点自由也要收起了。而且，真的是收起了的。每当感到比先前更不自由的时候，我一面佩服着陈氏的精通王道的学识，一面有时也不免想，真该是讴歌三民主义的。然而，现在是已经太晚了。

在中国的王道，看去虽然好像是和霸道对立的东西，其实却是兄弟，这之前和之后，一定要有霸道跑来的。人民之所讴歌，就为了希望霸道的减轻，或者不更加重的缘故。

汉的高祖，据历史家说，是龙种，但其实是无赖出身，说是侵略者，恐怕有些不对的。至于周的武王，则以征伐之名入中国，加以和殷似乎连民族也不同，用现代的话来说，那可是侵略者。然而那时的民众的声音，现在已经没有留存了。孔子和孟子确曾大大的宣传过那王道，但先生们不但是周朝的臣民而已，并且周游历国，有所活动，所以恐怕是为了想做官也难说。说得好看一点，就是因为要"行道"，倘做了官，于行道就较为便当，而要做官，则不如称赞周朝之为便当的。然而，看起别的记载来，却虽是那王道的祖师而且专家的周朝，当讨伐之初，也有伯夷和叔齐扣马而谏，非拖开不可；纣的军队也加反抗，非使他们的血流到漂杵不可。接着是殷民又造了反，虽然特别称之曰"顽民"，从王道天下的人民中除开，但总之，似乎究竟有了一种什么破绽似的。好个王道，只消一个顽民，便将它弄得毫无根据了。

儒士和方士，是中国特产的名物。方士的最高理想是仙道，儒士的便是王道。但可惜的是这两件在中国终于都没有。据长久的历史上的事实所证明，则倘说先前曾有真的王道者，是妄言，说现在还有者，是新药。孟子生于周季，所以以谈霸道为羞，倘使生于今日，则跟着人类的智识范围的展开，怕要羞谈王道的罢。

三　关于中国的监狱

我想，人们是的确由事实而从新省悟，而事情又由此发生变化的。从宋朝到清朝的末年，许多年间，专以代圣贤立言的"制艺"这一种烦难的文章取士，到得和法国打了败仗，这才省悟了这方法的错误。于是派留学生到西洋，开设兵器制造局，作为那改正的手段。省悟到这还不够，是在和日本打了败仗之后，这回是竭力开起学校来。于是学生们年年大闹了。从清朝倒掉，国民党掌握政权的时候起，才又省悟了这错误，作为那改正的手段的，是除了大造监狱之外，什么也没有了。

在中国，国粹式的监狱，是早已各处都有的，到清末，就也造了一点西洋式，即所谓文明式的监狱。那是为了示给旅行到此的外国人而建造，应该与为了和外国人好互相应酬，特地派出去，学些文明人的礼节的留学生，属于同一种类的。托了这福，犯人的待遇也还好，给洗澡，也给一定分量的饭吃，所以倒是颇为幸福的地方。但是，就在两三礼拜前，政府因为要行仁政了，还发过一个不准克扣囚粮的命令。从此以后，可更加幸福了。

至于旧式的监狱，则因为好像是取法于佛教的地狱的，所以不但禁锢犯人，此外还有给他吃苦的职掌。挤取金钱，使犯人的家属穷到透顶的职掌，有时也会兼带的。但大家都以为应该。如果有谁反对罢，那就等于替犯人说话，便要受恶党的嫌疑。然而文明是出奇的进步了，所以去年也有了提倡每年该放犯人回家一趟，给以解决性欲的机会的，颇是人道主义气味之说的官吏。其实，他也并非对于犯人的性欲，特别表着同情，不过因为总不愁竟会实行的，所以也就高声嚷一下，以见自己的作为官吏的存在。然而舆论颇为沸腾了。有一位批评家，还以为这么一来，大家便要不怕牢监，高高兴兴的进去了，很为世道人心愤慨了一下。受了所谓圣贤之教那么久，竟还没有那位官吏的圆滑，固然也令人觉得诚实可靠，然而他的意见，是以为对于犯人，非加虐待不可，却也因此可见了。

从别一条路想，监狱确也并非没有不像以"安全第一"为标语的人们的理想乡的地方。火灾极少，偷儿不来，土匪也一定不来抢。即使打仗，也决没有以监狱为目标，施行轰炸的傻子；即使革命，有释放囚犯的例，而加以屠戮的是没有的。当福建独立之初，虽有说是释放犯人，而一到外面，和他们自己意见不同的人们倒反而失踪了的谣言，然而这样的例子，以前是未曾有过的。总而言之，似乎也并非很坏的处所。只要准带家眷，则即使不是现在似的大水，饥荒，战争，恐怖的时候，请求搬进去住的人们，也未必一定没有的。于是虐待就成为必不可少了。

牛兰夫妇，作为赤化宣传者而关在南京的监狱里，也绝食了三四回了，可是什么效力也没有。这是因为他不知道中国的监狱的精神的缘故。有一位官员诧异的说过：他自己不吃，和别人有什么关系呢？岂但和仁政并无关系而已呢，省些食料，倒是于监狱有益的。甘地的把戏，倘不挑选兴行场，就毫无成效了。

然而，在这样的近于完美的监狱里，却还剩着一种缺点。至今为止，对于思想上的事，都没有很留心。为要弥补这缺点，是在近来新发明的叫作"反省院"的特种监狱里，施着教育。我还没有到那里面去反省过，所以并不知道详情，但要而言之，好像是将三民主义时时讲给犯人听，使他反省着自己的错误。听人说，此外还得做排击共产主义的论文。如果不肯做，或者不能做，那自然，非终身反省不可了，而做得不够格，也还是非反省到死则不可。现在是进去的也

271

有，出来的也有，因为听说还得添造反省院，可见还是进去的多了。考完放出的良民，偶尔也可以遇见，但仿佛大抵是萎靡不振，恐怕是在反省和毕业论文上，将力气使尽了罢。那前途，是在没有希望这一面的。

题注：

本篇最初发表于日本《改造》月刊（1934年3月号），原为日文，包括题为《火》《王道》《监狱》的三篇短论。在收入《且介亭杂文》时，将三篇短论组成一篇，以现题为篇名。

鲁迅在《且介亭杂文·附记》中提到："记得中国北方，曾有一种期刊译载过这三篇，但在南方，却只有林语堂，邵洵美，章克标三位所主编的杂志《人言》上，曾用这为攻击作者之具，其详见于《准风月谈》的后记中……"关于本篇的主旨，鲁迅在《准风月谈·后记》中说："今年二月，我给日本的《改造》杂志做了三篇短论，是讥评中国，日本，满洲的。"牛兰（Noulens），即保罗·鲁埃格（Paul Ruegg），原籍波兰，共产国际派驻中国的工作人员、泛太平洋产业同盟上海办事处秘书。1931年6月15日，牛兰夫妇在上海被捕，送往南京监禁，翌年7月1日以"危害民国"罪受审。牛兰夫妇进行绝食斗争。宋庆龄、蔡元培等曾组织营救。1937年8月在日军轰炸时逃出监狱，1939年回国。甘地（M. Gandhi）是印度民族独立运动的领袖，主张"非暴力抵抗"，倡导对英国殖民政府的"不合作运动"，并因此而屡遭监禁。他在狱中曾多次以绝食方式表示反抗。